Romy Kästner Wild

Maria

Elektra

Bibliografische Information der Deutschen
Nationalbibliothek: Die Deutsche Nationalbibliothek
verzeichnet diese Publikation in der Deutschen
Nationalbibliografie; detaillierte bibliografische Daten sind im
Internet über dnb.dnb.de abrufbar.

© 2020 Romy Kästner Wild

Herstellung und Verlag: BoD – Books on Demand,
Norderstedt

ISBN: 978-3-7526093-5-6

Romy Kästner Wild

Maria

Elektra

Thriller

INHALT

Einführung

Für Dich.

Jede Figur hat ihre Geschichte ...

... *jeder Song hat seine Protagonisten.*

EINFÜHRUNG

Audio-Belletristik

Mitternacht. Der Barkeeper will nach Hause und ich setze mich zum Schreiben ein paar Strassen weiter zu einem Freund ins Studio. Jean-Marc bearbeitet gerade einen Song. Während im Refrain eine eindringliche Liebeserklärung widerhallt, rütteln die harten E-Gitarren im Vers an meinen Nerven. Leo erkennt seine Liebe zu Maria Elektra, aber sie ist besessen von ihrem Drang nach Rache. Ich schreibe.

Zwei Wochen später darf ich einen Text zu diesem Song entwerfen. Die Lyrics sind meiner Protagonistin gewidmet. Der Text darf bleiben und es beginnt eine spannende Zusammenarbeit für ein Konzeptalbum, dessen Ausweitung in einem Psychothriller besteht – oder umgekehrt.

Bonusmaterial

Die entstandenen sechzehn Tracks sind erhältlich im Download auf: Spotify, Amazon, Youtube Music u.v.m. oder ab Februar 2021 inkl. Song Book erhältlich bei Audiolit: contact@audiolit.ch

TEIL I

Am Anfang war …

... ein Kind

INTRO
(Track 1)

Die Lämpchen der Strassenmarkierung sahen aus wie die Leuchtzeichen auf dem Flughafenareal. Maria bog links ein, ihr Auto rollte über die Strasse wie ein Flugzeug über die

7

Startpiste. Es war nicht wichtig, ob sie weisse Linien ins abendliche Himmelblau zeichnete oder den Spuren einer Autobahn folgte. Sie wollte nur weg hier. Weg aus dem Jetzt, weg aus diesem Leben.

Das Auto hinter ihr hupte. Maria zuckte zusammen. Sie war wohl etwas von der Spur abgekommen. „Arschloch!" entfuhr es ihr, dann war der Schreck auch schon vorbei. Sie kramte nach einem Gummibärchen in ihrer Tasche und entschied sich für grün. Dunkle Gewitterwolken türmten sich machtvoll zu einem Amboss. Es würde regnen, später ...

Maria fröstelte. Das hatte sie bestimmt nicht gewollt und hätte es doch ahnen können. Nun musste sie eben nach vorne schauen. Und sie brauchte eine Pause.

Wenige Minuten später sah sie das Schild von einem Rastplatz, grüne Sträucher flitzten an ihr vorbei, das Motorengeräusch wurde langsamer. Sie passierte die öffentlichen Toiletten und parkte vor einem beleuchteten Kiosk. Sie hatte Durst.

Der Shop war leer. Maria steuerte geradewegs zum Kühler, schnappte sich ein Tonic, zählte die Münzen ab und ging, das Kleingeld in der Hand, zur Kasse. Die Verkäuferin lächelte, doch ihr Blick schien die junge Frau zu durchbohren. Maria spürte, wie ihre Kehle eng wurde. Also bezahlte sie eilig und hastete zurück zu ihrem Mercedes. Sie schnappte nach Luft, während sie die Autotür aufriss. Die Petflasche stopfte sie in den Getränkehalter, ihre Handtasche warf sie fahrig auf den Nebensitz, drehte den Zündschlüssel und fuhr rückwärts. Nur weg von hier!

Aus dem Augenwinkel sah sie, wie ihre Tasche im Zeitlupentempo kippte. Kirschstangen kullerten auf die Matte vor der Fussheizung, zerschmolzen in ihrer Vorstellung schon zu braunem Matsch. Maria seufzte, fuhr noch einmal auf einen Parkplatz und begann, den Segen aufzusammeln. Wie sie Schokolade hasste! Sie spürte, wie ihr Magen sich zusammenzog, wie der Speichel im Mund zusammenfloss und für einen Moment meinte sie, sich noch hier im Auto übergeben zu müssen. Hastig fasste ihre Linke nach dem Türgriff, da hörte sie eine Stimme: *Warum machst du nicht einen kleinen Spaziergang …?*

Maria hielt inne, horchte und die Übelkeit liess nach. Es war eine nette Stimme, eine jener Stimmen, die an fürsorgliche Momente in einer Kindheit erinnerten, in der sich die Eltern liebevoll um einen kümmerten. „Komm rechtzeitig nach Hause, und ruf mich an, wenn's später wird! Ich liebe dich, mein Schatz." „Mach doch mal Pause, du lernst ja schon seit Stunden!" „Zieh dich warm an, es wird kalt gegen Abend …" Ja, solche Dinge sagten liebevolle Eltern, brachten zu Vesper belegte Brote ins Zimmer, machten das Fenster auf, um frische Luft herein zu lassen und schüttelten im Vorübergehen das Kopfkissen auf. Ungefragt. Umsorgend.

Sie beschloss, auf diese Stimme zu hören.

1
WEISSES PAPIER

Draussen wehte ein kühler Abendwind. Ein paar trockene Blätter rollten über den Kiesweg, der die Raststätte umsäumte. Der Hasel trug noch unreife Nüsse, doch er hatte die faulen bereits abgeworfen. Hohle Schalen knackten da und dort unter ihren Schuhsolen. Auf dem Parkplatz war kein Mensch unterwegs.

Maria sog die frische Luft tief ein. Die Übelkeit war jetzt ganz weg. Da sah sie vor ihrem Fuss etwas glänzen. Eine kleine, kugelige Frucht lag im Licht der Laterne auf dem Kies. Maria bückte sich und hob sie auf. Eine Wildkirsche. Sie waren spät gereift in diesem Jahr. Mit einer reflexartigen Bewegung steckte sie die Frucht in den Mund und ritzte vorsichtig die Haut mit den Zähnen. Die aromatischen Wildfrüchte hatten einen grossen Kern und nur wenig Fruchtfleisch. Ein süsser Geschmack weckte Erinnerungen aus ihrer Kindheit. Von weitem hörte sie die Mutter warnen: Iss nicht zu viele Kirschen, du wirst davon noch Bauchweh bekommen ... Dann biss sie zu. Der Kern zerbrach und leicht bitter verbreitete sich der Geschmack des Keimlings. Maria spuckte die Splitter lachend in den Kies, sammelte noch einmal eine ganze Handvoll, stopfte sich alle gleichzeitig in den Mund und zermantschte sie zwischen Zunge und Gaumen, so wie sie es als Kind immer getan hatte. Sie trennte mit den Zähnen vorsichtig das Fleisch von den Kernen, schluckte das Essbare und raspelte dann die Steinchen so lange aneinander, bis sie sauber und glatt waren. Dann legte sie die Kerne vorsichtig in ihre Hand und betrachtete den Haufen. Wie hatte ihre Mutter gesagt? Nichts ist vergebens. Man könnte damit Kirschkernkissen füllen. Herzklopfen ...

Damals - als sie fast täglich auf den Wildkirschenbaum gestiegen war, wie auf einer Leiter in den Himmel. Damals - als sie noch klein und die Welt noch in Ordnung gewesen war.

Später, in der Oberstufe, da hatte der Lehrer seine Klasse gefragt: „Was ist das früheste Erlebnis, an das ihr euch erinnern könnt?" und sie hatte sofort wieder diesen Baum vor sich gesehen. Schreibt dazu einen Aufsatz, gab er ihnen auf und sie hatte, ohne nachzudenken, mit dem ersten Satz begonnen. Sie schrieb, als erzählte sie ihrer besten Freundin:

Mein erstes Erlebnis:

Der Wildkirschenbaum
Es war in dieser Zeit vor der Scheidung. Ich hatte schon lange gespürt, dass irgendetwas zwischen meinen Eltern nicht stimmte. Meine Mutter ging manchmal mit einem fremden Mann weg, und wenn sie dann abends nach Hause kam, stritt sie sich mit unserem Vater. Sie kann ein arger Hausdrache sein. Mit Papa hatte ich viel Spass. Mit ihm konnten wir lachen, bis uns die Bäuche weh taten. Er ist ein grosser, sportlicher Mann und der Judotrainer von Peter. Von Beruf ist mein Vater Elektroingenieur. Peter ist mein Bruder. Er ist älter als ich. Peter hatte sich zum Ziel gesetzt, Papa eines Tages zu Boden zu werfen. Deswegen griff er ihn auch ständig an. Manchmal warf er stattdessen eine Vase um oder der Turm von Illustrierten auf dem Salontisch flatterte wie Schmetterlinge auf den Teppich, und dann hatte Nathalie - so heisst unsere Mutter - wieder einen Grund zum Schimpfen. Oh, Peter gab sich alle Mühe, aber Papa war wendig wie eine Schlange.

Maria hatte die Welt um sich herum vergessen und jetzt, als sie die erste Seite bis zur letzten Zeile vollgeschrieben hatte und auf einem neuen Blatt begann, wurde ihr bewusst, dass sie in der Schule sass. Doch was raus wollte, musste raus. So schrieb sie weiter.

Seite 2

Als Papa dann eine eigene Wohnung hatte, kam er nicht mehr oft zu uns. Dafür nahm Nathalie immer öfter diesen Fremden mit nach Hause.

11

Wenn sie sich umarmten, sagte Peter: „Der Typ gefällt mir nicht. Wenn der hier einzieht, zieh ich aus. Ich werde bei Papa wohnen."

Robert schien ganz ok, fand ich. Robert, das war der Name von dem Typen, den Peter nicht leiden konnte, und er sollte tatsächlich mein Stiefvater werden. Ich war nicht misstrauisch wie Peter. Ich dachte: Mama wird schon wissen, wem sie vertraut.

Zuerst sah ich Nathalie nur verlegen lächeln, wenn Robert sie vor unseren Augen küsste. „Robert, doch nicht vor den Kindern!" sagte sie dann, und ihre Stimme hatte diesen besonderen Klang. Ich glaube, den hat man einfach, wenn man verliebt ist. Peter ging und er fehlte mir. Ein paar Wochen nach Peters Auszug hörte ich Nathalie zum ersten Mal wieder lachen. Zum ersten Mal, seit einer langen, langen Zeit. Ich dachte: „Jetzt wird alles gut."

Peter war weg. Papa kam nicht mehr vorbei. Unsere Mutter lachte wieder. Meistens. Nur nach Peter fragen durfte ich nicht. Sie sagte, es wäre ein Segen, dass sie mich noch hätte, und sie wolle mich nicht auch noch verlieren. Und dann wechselte sie immer das Thema. Manchmal weinte sie sogar. Robert sagte einmal zu mir, Nathalie wäre mit Papa nie richtig glücklich gewesen. Sicher meinte er, mit ihm wäre das jetzt anders. Manchmal war es das tatsächlich. Und als er mich aufforderte ihn Papa zu nennen, nannte ich ihn „Daddy".

Noch nie hatte ihr jemand so zugehört wie dieses weisse Blatt Papier. Sie sah wieder den Kindergarten vor sich, sie schaute zurück auf jene Welt, in der das Leben nichts Sinnloses, nichts Unnützes produzierte, und sie versank in dieser Erinnerung. Sie verschwendete keinen Gedanken an den Lehrer, der all das lesen würde, keinen Gedanken an ihren Banknachbarn, der ihr aufs Blatt spähen konnte. Sie schrieb, ohne nachzudenken, fliessend und schnell.

Seite 3

In dieser Zeit stieg ich oft auf den Wildkirschenbaum beim Spielplatz. Seine niedrigen Äste waren noch nicht abgesägt, nicht so wie es heute auf den Spielplätzen ist, und ich konnte hinaufsteigen und von den reifen Kirschen essen. Ich liebte Kirschen, doch es waren nicht die Früchte, die mich magisch anzogen. Es war dieses Gefühl, grösser zu sein, alles zu überragen und mit der Hand schon fast den Himmel zu berühren. Wenn ich bis ganz zuoberst auf die Äste stieg und im Wind schaukelte, dann fühlte ich mich wie ein Adler in der Luft, erhaben und sicher wie nirgendwo sonst.

An einem Mittag nahm ich wieder den Weg am Kirschbaum vorbei, weil ich noch ein bisschen träumen wollte, bevor das Essen mit Nathalie und Daddy begann. Ich träume gerne. Tagträume sind schöner als die in der Nacht. Nur Nathalie mag es überhaupt nicht, wenn ich träume. Bin ich zu lange still und starre vor mich hin, so setzt sie diese strenge Miene auf und holt mich zurück in die Realität wie sie sagt. In ihre Realität.

Es reicht, wenn sie scharf „Maria Elektra“ ruft – welches Kind heisst schon Elektra! Sie weiss genau, dass mir dieser Name peinlich ist. Vor Fremden hüte ich ihn wie ein Geheimnis.

Umblättern …

Seite 4

Auf dem Spielplatz war über Mittag nie jemand. An sonnigen Nachmittagen, da tummelten sich manchmal ältere Schüler dort, abends wohl auch Erwachsene, dann blieben Bierflaschen und Kippen bei den Holzbänken liegen. Irgendwer sammelte sie später auf. Heute aber standen zwei Jungen aus der zweiten Klasse dort. Severin, eigentlich in der Dritten, war einer dieser Widerlinge, die kleinen Kindern den Ball aus den Händen schlagen und sich bei den Stärksten einschleimen, die ihren Mitschülern auf dem Nachhauseweg abpassen und nie ohne ihre Mama zu einem Lehrergespräch erscheinen. Tim und er steckten täglich zusammen, bis Severin von der Schule flog.

Tim hatte eine strohblonde Igelfrisur mit noch helleren Strähnen. Er trug immer die neuesten Klamotten und war der Bruder von Kira. Kira war meine Freundin. Tim und Severin mieden uns wie der Teufel das Weihwasser, solange wir im Kindergarten waren. Die Regeln unter den Schülern waren hart. Mit Kindergärtnern gibt man sich nicht ab, hiess es. Mit einer Ausnahme: Sie mochten unsere Pausenbrote.

Kira und ich gingen denselben Weg zum Kindergarten und der deckte sich anfangs auch mit Tims Schulweg. Kiras Mutter wollte unbedingt, dass Tim uns begleitet. Oh! Sie kannte seine Freunde nicht! Für ihn war es ein Spiessrutenlauf.

Kaum waren wir also um die Ecke verschwunden, musste Kira alle Pausenbrote abtreten, und dann mussten wir ein grosses Stück hinter ihm herlaufen, während er …

Die Schulhausuhr schrillte. Der Lehrer kündigte an, dass er nun alle Aufsätze einsammeln würde. Maria wurde plötzlich klar, wo sie war, und dass sie das Geschriebene so nicht abgeben konnte. Schnell drehte sie die Blätter um. Die leeren, weissen Rückseiten nach oben, streckte sie dem Lehrer nur ein einziges Blatt entgegen. Der schaute sie fragend an und ging weiter. Aus Rücksicht? Vielleicht …

Der Prüfungsdruck im letzten Schuljahr war gross, und sie hatte ihre Hausaufgaben seit Wochen zu spät oder gar nicht abgegeben.

„Du wirst dir die Chancen aufs Gymnasium verspielen",

sagte Nathalie zuhause und Robert meinte unwirsch: „Lass sie mal, die Kleine passt schon auf sich auf!"

Maria tat wirklich, was sie konnte, aber die Schulnoten wurden nicht besser. Etwas veränderte sich.

Sie veränderte sich. Nachts sass sie im Traum wieder im Kindergarten, aber Kira war nicht da. Sie lief den Weg hinan zum Spielplatz, suchte nach Wildkirschen und wachte verängstigt zwischen schweissnassen Laken auf, faulender Kirschengeschmack im Mund. Am Tag fühlte sie sich wie in einem fremden Körper. Während Kira sich bereits schminkte und sich mit warmem Wachs die ersten Haare von den Beinen zog, begann sie selbst den Blick in den Spiegel zu meiden.

Daddy sagte, sie wäre immer noch so ein hübsches kleines Mädchen, aber sie spürte den Wandel. Wohin? Sie hatte Angst. Vielleicht hat Daddy ja recht, tröstete sie sich. Vielleicht werden die Alpträume irgendwann vorüber sein, und ich werde mich wieder mögen. Vielleicht kann ich dann einfach wieder das kleine Mädchen sein, das auf Bäume steigt.

Ein schwerer, süsser Geruch schwebte durch den Raum. Sie hielt die Luft an. Poison. Kira liebte dieses Parfum, vor allem des Namens wegen. Maria nahm dieser Duft den Atem. Fast wie faulende Kirschen, dachte sie. Schnell schob sie die weissen Blätter in eine Mappe und unter die Bank und murmelte: „Komme gleich."

Ihre Freundin setzte sich lässig auf die Schulbank und liess ihre Halskette mit dem Nilkreuz über der Schreibfläche pendeln. Sie bezeichnete sich seit einiger Zeit als „Alchemistin" und sie plante, einen Hexenzirkel zu gründen, der sich magischen Ritualen und altem Kräuterwissen widmete. Deswegen hatte sie zuhause eine Unmenge von Büchern über Heilpflanzen und Pilze stehen. Behauptete sie jedenfalls. Und zweifelhafte Freunde in ihrem Telefonbuch.

„Pause", sagte sie grinsend. „Aber ich kann warten."

Kira war bei weitem nicht so überheblich wie sie tat. Unter der Schminke, dem kunstvoll gescheitelten Haar und den Markenklamotten verbarg sich eine Freundin, die ebenfalls um gute Noten und ein neues Image kämpfte, nur stürmte sie extrovertiert mit Push-up BH und engem T-Shirt durch die Pubertät und testete alle Substanzen, die der liebe Gott verboten hatte, während sich Maria unauffällig kleidete, ungeschminkt auf die Strasse ging, und im übrigen flach wie ein Brett mit Erbsen war. Was die beiden noch verband, war die gemeinsame Zeit im Kindergarten und eine Begeisterung für das Mittelalter. Die eine interessierte sich für die Kultur, die andere für Magie.

„Mir ist kaum was eingefallen", erklärte Maria und atmete vorsichtig ein. Sie nahm sich vor, den Aufsatz im Stillen fertig zu schreiben.

Kira nickte. „Ich werde dein Geheimnis nicht verraten. Also, kommst du jetzt? Die Mädels warten. Und Vorsicht! Tim geht mit Bettina."

Bei der kleinen Mauer in der Ostecke des Schulgeländes traf sich die Clique. Nur Mädchen. Die meisten diskutierten angeregt über den bevorstehenden Schlussabend. Ein paar schielten verstohlen zu Bettina hinüber, die etwas weiter weg auf einer Mauer sass und nur noch Augen für Tim hatte. Trotz Kiras Warnung beobachtete Maria die beiden unentwegt. Er stand vor seiner neuen Flamme, seiner dritten aus dieser Clique und der Weiss-nicht-wievielten in diesen drei Jahren.

„Gleiche Story, gleicher Ort, neue Rollenbesetzung", dachte Maria leicht angewidert. Dennoch konnte sie die Augen nicht von ihm abwenden.

Sein Blick fixierte abwechslungsweise Bettinas Gesicht und ihren Ausschnitt, seine Arme lagen um ihre Hüften, die eine Hand ruhte an ihrem Hals und die andere schlüpfte soeben tastend in ihre Jeans. Es war nicht auszumachen, in welcher Spalte seine Finger zuerst verschwinden würden – am Po oder im Ausschnitt. Maria schüttelte sich angewidert, den Blick starr auf Bettinas Hosenbund gerichtet. Sie dachte an Robert. Daddy hatte sie in letzter Zeit nicht mehr beachtet. Die abendlichen Gespräche im Zimmer blieben aus, er mied den Blickkontakt am Frühstückstisch, wenn er überhaupt dort erschien. Oft kam er erst zum Mittagessen. Lag es an ihr? Hatte sie etwas falsch gemacht? Wo verbrachte er die Nächte?

Nathalie bemerkte herablassend, das wirkliche Leben wäre eben doch zu anstrengend für einen Säufer und das „Bübchen" würde schon bald zu seiner Mutter zurückkehren, dort ins gemachte Nest pinkeln und eines nicht so fernen Tages wieder Windeln anziehen müssen. Der Weg der schwachen Männer, nannte sie es, und ihre Stimme triefte vor Spott.

Fasziniert nahm Maria wahr, dass Tims Hand schon bis zur Hälfte in Bettinas Hose steckte. Sie spürte Harndrang. Vor ihrem geistigen Auge tauchte Severin auf, wie er mit seiner Mutter über den Schulhof ging und sie angrinste, und sie hätte gerne gewusst, ob er eine Memme war und ob Nathalie mit ihrem Urteil über Männer recht hatte. Herzklopfen …

„Erde an Maria! Erde an Maria…? Schatzi komm, hier steigt die Party. Du bist doch nächsten Samstag beim Fest mit dabei?"

17

Kiras zog sie sanft weg vom Geschehen zwischen Bettina und Tim. „Mein Bruder ist eine männliche Nutte, du solltest dir an ihm kein Beispiel nehmen."

Wenn die wüsste …! dachte Maria und fragte: „Klar. Wann und wo soll unsere letzte Party steigen?"

Allgemeines Gelächter liess sie ahnen, wieviel sie vom Gespräch verpasst hatte, und Kira erklärte ihr auf dem Weg zur nächsten Doppelstunde noch einmal den Ablauf der geplanten Fete.

Donnerstagmorgen. Zehnuhrpause. Maria wollte den Aufsatz zu Ende schreiben, aber zuhause konnte sie das nicht. Wegen Nathalie. Kein offener Streit, aber dicke Luft. Explosiv gegenüber Robert. Ihr gegenüber. Gegen alles. Es war schlimmer als damals mit Papa, und hätte sie dieser Atmosphäre eine Konsistenz zuordnen müssen, so hätten sie bis zum Umfallen grüne, dicke Nebelschwaden geatmet, Giftklasse drei. Dazu kam, dass sie ihre Zimmertüre nie abschliessen durfte. Nathalie konnte zwar klopfen und warten, und zur Not akzeptierte sie auch ein Nein, doch bei Robert war es anders. Er wollte jederzeit Zugang haben. Er wollte immer alles wissen …

Unruhig streifte Maria jetzt durch die Backsteingänge im Schulhaus auf der Suche nach einer ungestörten Ecke und fand sie im Kellergeschoss im Chemiezimmer. Wegen Krankheit des Lehrers fielen die letzten Unterrichtsstunden vor den Ferien hier aus. Die Tür war unverschlossen. Nächste Woche, da würden sie und Kira bereits beim Schulhausputzen helfen. Da würden sie diesen Unort zum letzten Mal betreten, die Erinnerungen wegputzen. Und nach den Ferien würden sie sich vielleicht im Gymnasium wiedersehen.

Fast liebevoll wanderte ihr Blick über die Reihen von Reagenzgläsern in der Vitrine, über Fläschchen, Ordner, den Bunsenbrenner und hoch zur alles überragenden Tafel mit dem Periodensystem an der Wand. Auf der schwarzen Wandtafel standen noch Formeln aus der letzten Stunde, jemand hatte einen Pimmel unter die Zeichen gemalt, davor stand der sauber geputzte Korpus. Sie hatte die Chemiestunden gemocht und irgendwie hoffte sie, dass es mit dem Gymnasium klappen würde. Dann wollte sie Biochemie studieren.

Maria schlich zur entferntesten Ecke. Eine Weile horchte sie noch auf Geräusche, dann kauerte sie sich hinter dem Korpus auf den Boden, las noch einmal die letzten Zeilen von ihrem Aufsatz und fand endlich die Ruhe, die sie zum Weiterschreiben brauchte.

„... *während Tim mit einem fiesen Grinsen zu Severin und dem Rest der Clique ging. Mit Kindergärtnern spricht man nicht - so lautete die Regel der grösseren Jungs, und wir akzeptierten sie. Dafür würden sie uns im Notfall beschützen, dachten wir. Wir waren so naiv!*
Ich äugte zu Severin und Tim hinüber. Mit flauem Magen und weniger flink als sonst erkletterte ich den ersten Meter am Stamm der Kirsche. Es war gut, auf den rauen Ästen höher zu steigen, langsam grösser zu werden und ich freute mich darauf, auf die Köpfe dieser Jungs hinunter zu blicken. Aber dann gab es dieses Knacken. Ein Ast brach ein, ich rutschte ab, schwang rückwärts, raspelte unsanft über die kantige Rinde ein grosses Stück abwärts und spürte ein Stechen am Rücken, bevor ich endlich wieder einen Ast zu fassen bekam. Nun kamen die beiden angerannt. Tapfer schluckte ich meine Tränen hinunter – ich wollte ein starkes Mädchen sein – und stieg langsam vom Baum. Für heute mochte ich keine Kirschen mehr essen und mein Rücken brannte bis ...

na ja, bis zur Poritze hinunter. Ich dachte, da müsste eine ganz schöne Schramme sein und versuchte, sie mit den Händen zu verdecken. Dann spürte ich den Riss im Kleid."

Die Schulglocke schrillte. Maria hob den Kopf und lauschte. Herzklopfen. Stimmen tönten auf dem Gang, kamen näher und gingen vorüber. Nun musste sie mit den anderen zur letzten Doppelstunde in die Turnhalle gehen. Sie blieb sitzen. Sie hasste Turnen fast so sehr wie Schokolade. Diese mitleidigen Blicke auf ihren Busen beim Umziehen, diese spriessenden Knospen bei den anderen! Und abgesehen davon würde sie keiner vermissen, sie hatte schon oft geschwänzt. Eine Stimme aus dem Sandkasten drang in ihr Bewusstsein.

„Sollten kleine Mädchen wie du nicht auf direktem Weg nach Hause gehen?" Sie musste jetzt die Geschichte des kleinen Mädchens schreiben.

Seine Worte durchschnitten die beginnende Mittagsruhe im Quartier, klangen wie eine Aufforderung zum Kampf. Severin. Tim hingegen schien ehrlich besorgt zu sein. Er fragte nett:
„Du hast dir doch nicht wehgetan?"
Severin puffte ihn in die Seite. Er senkte den Blick. Mir war unwohl. Ich schüttelte meinen Kopf und wollte mich an ihnen vorbeidrängen. Severin versperrte mir den Weg. Er griff in seine Hosentasche.
„Nicht so schnell, Kleine. Leckere Pausenbrote waren das doch letzte Woche, nicht wahr, Tim? Wir sollten ihr etwas zurückgeben." Er grinste Tim an, der schaute zur Seite. Dann wandte er sich wieder mir zu:
„Magst du Schokolade?"

Maria betete. Ihre Kehle war trocken, die Hand zitterte beim Schreiben, das Herz pochte und für einen Moment überlegte sie, ob sie nicht doch zum Turnunterricht gehen sollte. Dann hob sie den ganzen Stoss Notizblätter an, bündelte sie und setzte den Kugelschreiber vorsichtig zurück auf die letzte Seite. Atmen …

„Er wedelte mit dieser Schokokugel vor meinem Gesicht herum, als triezte er eine Katze. Sie war wie ein Bonbon auf beiden Seiten zusammengezurrt. Das kleine Mädchen nahm sie zögernd, fast widerwillig. Sie hatte so ein Gefühl, dass sie das musste. Die Regeln der Jungs … Sie zog an den Enden, und natürlich brauchte sie dazu beide Hände. Kühle Luft zog durch den Riss im Kleid.

Herzklopfen … Herzrasen … Stille. Das Chemiezimmer begann sich zu drehen. Maria zwang sich zu atmen, schrieb weiter, zeichnete Worte nebeneinander, übereinander. Manchmal schrieb sie deutlich, dann wieder kritzelte sie fast unleserliche Zeichen. Nicht selten brach sie mitten im Wort ab.

Als die Putzfrau hereinkam, fand sie Maria bewusstlos hinter dem Korpus, die beschriebenen Blätter in ihrer Hand. Fünf oder zehn Minuten hätte sie so dagelegen, sagte sie später, als sie vor dem Rektor stand. Sie sei ja nicht lange in der Pause gewesen.

Am nächsten Tag, dem letzten vor den grossen Ferien stand also doch noch ein Elterngespräch an.

2

DAS KARTENHAUS

(Track 2)

«Sie sind vielleicht freundlich,
aber Freunde sind sie nicht.»

Die Tür quietschte, als Robert sie öffnete und ein hagerer
Mittfünfziger blickte fragend von seinen Notizen auf. Er trug
ein blassrot kariertes Hemd ohne Krawatte, ein Baumwollgilet
und beige Jeans, deren Saum leicht auf den blankpolierten
Schuhen aufstand. Von den Nasenflügeln bis zu den
Mundwinkeln zog sich eine tiefe Kerbe. Am auffälligsten
jedoch waren seine buschigen Augenbrauen, die sichtlich allem
Zurückschneiden widerstanden. Jetzt erhellte sich seine Miene
und es erschien ein freundliches Begrüssungslächeln auf
seinem Gesicht. Er wirkte wie ein Gastgeber, der seinen Gast
herzlich willkommen heisst. Herzlich bis zum Moment, in dem
er merkt, dass er ihn gar nicht eingeladen hat.

Robert tat sein Bestes, diese formelle Höflichkeit zu
erwidern, nahm Platz und sagte freundlich: „Meine Frau muss
heute leider arbeiten, aber ich stehe Ihnen ganz zur
Verfügung."

Es war offensichtlich: Die beiden Männer würden sich bald
wieder mit derselben Miene verabschieden, mit der sie sich
begrüsst hatten. Dazwischen war nur eine halbe Stunde
Gesprächszeit totzuschlagen.

Der Lehrer bot ihm einen Platz am Schülerpult an. Der Stuhl
war hart und niedrig, unbequem so wie damals, als er selber
die Schulbank gedrückt hatte. Unweigerlich fand Robert sich
in Erinnerung an seine eigene Schulzeit wieder. Unsicher

suchte er nach dem Namen seines Oberstufenlehrers und hätte sein Gegenüber beinahe mit Dr. Zucker angesprochen, als ihn dessen Stimme in die Gegenwart zurückholte.

„…lässlich, Sie zu informieren."

„Entschuldigen Sie, Herr … Wie war der Name?" Der Klassenlehrer lächelte nett: „Groll ist mein Name. Danke, dass Sie sich spontan Zeit nehmen konnten. Ich bin Marias Hauptlehrer."

„Groll. Ach so, nein, hab' ich keinen. Nur Zucker", antwortete Robert und unterdrückte ein Grinsen. Der Scherz ging daneben. Doch der irritierte Blick seines Gegenübers amüsierte ihn wenigstens. „Verzeihung. Theo Zucker hiess mein Oberstufenlehrer." In diesem Spiel hatte er also die Oberhand. Der Gast war nun mal König.

„Sie haben den Brief gelesen?" begann Groll das Gespräch.

„Das haben wir", bestätigte Robert. „Meine Frau und ich. Ich gebe zu, wir sind da etwas besorgt. Sowas kommt ja nicht aus heiterem Himmel. Wie steht es im Übrigen um die Noten?"

„Da kann ich Sie beruhigen, die Benotung ist ausreichend. Wenn auch knapp." Diese professionelle Höflichkeit.

„Kommen wir zur Sache. Die Klasse musste einen Aufsatz schreiben", fuhr Groll fort und streckte Robert ein Blatt Papier entgegen, „über das früheste Kindheitserlebnis, an das sie sich erinnern konnte."

„Gehören solche Fragen in eine Schulstunde?" zweifelte Robert.

„Solche Reflexionen entsprechen durchaus den Interessen eines Teenagers."

Robert begann leise zu lesen.

In dieser Zeit stieg ich oft auf den Wildkirschenbaum beim Kinder-

spielplatz. Seine niederen Äste waren noch nicht abgesägt, sodass selbst ein kleines Kind wie ich …

Den Rest überflog er. „Ein Aufsatz", stellte er fest. „Und jetzt? Zugegeben, ich wusste nicht, dass sie trotz unserem Verbot auf diesen Baum gestiegen war." Er tippte mit dem Zeigefinger auf eine bestimmte Zeile. „Andererseits – mich hat das ja auch nie gestört. Meine Frau ja, die hat sich immer Sorgen gemacht. Sinnlos. Das heisst, einmal, da kam die Kleine tatsächlich mit einem Riss im Kleid nach Hause. Das war eine ärgerliche Situation." Vor allem, weil diese Schlampe ausnahmsweise Recht hatte, fügte er in Gedanken hinzu. „Aber deswegen muss sie ja nicht gleich ohnmächtig werden, zehn Jahre später. Wegen diesem einen Ausrutscher."

Robert schaute auf und begegnete Grolls väterlich strengem Blick.

„Nun ja … Womöglich hat sie dieses Erlebnis mehr beschäftigt, als Ihnen bewusst war. Das ist nicht der ganze Aufsatz. Ich vermute, ihre Tochter hat da ein paar Blätter nicht abgegeben. Zwischen dem Thema und dem Anfall könnte ein Zusammenhang bestehen." Groll machte eine Pause und fixierte Robert fragend über den Brillenrand hinweg.

Robert nahm ihm den Zweifel an seiner väterlichen Wahrnehmung übel.

„Kann ich hellsehen?" konterte er brüsk und schüttelte den Kopf. Der Lehrer nickte und schwieg. Für eine Weile betrachtete Robert seine Schuhspitzen, wippte auf und ab. Sein rechtes Auge begann zu zucken.

„Sie war ein verträumtes Kind, das stimmt. Es war nicht immer einfach. Aber wir haben auf sie aufgepasst. Wie wohl alle Eltern auf ihre Kinder aufpassen, nicht wahr? Da ist nie etwas Schlimmes passiert, sie hat auch nie etwas erzählt. Und

Sie können mir glauben: Mir hat sie vertraut."

„Wer ist eigentlich Peter?" hakte der Lehrer nach.

Ganz kurz spannten sich Roberts Kiefermuskeln, dann lächelte er. „Maria hat einen älteren Bruder. Sie sehen sich seit vielen Jahren nicht mehr. Er lebt bei seinem Vater, und der meidet den Kontakt zu uns. Vielleicht …" Roberts rechtes Auge zuckte wieder, als er weitersprach: „Sie hat ihn wohl vermisst. Trotzdem hatte sie entschieden, bei uns zu bleiben und nicht zum Vater zu ziehen. Wissen Sie, Kinder brauchen Eltern. Zwei Eltern. Zusammen. Ja, das können Sie mir glauben."

Sein Blick wanderte unruhig durch das Zimmer, blieb an der Weltkarte hängen und suchte nach einem Fixpunkt. Die Schweiz war verschwindend klein …

„Nathalie war müde damals. Dieser Vater war ihr keine Hilfe. Dann kam ich, zuerst als Freund. Sie brauchte jemanden, damit sie mal aus ihren vier Wänden rauskam. Unsere Liebe wuchs. Und als Peter weg ging … Aber jetzt braucht sie ihn sowieso nicht mehr, den grossen Bruder. Sie ist doch bald eine junge Frau …"

„Ja, sie bleiben nicht ewig Kinder", nickte Groll.

„Maria?" Robert fuhr sich mit der Hand über die Augen, um dem Zucken Herr zu werden, bevor er weitersprach: „Sie hat damals wieder eingenässt. Aber sie wollte nicht weg. Wir taten unser Bestes, damit sie die Geschichte vergessen konnte. Ihre blödsinnige Schreibaufgabe!" fauchte er und seine Faust sauste mit einem Knall auf die Schülerbank. Ein Bleistift kullerte hervor und rollte über den Boden. Groll wich zurück und Robert fischte nach dem Schreiber, hielt inne, drehte den Bleistift zwischen den Fingern und bekam sich wieder unter Kontrolle.

„Kinder brauchen zwei Eltern, zwei, wie Nathalie und mich. Ich will meiner Frau keine Schwäche nachsagen, nur: Die Erziehung von Peter und Maria alleine - das war zu viel für sie gewesen."

„Ich bin sicher, Ihre Frau schätzt Ihre Unterstützung", sagte Groll und schaute auf die Uhr. „Hat Maria gar nichts Aussergewöhnliches über diesen Spielplatz erwähnt?"

„Was wissen Sie denn, was ich nicht weiss?"

„Nichts." Groll hob abwehrend die Hände. „Eben."

Roberts Blick schweifte wieder ab. Er betrachtete das Zimmer. Eine schwarze Schiefertafel zog sich der ganzen Seitenwand entlang und seine Gedanken an die eigene Schulzeit liessen ihn lächeln. Das ist neu! Das ist geil! Hurra, hurra! Die Schule brennt! dachte er. Was wohl heute auf solchen Tafeln stand? Seite dreissig, Mathebuch ... Scheisse ist für alle da. Prügel auf dem Heimweg. Die anderen. Kein Vater. Seine Mutter. Sinnloses Zeug!

Hurra, die Schule brennt!

„Eine letzte Frage: Sind in der Familie irgendwelche epileptischen Anfälle bekannt? Hatte Maria jemals Absenzen?"

„Sie denken also, sie ist krank?" Robert schmunzelte spöttisch. Er war wieder ganz Gast und König. Dann schüttelte er den Kopf. „Nein, sie hatte nie sowas. Maria war einfach verträumt, so wie andere Kinder in diesem Alter auch."

„Dann ist das alles, was ich fragen wollte. Haben Sie noch irgendwelche Fragen an mich? Von den Noten abgesehen." Robert schüttelte den Kopf. Der Lehrer erhob sich und streckte ihm das Zeugnis entgegen. „Vielen Dank, dass Sie so kurzfristig vorbeigekommen sind."

„Nichts zu danken. Für mein Mädchen nehme ich mir immer

Zeit."

Der Klassenlehrer lächelte und streckte ihm die Hand entgegen. Robert war erleichtert. Den unfertigen Aufsatz entsorgte er beim Hinausgehen im Papierkorb.

Während Robert das Schulhausareal verliess, spürte er, wie er damit auch dem Bann seiner eigenen Schulzeit entrann. Er hatte die Schule nie gemocht. Für ihn war sie voll von kleinen Peinlichkeiten, schlechten Noten und verständnislosen Lehrern, die alles den Eltern petzten. Schon bald nach Schuleintritt verdarben ihm die Hausaufgaben den Spass am Lernen. Nicht jede Lebensgeschichte ist eine Erfolgsgeschichte, sagte er sich und wusste genau, wie damals die ersten Wurzeln des Misserfolgs ausgeschlagen hatten. Er klang ihm noch heute in den Ohren:

Konzentrier dich mal! Du musst lernen, bei der Sache zu bleiben. Träumst du schon wieder? Vielleicht träumte er. So wie Maria. Und wenn schon. Wenn der Lehrer etwas fragte, wusste er stets eine Antwort. Dass er bei den Prüfungen alles vergass, was er zuvor gelernt hatte, das hatte nichts mit dem Träumen zu tun gehabt. Aber schliesslich hatte er seinen Weg gemacht ohne irgendeinem Lehrer Dank zu schulden. Nun, vielleicht seiner Mutter...

Es war ja auch ganz gut gelaufen mit seinem Geschäft. Bis vor ein, zwei Jahren. Dass es jetzt nicht optimal lief, dass er keine Aufträge mehr hatte, das war die Wirtschaftslage. Dafür konnte er nichts. Er pfiff leise vor sich hin.

Nein, Maria hatte nichts weiter erzählt. Nichts, was einen neugierigen Lehrer etwas anginge.

„Lehrer, Schule! Herrgott nochmal. Zum Teufel damit!" murmelte er, spuckte auf den Boden, hielt inne und

27

bat um Verzeihung. Nein, den Herrn sollte man da nicht mit reinziehen. Und wenn man vom Teufel redete, dann kam er. Schnell schlug er ein Kreuz vor der Brust. Der Kies knirschte unter seinen Schuhen.

Danach kommt doch nur Schinderei, dachte er. Kann man uns denn nicht in Ruhe lassen, statt blöde Fragen über ihre Kindheit zu stellen? Manche Dinge sollte man eben ruhen lassen.

Ein paar Kinder spielten noch auf dem nahen Spielplatz. Robert kannte eines der Mädchen und winkte. Sie machten manchmal einen Umweg beim Nachhause gehen, das hatte ihm Silvie neulich erzählt.

„Hallo Onkel Robert!" Silvie schreckte ihn aus seinen Gedanken auf. Roberts Miene erhellte sich.

„Silvie, du sollst mich nicht Onkel nennen, da komme ich mir so alt vor."

Silvie kicherte. „Schwingst du mich einmal ganz hoch?" bettelte sie und ihre Freundinnen schauten neugierig in ihre Richtung. Robert lachte und hob sie hoch in die Luft. Ihr Kleidchen flatterte über sein Gesicht, als er sie vorsichtig wieder auf den Boden stellte.

„Einmal die Grätsche, biiitteee..." bettelte sie und er fasste sie nochmal um die Hüften und setze sie auf seine Taille. Dann wollte er sie hochstemmen, aber Silvie schlang kichernd ihre Beinchen um Robert und verschränkte die Füsse hinter seinem Rücken. „Jetzt sitz ich fest", lachte sie. „Und jetzt musst du mich loslassen! So, wie beim Rock'n'Roll." Robert wusste nicht mehr, wann er ihr diese Tanzfigur gezeigt hatte. An einem Tag, an dem sie allein gespielt hatten. Es war Silvies Lieblingsübung geworden. Und als sie ihre Handflächen nach dem Boden ausstreckte und wie eine Glocke kopfüber an ihm hing, blitzte ihr Höschen in der Sonne. Dann rollte sie sich im Purzelbaum zwischen seinen Beinen hindurch in den Sand. „Nun bist du aber ganz schmutzig geworden", sagte Robert streng. „Du musst nach Hause und dich waschen." „Oder du musst mir den Sand abklopfen", forderte Silvie keck. Er klopfte sie ab. Sie ist so frei von Hemmungen, dachte er, stellt nichts infrage. Er dachte an Groll. Nur Erwachsene haben immer Zweifel.

Er hielt den Kindern das Tor zum Spielplatz auf und rief laut:

„Müsst ihr denn nicht nach Hause? Eure Mütter warten sicher mit dem Essen auf euch. Habt ihr denn keinen Hunger?"

Artig sammelte sich die Gruppe und setzte sich in Bewegung.

„Mama sagt, ich darf nicht mit Fremden reden", bemerkte ein Mädchen im Vorübergehen und Robert bekam eine steile Falte auf der Stirn. „So?" fragte er zurück. Dann lachte er: „Ich bin ja kein Fremder!" und machte sich endlich auf den Weg zu Nathalie.

3
KÜHLER WIND

Ja, es ist Zeit zum Mittagessen, aber hör mir erst zu. Bitte. Ich lüge doch nicht, wenn ich sage, dass ich bei einer Freundin bin. Du bist meine Freundin. Und wem soll ich es sonst erzählen? Es ist nahe. Vielleicht ist es nun endlich nahe genug.

Maria dachte und das weisse Blatt hörte ihr zu, der Kugelschreiber, der Korpus im Chemiezimmer und sie waren Freunde geworden. Das Schulhaus war leer, am Montag würden die Schüler mit der Reinigung anfangen, als Ferienjob. Sie hatte sich auch angemeldet.

Jetzt setzte sie den Schreiber an und versuchte zu schreiben. Da war wieder das Herzrasen, dieser Schwindel, den sie beim ersten Mal gespürt hatte. Und genau deswegen war sie hierher zurückgekommen, deswegen sass sie noch einmal an derselben Stelle, mit dem Rücken zur Wand. Sie musste lernen, ihren Atem zu kontrollieren, damit sie nicht wieder ohnmächtig wurde. Langsam atmen, aber nicht zu tief, dachte sie. Der Schwindel kam und ging. Noch einmal sollte man sie hier nicht finden.

Warum? Sie presste den Rücken gegen den kühlen Beton. Warum hatte ihr Kira das Alibi verschafft? Warum wollte sie an ihrer Stelle die Böden schrubben und Kaugummis von den Schulbänken kratzen?

Manchmal wissen Geschwister eben mehr voneinander als für sie gut ist, sagte ihre innere Stimme. Herzklopfen … Herzrasen … dann Stille. Eine andere Welt tat sich auf und alle störenden Geräusche verschwanden aus dem Kreis ihrer Wahrnehmung. Die Grenze, die sie von der Erinnerung an ihre frühe Kindheit trennte, verschwamm, und sie konnte in die Vergangenheit reisen, konnte wieder das Mädchen auf dem Wildkirschenbaum sein. An dieser Stelle wollte sie weiterschreiben und suchte nach den richtigen Worten. *Du musst nach Hause …* schrieb der Stift.

Ja, ich musste nach Hause. Mittagessen mit Daddy und Mama. Aber sie versperrten mir den Weg. Wir wollen doch sehen, was passiert ist, sagten sie. Und ich machte die Augen zu … kühler Wind an meinen Beinen, eine Hand.

Kühle Kacheln an ihrem Rücken. Ein Gedanke: Du bist wieder das Kind.

Der Riss! Ich presste meine Lippen zusammen, biss auf Schokolade. Popodrücken. Ein Kloss in meinem Magen. Der Stift glitt vom Papier. Ihr wurde schlecht. Sie tat einen tiefen Atemzug und schrieb weiter.

Schokolade tropfte aus meinem Mund. Augen auf! hörte ich Severin sagen, und Tim: Der Doktor ist jetzt fertig, du kannst nach Hause gehen. Ich rannte, so schnell ich konnte. Ich schaute nicht zurück. Die beiden lachten, aber das Lachen wurde leiser. Sie folgten mir nicht.

Oh, wie ich mir wünschte, Daddy würde mit ihnen reden! Ganz laut und deutlich! So, wie er manchmal über das Arbeitsamt redete oder über die Steuern. Oder über Papa und Peter... So richtig laut und wütend.

Robert konnte auch lieb sein. Er konnte zuhören und trösten, Mama kann das nicht.

Sie wartete an diesem Tag mit dem Mittagessen auf mich. Sie sah den Riss im Kleid und ihr Gesicht bekam diesen strengen Ausdruck. Sie schimpfte mit mir. Warum war ich gegen ihr Verbot auf den Baum gestiegen? Sie sah die Schramme, sie sagte, ich sei selber schuld.

Mein Po brannte und ich hatte Angst vor dem nächsten Mal, wenn ich dick musste. Daddy sah mich schweigend an und wartete, bis ich mit dem Essen fertig war. Dann stellte er meinen Teller in seinen und sagte, ich solle auf mein Zimmer gehen und auf ihn warten.

Von weit her hörte sie Kira rufen: „Maria? Bist du noch da?"

Herzklopfen, Herzrasen. Maria atmete tief durch. Sie spürte leichte Übelkeit und ein Ziehen in ihrem Bauch, als bekäme sie Darmkoliken. Sie zog die Beine an den Körper, legte die Hand auf die Lenden. Wartete Nathalie mit dem Essen zuhause? Machte sie sich Sorgen? Nein, macht sie nicht, gab

31

sie sich zur Antwort. Du bist jetzt gross. Und sie liest jetzt Bücher, auf denen steht „Pubertät - wie umarmt man einen Kaktus". Bald wirst du Pickel kriegen!

„Maria?" Kiras Stimme war jetzt ganz nahe.

Sie schrieb zögernd unter die Geschichte:

Hat ein Schmetterling Angst, bevor er schlüpft?

Ich muss zum Essen nach - …

„Was um Himmels Willen ist denn mit dir los? Du bist ja ganz weiss im Gesicht!" Sie spürte Kiras Hand an ihrem Arm, die sie hochzerrte und die sie schliesslich unter dem Rippenbogen stützte.

„Shit, ist mir übel", brachte sie heraus. „Begleitest du mich aufs Klo?" Kira nickte und betrachtete ihre Freundin von der Seite. Maria wirkte unauffällig mit ihrem geraden, dunkelbraunen Haar, das aussah, als würde sie es sich selber schneiden, aber nicht hässlich. Ein Styling täte ihr sicher gut. Ihr Teint war hell, wie die Haut einer Rothaarigen, ungeschminkt. Sie benutzte nicht einmal ein Haargel.

„Hast du eigentlich einen Freund?" fragte Kira.

„Na hör mal! Ich bin noch fast ein Kind!"

„Muss ja nicht gleich Sex haben", grinste Kira. „Warst du schon mal verliebt? Sabina und Zoran waren schon im Kindergarten verliebt."

„Ich bin nicht Sabina", sagte Maria unwirsch und bereute den Ton sogleich. „Ich meine nur, ich fühl mich noch nicht bereit für eine Beziehung zu einem Jungen, verstehst du?"

Kira nickte und hielt die Klotür auf. „Geht's wieder?"

„Mhm." In dem Moment fühlte sie, wie etwas Feuchtes in die Unterwäsche rann. „Wart noch", bat sie Kira und schlüpfte schnell in eine der Kabinen.

Kurz darauf rief sie: "Alles ok! Kannst mich alleine lassen."

„Gut, dann bis morgen. Und wenn du Lust hast, kann ich dich ja nach dem Putzen mal schminken...?"

Maria lächelte, als sie jetzt einen ganzen Wisch Toilettenpapier abrollte, sorgsam zusammenfaltete und in ihre Unterhose schob. „Mag sein", rief sie zurück. „Ich meine - mag sein, dass ich Lust darauf habe!" Sie war also doch kein Kind mehr. Was wird Nathalie sagen? Oder soll ich es zuerst Robert erzählen? Vielleicht sagt er dann, dass ich die Pille nehmen müsse ... „Muss ja nicht gleich Sex sein," machte sie Kira nach. Sie schüttelte sich bei dem Gedanken. Nein, sie wollte mit keinem Jungen schlafen, das versprach sie sich hoch und heilig. Auf dem Heimweg wehte ein kühler Wind.

Mittagspause. Das Sonnenlicht liess Nathalies hennarotes Haar wie Kupfer schimmern, als sie aus dem Personalausgang ins Freie trat. Sie sprang über die letzten zwei Stufen auf den Gehsteig hinaus und pflügte sich durch einen Haufen Angestellte, die sich die Zeit bis zur Mittagspause mit Zigarettenrauchen vertrieben. Zwischen all den hochtoupierten, silberblonden, kastanienbraunen, und tiefschwarzen Frisuren ihrer Kolleginnen wirkte ihr kupferroter Stufenhaarschnitt natürlich und lebendig. Der aufrechte Gang liess sie jünger erscheinen, und obwohl die Schatten unter ihren Augen von kurzen Nächten sprachen, lachte sie fröhlich.

Sich morgens im Spiegel anzusehen, diesem reifenden Spiegelbild einen guten Tag zu wünschen, das gehörte zu den täglichen Übungen ihrer Generation, fand Nathalie, und sie verpasste keine Gelegenheit, diese Ansicht auch ihren Arbeitskolleginnen mitzuteilen. Um die fünfzig zu sein bedeutete nichts weiter, als zur nächsthöheren Spezies zu gehören, jener, die Ü40 Tanzpartys besucht, ihre Hits aus der

33

Teeniezeit im Radio L hört statt auf dem Jugendsender, Bemerkungen wie „Oldies are Goldies" wertschätzen gelernt hat, den fast erwachsenen Kindern immer noch geduldig Türen und Tore öffnet und die weiss, wie man unter der Doppelbelastung von Mutterschaft und Beruf überlebt. Mehr oder weniger.

Der Riemen ihrer abgetragenen Ledertasche schnitt ihr ins Fleisch. Nathalie streifte ihn im Gehen über die andere Schulter, zog die eingeklemmten Haarsträhnen darunter hervor und drapierte sie zum Schutz gegen die Sonnenstrahlen im Nacken. Sie trug Bücher in ihrer Tasche, so wie die Schönfrisierten ihre Schminke, und Papier hatte nun einmal eine Dichte, die ins Gewicht fiel.

Und heute war ein ganz besonderes Buch dabei, das existierte nur ein einziges Mal. Es duftete nach Backfett und Grossvaters Pfeife. Sie hatte es vor gut drei Jahrzehnten mit echtem Siegellack verschlossen und in Omas Wohnung versteckt. Es sollte niemand darin lesen. Nicht einmal „Moma". Und Moma konnte schweigen wie das Grab, in dem sie seit ein paar Wochen lag. Das Schriftstück wäre stillschweigend in den Nachlass gewandert und dort bestenfalls entsorgt worden, im dümmsten Fall eben doch gelesen, wäre nicht ihr Cousin gewesen.

Nathalie war nicht zur Beerdigung gegangen. Ihre Verwandten waren ihr suspekt. Sie waren grundsätzlich neugierig, aber nie wirklich interessiert. Ihr Cousin war der einzige, dem sie traute, und der war damals ziemlich in sie verliebt gewesen. Heute Morgen war dann sein Gesicht wie aus heiterem Himmel zwischen den Regalen aufgetaucht, er hatte ihr augenzwinkernd ein Päckchen übergeben und ihr schöne Grüsse von der Verwandtschaft bestellt, sowie

34

herzliche Beileidigkeiten oder was man sich da alles so sage, und er hatte ihr vorgeschlagen, sich ein andermal bei einem Essen gehörig den Appetit zu verderben. Nathalie hatte das Date dankbar vertagt. Jetzt lachte sie beim Gedanken an seinen Besuch und freute sich auf zwei Stunden Mittagszeit zuhause und eine Überraschung.

Der Weg vom Grossverteiler zu ihrer Wohnung war nicht sehr weit und sie ging zu Fuss. So sparte sie Geld für die Strassenbahn. Frische Luft und Sonne, ja sogar Regen, Bise und Schnee waren ihr eine willkommene Abwechslung zu den neonbeleuchteten Verkaufsständen und der Klimaanlage am Arbeitsplatz. Von den Gefrierfächern her zog immer kühle Luft durch die Auslagen und die Gestelle, und seit sie diesen Job angenommen hatte war sie chronisch erkältet.

Nathalie hielt inne. Sie streifte ihre Schuhe ab. Der Teerboden war von der Sonne aufgeheizt und sie wollte die letzten hundert Meter barfuss gehen, so, wie sie früher immer barfuss zur Moma gelaufen war. Die Schuhe in ihren Händen trabte sie also los und immer schneller wetzten ihre Fusssohlen über den heissen Teer.

Wenige Minuten später versetzen ihre Füsse der Ledertasche einen Tritt, damit sie noch bis ganz unter das Bett rutschte, und ihre Hände zerknüllten die Papiertüte. Sie zielte, warf, traf den Abfallkorb, schlug mit der Faust in die Luft und kommentierte mit: „Yes!"

Dann wog sie vorsichtig ihr Tagebuch in den Händen. Das Siegel mit den zwei Buchstaben S&N war ungebrochen. Senna und Nathalie. Natje. Sie atmete auf. Man konnte dieses Tagebuch lesen und dabei einzelne Kapitel wie Rosinen aus einem Kuchen picken, aber manchmal war so eine Rosine faul.

Man konnte auch alles auf einmal in sich hineinstopfen, so dass einem davon sowieso schlecht wurde. Und schlecht wurde einem ob der einen oder anderen Stelle, soweit erinnerte sie sich. Dieses Buch verbarg Geheimnisse, wie ein Dreikönigskuchen einen König. Und je nachdem, wie man zu seinem König stand, regierte er weise oder hart, zuweilen auch brutal. Man konnte sich alle Zähne am König ausbeissen, wenn man ihn unvorbereitet erwischte. Oder er einen erwischte. Dann blutete man sogar. Und dann war es Zeit, sich die Krone selbst aufzusetzen. Nathalie lächelte bei diesem tiefsinnigen Vergleich. Das Werk in ihren Händen war ein Paper blank, gefüllt mit Erinnerungen, von denen sie selbst nicht mehr genau sagen konnte, auf welcher Seite die guten und wo die schlechten standen. Und schliesslich: War nicht alles eine Frage der Sichtweise bei pubertierenden Teenagern?

Aber erst musste sie kochen. Behutsam bettete Nathalie das ungeöffnete Buch zwischen die Leintücher im Schlafzimmerschrank. Dann ging sie in die Küche und setzte erst einmal zwei Töpfe mit Wasser auf, einen für die Nudeln und einen mit Teewasser. Kochen war nun mal ihr Job, egal, wer zum Essen kam. Nun ja, da gab es Dinge, die sie lieber machte. „Scheisse ist für alle da", hatte Robert auf einen Notizblock beim Küchentisch geschrieben. „Blödmann", kommentierte sie. „Dein Geschäft ist noch nie gelaufen. Bist blind wie ein Maulwurf und blöd wie ein Meter Feldweg, ne?" Sie hatte ein Studium abgeschlossen und füllte nun trotzdem Regale mit Teigwaren und Fertigsaucen im Tetra Pak. Und er wetterte derweilen wie ein Grosser über die Wirtschaftslage, die sein sowieso insolventes Geschäft ruiniert habe. Man musste sich eben anpassen.

„Pubertär" kritzelte sie darunter. Dazu zeichnete sie einen

Maulwurfskopf, der über eine Tischkante guckte, einen mit drei Härchen auf einer Glatze und einem niedlichen Grinsen. „Pubertär …" murmelte sie und starrte nachdenklich aus dem Fenster. Maria veränderte sich, sie wurde erwachsen, und sie verlor mehr und mehr den Zugang zu ihr, wenn sie denn je Zugang zu ihrer Tochter gehabt hatte. Und wenn ihr Robert ausnahmsweise mal nicht im Weg stand. Wie machte er das nur, immer an erste Stelle zu sein?

Plötzlich stellte Nathalie die Teetasse so heftig auf den Tisch, dass Tee überschwappte und sie stapfte ins Schlafzimmer. Sie grub das kleine Büchlein wieder zwischen der Bettwäsche hervor, knallte die Schranktüre zu und warf einen hastigen Blick auf die Uhr. Es war kurz vor Zwölf.

Sie ging mit schnellen Schritten zurück in die Küche, die Luft war geschwängert vom Wasserdampf, und beeilte sich, die Pasta in die heissen Strudel zu kippen. Ein paar Tropfen spritzen auf ihren Arm. Sie wich zurück. Sie fasste gleichzeitig nach dem Pfännchen mit der Tomatensauce, es gluckerte, der Deckel fiel scheppernd zu Boden. „Ach, bleib doch, wo du bist!" wetterte sie, hob den Deckel auf, atmete tief durch und stellte die Pfanne zurück auf den Herd. Deckel drauf.

„Was er nicht weiss, macht ihn nicht heiss."
Es war noch genügend Sauce von gestern da, sie brauchte sie nur noch etwas aufzuwärmen. Also nahm sie das Büchlein wieder zur Hand und brach das Siegel.

„Geduld ist, wenn man einem Wasserhahn solange gut zuredet, bis er kräht. Senna B." stand auf der ersten Seite. Das Blatt war verziert mit Blumenornamenten, stilisierten Augen und Peacezeichen. Ganz unten grinste so ein kleiner Maulwurf über eine Tischkante. Nathalie strich über die goldenen

Lettern auf dem Buchrücken: T.A.G.E.B.U.C.H. Sie liess die Seiten rauschend durch ihre Finger gleiten und stoppte an einem beliebigen Ort.

Du.

Ich dachte,

sie kommt im Sturm,

die Liebe.

Die Erkenntnis: Das ist er!

- war ein Entscheid,

in Ruhe gefällt…

Sie liess den Blick auf den Worten ruhen und lächelte. Irgendwann hatten sie sich zum ersten Mal erwachsen gefühlt. Irgendwann am Anfang von ihrem Studium. Da hatte sie sich die Haare ganz kurz geschnitten und ein Poster von Jeanne d'Arc über ihr Bett gehängt – an genau die Stelle, an der viele Jahre lang „Die Blaue Lagune" gehangen hatte. Und mit ihrer Freundin die erste Zigarette geraucht. Ein Jahr später hatten dann Eurythmics Jeannes Platz eingenommen und die Zeit mit den Jungs war romantisch geworden, ein bisschen weniger erwachsen und zugleich ernsthafter. Senna war in einer festen Beziehung gelandet und sie hatte die Nächte im Zelt und unter den Sternen verbracht. Und dann war Peter unterwegs und das Leben ging seinen Gang. Als sie später Robert kennenlernte, begann für sie eine neue Zeit. Dachte sie. Sie steuerte schnurstracks, mit glattrasierten Beinen, zwei Kindern und einem Venushügel, so nackt wie ein Babypopo, in die nächste Sackgasse und arrangierte sich. Irgendwann gehörte dann der Platz über dem Bett Frida Kahlo, und Robert fasste sie nicht mehr an.

Die Tür ging auf, das Büchlein wanderte schnell in den Vorratsschrank hinter die Bohnenbüchsen. Robert aß schweigend. Nein, er wusste nicht, wo sich Maria herumtrieb, und er wollte es auch nicht wissen.

„Worum ging's denn im Gespräch mit Groll?" forschte Nathalie. Er grunzte vor sich hin.

„Herrgott nochmal, jetzt red' doch was!"

„Geht ja keinen Giftnickel nichts an. Misch dich da nicht in alles ein."

„Ich bin immerhin die Mutter …"

„Und …? Die Noten reichen jedenfalls. Zufrieden?" sagte Robert und erntete ihren missbilligenden Blick. Das war ihm recht, er mochte sie auf Distanz sowieso lieber. Er war ja nicht ihretwegen geblieben. Aber jetzt, wo die Kleine erwachsen wurde …

„Neugieriges Pack," rutschte ihm heraus.

„Wie bitte?" fragte Nathalie nun betont höflich.

„Du sollst sie nicht immer kontrollieren, sag ich!" donnerte Robert wie aus heiterem Himmel los und hieb mit der Faust auf den Tisch. „Sie hat ein Recht auf ein eigenes Leben! Basta!" Das hatte er sich angewöhnt, diese Bestimmtheit in der Stimme, diese Lautstärke. Egal, was er sagte, es wirkte. Nathalie verstummte.

Robert schob den Pastateller von sich und stand auf. „Ich geh nochmal hinaus. Zigaretten holen."

39

4
WEG OHNE ZIEL

Die Tür fiel donnernd ins Schloss. Nathalie sass unbeweglich und unbewegt am Küchentisch und starrte wieder aus dem Fenster. Er wird die Nacht bei Mutter schlafen, ging ihr durch den Kopf. Die Nacht würde vergehen. Sie spürte einen Klumpen im Magen, atmete tief ein und wünschte sich, ihn nie mehr ertragen zu müssen. Er war ihr zuwider. Alles an ihm. Hotel Mama hier, Hotel Mama dort.

„Ein Hotel zu viel," stellte sie fest, fischte hinter den Büchsentürmen eine kleine, braune Flasche hervor und goss sich ein Glas Baileys ein, schnupperte, tunkte nur die Zungenspitze hinein. Sie genoss den Geschmack. Er erinnerte an früher, an Partys, an Freunde. Noch etwas kühl, dachte sie und räumte schon mal das Geschirr weg. Dieser Puritaner. Er hatte ihr den Alkohol verboten. Aber sie war keine Trinkerin. Nur diese stumpfsinnigen Codes an der Kasse liessen sie selber stumpfsinnig werden... Noch einen Schluck. Geschirrspüler zu. Denken verboten. Dieser Tag war noch lange nicht zu Ende, heute war Abendverkauf.

Als sie am Garderobenspiegel vorbeiging, kramte sie in der Schublade vom Frisiertisch einen kleinen Fotorahmen hervor, darin ein Bild von Peter und Maria. Die Kleine war fünf geworden, und die Geburtstagstorte stand vor ihnen auf dem Tisch. Peter hatte den Arm um seine Schwester gelegt. Er stand da wie ein Beschützer, während Maria neben ihm klein und zerbrechlich schien. „Es kommt mir vor, als würde ich an einem Traueraltar vorbeigehen", hatte Robert festgestellt und Nathalie hatte den Rahmen brav unter den Schals in der

Schublade versorgt. Nun stellte sie ihn zurück. Sie nickte ihren Kindern zu und grüsste auch gleich Frida Kahlos Bild im Wohnzimmer. Sie nahm eine Wolljacke, schlüpfte in bequeme Schuhe und machte sich auf den Weg zur Arbeit. Ihr Entscheid war gefallen.

Robert atmete auf. Draussen blendete ihn die Sonne. „Dieser Groll, und dann noch Nathalie", schimpfte er vor sich hin. „Die sind beide zu neugierig. Was rührt dieser Trottel auch an den alten Geschichten? Soll das die Kinder gescheiter machen?"

Ja, er hatte Blut gesehen. Was da am Spielplatz passiert war, das musste sie ihm gar nicht erzählen, die Kleine - seine Kleine - er hatte genug gesehen. Sein tapferes Mädchen ... Verflucht! Sie hatte so verletzlich ausgesehen. „So ein süsses kleines Biest!"

Er ging ein paar Schritte, setzte sich auf die Mauer neben dem Müllcontainer, schirmte mit der Hand die Augen gegen die Sonne ab und musterte die Einfamilienhäuser auf der anderen Strassenseite. Dort wohnten solche Tims und Severins mit ihren mittelständischen Eltern. Doppelverdiener aus purer Freude am Luxus, mit zwei Badezimmern und einer Wohnküche. Und hier wohnten er und Nathalie, in einer Mietwohnung, umgeben von langohrigen, spitzzüngigen Nachbarinnen. War denn die andere Seite besser, nur weil sie reicher war? Er hätte auch lieber auf der anderen Seite gewohnt, wo einem keiner die Nase in fremde Angelegenheiten steckte. Mit dieser Tussi in Nummer 48 hatte er sogar mal geflirtet. Und dann doch keinen Kaffee getrunken. Wegen Maria. Ihretwegen war er geblieben. Nur ihretwegen. „Und jetzt wird sie eine Frau. Das Leben ist nicht

41

fair." Von weit her trug der Wind Kinderstimmen heran. Er spürte Leere. Nathalie, hörst du mich? dachte er und passte auf, dass er leise dachte. Euch Frauen kann man nicht trauen. Ihr seid gierig, neugierig und gierig. Vor allem nach Geld. Schaut euch doch an, wie ihr zickt und euch streitet! Kein Tratsch zu billig, um eine andere in die Pfanne zu hauen! Spieglein, Spieglein an der Wand, wer ist der Beste in diesem Land? Der Geldpotenteste? Gib's zu, Nathalie! So ist es. Er hob drohend die Faust.

Ein Passant auf der anderen Strassenseite schaute interessiert in seine Richtung. Robert rutschte von der Mauer und kickte einen nicht vorhandenen Stein zur Strassenmitte. Der andere hob beschwichtigend die Hände, und die beiden Männer setzten sich in Bewegung, jeder in seine Richtung, und er ging, ohne darauf zu achten, wohin.

Währenddessen zog sich Nathalie die Arbeitsschürze über und machte sich bereit für den Dienst an der Kasse. „Lange geht das nicht mehr so", dachte sie dabei. „Es muss sich etwas ändern. Es wird."

Die Fensterscheiben der Altstadthäuser warfen milchige Lichtflecken auf die Schatten in den Pflastersteingassen. Seine Füsse spulten Meter für Meter ab, als ginge er auf einem Laufband, es wehte ein kühler Wind. Als Robert endlich den Kopf hob, stand er auf dem Zwingliplatz. Ein imposanter Bau, dessen hochgeschossener Kuppelzwilling nicht richtig auf die rechteckigen Wachtürme passen wollte, leuchtete in der Mittagssonne. Um diese Zeit herrschte hier dezente Geschäftigkeit. Ein paar Touristen grüssten einander auf dem Kirchplatz, stellten Fragen und tauschten ihr Bücherwissen aus einem der Stadtführer aus, mit dem sie aktuell gebildeter schienen als jene Leute, die mit der Erinnerung an Kaiser Karl und die Schlange im lang vergangenen Geschichtsunterricht hausieren gingen.

Ein guter Mann, dieser Zwingli, dachte Robert und sah zu den Schriften und Ornamenten am schweren, dunklen Holztor auf. *Am Anfang war das Wort, und das Wort war bei Gott*, stand am linken Torflügel. *Am Anfang schuf Gott den Himmel und die Erde*, stand am rechten. *Als die Zeit gekommen ward, sandte Gott seinen Sohn.* Robert kannte diese Inschrift auswendig. Er leierte die Sätze herunter wie ein Gebet, schlug ein Kreuz über der Brust und spürte das Gewicht der Worte auf seinen Schultern. Doch Gott hatte Jesus nicht einmal im Tod allein gelassen. *Ich bin bei euch alle Tage bis an das Ende der Welt. Christus ist um unserer Sünden Willen gestorben. Er ist um unserer Gerechtigkeit Willen auferstanden*, las er. *Ja, ich komme bald. Amen. Komm Herr Jesus.* Dann trat er ein.

Der lichtdurchflutete Chor erstrahlte als wären die Fenster aus geschliffenem Rubin. An manchen Tagen leuchtete dieses Rot bis in die hinterste Ecke der Kirche, bis zu den Heiligen Petrus und Paulus. Heute schimmerte es warm auf den Fliesen unter den Fenstern. Robert wollte beten. Er konnte leise beten, aber nicht stumm, denn das Wort wollte ausgesprochen sein. Dieses Gebet war kein einfaches, doch hier in der Kirche fühlte er sich sicher. Die Touristen konnten seine gemurmelten Worte ja doch nicht verstehen, dachte er. Also liess er die Finger über die Schnitzereien der Sitzlehnen wandern, die die Holzsitze voneinander trennten und suchte nach dem richtigen Stuhl. Er erkannte ihn daran, dass sein Herzschlag ein klein wenig ruhiger wurde, eine Nuance nur und doch spürbar. Über dem perfekten Sitz prangte ein Bild der Mutter Maria. An ihrem blauen Kleidersaum hielt sich ein schier unbedeutend kleines Jesuskind fest. Robert setzte sich, senkte den Kopf und begann.

„Herr, Jesus und Maria", betete er inbrünstig. „Vergebt mir. Ich habe nur getan, was ich tun musste. Es war nicht immer einfach, ihr beizustehen, und nun wird sie mich doch verlassen. Etwas ergreift von ihr Besitz, mehr und mehr, Stunde um Stunde. Ich kann es nicht verhindern. Da ist kein Weib auf Erden, das sich Reinheit hätte bewahren können, nach deinem Vorbild, heilige Mutter Gottes. Rein sind nur die Kinder." Er sah sie vor sich, Maria Elektra, Sofia. Und diesmal verwirrte ihn die zarte Erregung, die sich seiner bemächtigte. "Ich habe doch auf sie aufgepasst, auf mein Mädchen, sie ist unversehrt, nicht wahr, das ist sie?" murmelte er. „Ich habe ..."

Touristen flanierten durch die Kirche, um sich diesen bekannten Kraftort anzusehen. Sie blieben stehen, diskutierten, hoben die Hände, zeigten zu den farbigen Fenstern, nickten und waren laut. Robert flüchtete ins Hauptschiff und stellte sich betont gelangweilt vor die kunstvoll gestalteten Scheiben. Er sog die Luft tief ein, sie war weder kühl noch warm, sie roch nach nichts, nach reinem, sauberem Nichts. Zartblaues Licht verströmte hier kühlende Ruhe, es erinnerte ihn an Mutters Tiffany Bilder am Küchenfenster, es erinnerte ihn an Fleiss, Ordnung und Reinlichkeit. Er nickte. „Unbefleckt wie der Frühling, so mag die Heilige Mutter ihre Söhne. Sie wacht über den heiligen Gral, sie ist das ewige Leben." Auf dem Chor standen immer noch ein paar Japaner. Er fühlte sich bedrängt von ihrer Präsenz und wandte sich dem Abgang zur darunterliegenden

Krypta zu. Die Schuhsohlen knirschten leise auf dem blanken Boden.

Dort unten sass Kaiser Karl der Grosse auf seinem steinernen Thron. Er trug seine goldene Krone auf dem Haupt, sein Schwert lag über den Knien, und er war gespickt mit Eisennägeln wie ein Sonntagsbraten mit Speck. Starr blickten seine leeren Augen in den Raum. Zwölf Säulen stützten den Boden des Chors wie gespenstische Ballgäste, festgehalten in dem Moment, in dem ihnen die Decke auf den Kopf zu fallen drohte. Die Welt unter jenem rubinroten Kraftfeld war kühl und feucht und roch modrig.

Hier in der Krypta, ungeachtet der Tageszeit, zogen die Geister von Felix und Regula noch immer ihre Runden. Robert konnte ihre Präsenz fühlen. Er fröstelte. Diese Stadtheiligen, wenn sie auch nur dem vifen Kopf eines St.Galler Geistlichen entsprungen waren, folgten ihm, als wären sie physische Wesen, als stünden sie zwischen den Säulen und beobachteten ihn, als müsste er nur noch etwas genauer hinsehen, um ihre Umrisse zu erkennen. Die Realität schien sich hier unten mit Wahn zu paaren. Robert suchte Halt an einer der Säulen. Er fühlte den harten Stein an seiner Schulter, doch dieses beklemmende Gefühl in der Brust blieb. Aufrecht, beherrscht und mit pochendem Herzen verliess er die Krypta wieder und stieg zum Chor empor. Die Touristen waren weitergezogen.

Nochmal versuchte er zu beten, doch nun ergoss sich das rubinrote Licht wie Blut über die Steinplatten, leuchtender als vorher floss es aus dem Chor die Treppe hinunter, floss die Gänge entlang bis zur hintersten Ecke der Kirche. Robert sah seine Schuhe im Blut versinken. Klebriges Rot schwappte über den Ledersohlen zusammen, sickerte durch die Nähte und durchweichte seine Socken. Er stand auf und schlich durch die Stuhlreihen wie ein geschlagener Hund. Das Blut zog sich in geheime Abflüsse zurück, verschwand vor seinen Augen. Er ahnte, dass das alles nicht real war. Sein Blick irrte umher auf der Suche nach etwas Fassbarem, tastete die Fugen der Bodenfliesen ab als wären sie Strassenmarkierungen, Leitplanken in einem Wettlauf gegen die Zeit, die gierig jeden Bezug zur Realität verschlang. Er bat um Führung durch eine surreale Welt. Dann entdeckte er eine Zeitung versteckt unter einem der Holzbänke. Er sah verschwommen die Schlagzeile auf der Titelseite: *«Warum gerade jetzt?»*

(Track 3)

Am Samstagabend wurde ein 76jähriger Filmregisseur bei seiner Einreise am Flughafen verhaftet. Die Festnahme erfolgte aufgrund eines dreissig Jahre alten Haftbefehls. Damals hatte sich der Täter der sexuellen Handlungen mit einer Minderjährigen für schuldig bekannt. Er wartet nun auf seine Auslieferung.

Das Leben des Angeklagten war geprägt von tragischen Ereignissen, Gewalt und Kontroversen. Das Opfer ihrerseits spricht sich für eine Einstellung des Verfahrens aus. Die kontinuierliche Zurschaustellung von düsteren Details aus ihrer Vergangenheit sei verletzend, sagt sie.

Es war zu spät. Robert verliess die Kirche im Laufschritt, sein Gebet blieb unvollendet.

5
NATJES GEHEIMNIS

Als erstes suchte Maria den Toilettenschrank nach Tampons ab. „Das kann doch nicht sein, verdammt, Nathalie!" fluchte sie und biss sich auf die Lippen. Aber Nathalie war auf der Arbeit und konnte sie nicht hören. Maria blieb also nichts anderes übrig, als sich weiterhin mit Toilettenpapier auszuhelfen. Darauf, im Laden ratlos vor den Regalen zu stehen, bis jemand sie ansprach, hatte sie keinen Bock. Ausserdem kamen diese Bauchkrämpfe in Wellen und dazwischen hatte sie einen Bärenhunger. Sie durchsuchte die Küche weiter nach Mittagessen.

Kein Teller im Ofen, keine Reste in irgendwelchen Töpfen, nicht einmal im Kühlschrank war etwas Essbares zu finden, zumindest nichts, was man ohne grösseren Aufwand hätte futtern können. Nathalie hatte wie erwartet nicht auf sie gewartet. Seufzend grapschte Maria im Seitenfach nach der Mayonnaise und einer Flasche Eistee. Hatte sie nicht irgendwo Salzgebäck? Im Vorratskasten. Butterstangen und Mayonnaise. War doch besser als nichts. Und besser als selber kochen…

„Nathalie!" rief sie laut, während sie suchte, und ahmte dabei den herrischen Tonfall ihres Stiefvaters nach. "Da ist bloss wieder alles voll von diesen öden, blöden Bohnen! Weshalb kauft sie die? Weil Hero draufsteht?" Nein, weil Robert sie bestimmt nicht essen mochte. Wütend stiess sie gegen den Schrank. Es schepperte, und ein paar Büchsen kullerten herunter. Ganz hinten blitzte etwas Ledernes auf. Für einen Moment zögerte Maria.

Ein paar Minuten später sass sie am Küchentisch, ein Glas Milch neben sich. Die Haustür war vorsorglich abgeschlossen und der Schlüssel steckte. Sie schmökerte im Tagebuch, fuhr mit dem Finger einem Maulwurfsköpfchen nach und verglich die Zeichnung mit dem Gesicht auf dem Post-it. Nathalie ... Sie blätterte um. Die Buchstaben standen eng zusammen, die senkrechten Linien liefen parallel. Eine korrekte verbundene Schrift füllte die erste Seite:

Ich bin Natje.
Natti kann ich nicht ausstehen und Nathalie noch weniger.
So nennt mich meine Mutter immer, wenn sie wütend ist:
Na-tha-lie!

Maria lachte auf. „Na-tha-lie!" brüllte sie und schlug mit der Faust auf den Tisch. „Ja bitte, Robert?" antwortete sie sich beflissen und las dann kichernd weiter.

Mein Leitspruch:
Generationenkonflikt.
„Wovon wir leben wollen, hast du gefragt.
Hättest du gefragt, wofür wir leben wollen, hätten wir miteinander reden können."
Er steht an der Wand in meinem Kinderzimmer. Sag mal,
hast du auch Eltern, die nur deinen ganzen Namen sagen, wenn sie
mit etwas nicht einverstanden sind?
Warum geben Eltern uns Kindern überhaupt einen Namen?
Oder meinten Ma und Pa mit diesen Namen gar nicht uns? Vielleicht
gaben sie die Namen einer Vorstellung, einer blossen Idee. Sie dachten:
Ich wünsche mir ein süsses kleines Mädchen, das immer lieb ist, das mir
gut zuhört, im Beruf richtig viel Erfolg hat und einen Mann nebenbei,
einer, der ihr zur Seite steht, in guten und in schlechten Zeiten, und der

uns mindestens drei Enkel schenkt. Ein solches Kind, das ist ganz sicher
eine Nathalie.

Maria vergass den Hunger. Sie vergass sogar die Milch.
Wenn so ein Kind eine Nathalie war, was war denn eine Kira,
ein Peter oder eine Maria?
Eine Maria Elektra.
Ein kleiner blauer Briefumschlag lag neben dem Glas. Er war
beim Zusammenstoss mit den Büchsen herausgerutscht, doch
sie schenkte ihm keine Beachtung.

Die rechte Hälfte der Doppelseite hatte eine andere Schrift,
eine rundliche, verspielte, leicht nach hinten geneigt, und sie
hatte Kringel anstelle von i-Punkten. Sie gehörte wohl Natjes
Freundin. Der besten Freundin. Mit wem wollte man denn
sonst ein Tagebuch teilen?

Ich bin Senna.
Senna kann man nicht abkürzen, deswegen haben meine Eltern mich
so getauft. Und was ihr hier lest, ist unser Tagebuch. Also seid gewarnt
– Natje und ich werden alles hineinschreiben. Alles, was wir erleben!
Egal, was ihr darüber denkt. Und hier ist mein Leitspruch:
„Weiss ist gut – schwarz ist böse. Doch denke immer daran: Auch
eine weisse Lilie wirft schwarze Schatten. "

Auf der nächsten Seite ging es mit Natjes Schönschrift
weiter:
Wenn ein Erwachsener auf seiner Meinung besteht, so sagt er: „Man
muss das Kind beim Namen nennen". Das bedeutet, beim Namen, den
ihm die Person gerade gibt. Dann heisst es, das ist Mobbing, Belästigung,
Treuepflicht verletzt, Rufschädigung und was sonst noch Unerwünschtes
existiert. Ohne Umschweife. So ist das dann auch mit uns Kindern.

Bist du ein Wunschkind, dann sagen sie Kleines, Süsse, mein Mädchen,
meine Maus zu dir. Sie machen dir den Hof wie einem König. Bis du
etwas Unerwünschtes tust. Und schwupp – hast du einen Namen:
Na-tha-lie!

Maria hob den Kopf und lauschte. War da ein Geräusch im
Treppenhaus? Oder doch nicht. Was, wenn Robert jetzt nach
Hause kam? Dann musste er läuten. Dann wurde er wütend.
Und wenn Robert tobte, und das tat er dann, wenn Nathalie
ausser Haus war, lernte die Pfeffermühle fliegen. Wollte sie
das? Die Pfeffermühle vielleicht. Andererseits konnte sie nur
so das Buch rechtzeitig zurückzulegen ...
Sie stand auf, ging zur Küchentür und sperrte sie weit auf.
Dann versicherte sie sich noch einmal, dass die Wohnungstüre
verschlossen war. So würde sie die grosse Haustür im
Treppenhaus bestimmt zufallen hören.

„Lieber erst geniessen und dann bereuen, als bereuen, dass du es nicht
genossen hast!“ Ich bin verliebt. Nein: Ich liebe. Und ich habe mit ihm
geschlafen! Senna.
Darunter ein ganzer Strauss Herzen. Und Natje konterte:
„Liebe deinen Nächsten wie dich selbst. Und wenn ich mich hasse?“ –
„Wie war es? Sagst du es mir?“
Der nächste Eintrag bestand aus nur zwei Worten:
Treffpunkt. 18Uhr. Daneben grinste ein Maulwurf, umgeben
von einem Kranz aus kleinen Popoherzen.
Wie war es gewesen?

Maria versuchte, sich Senna vorzustellen, mit so grossen
Kringelaugen wie ihre i-Punkte und einem herzförmigen
Popo, und sah stattdessen Tim und Bettina auf der Schulhaus-

mauer. Sie schauderte. Geschehen lassen, was seine Hände tun …

Und Nathalie? Plötzlich wurde ihr bewusst, dass ihre Mutter Sex hatte. Übelkeit. Herzklopfen. Maria schluckte leer. „Wie ist es, wenn man verliebt ist?" dachte sie. „Und wenn die Hände eines Jungen über deinen Körper streicheln? Wenn ich ihn mag, dann mag ich doch auch, wie er mich anfasst. Oder nicht?" Weiter wollte sie den Gedanken nicht mehr denken. Ein neuer Krampf zog ihren Unterleib zusammen, und plötzlich hechtete sie zum Spülbecken und übergab sich. Als sie sich wieder umdrehte, tropfte Milch auf den Boden. Der Brief auf dem Tisch lag mit einer Ecke in der Lache. Sie sah es nicht. Sie hörte auch die Eingangstüre im Treppenhaus nicht. Sie wischte auf, und während sie aufwischte, hörte sie den Puls in ihren Ohren rauschen. Sie ging zur Spüle, wusch den Lappen aus. Das Wasser rauschte. Sie hörte nicht die Schritte im Treppenhaus. Sie wrang den Lappen aus, mit aller Kraft, sie machte sich wie immer ein Spiel daraus, die letzten Tropfen aus den Fasern zu pressen und sie wandte sich wieder dem Küchentisch zu. Der Türgriff bewegte sich.

Marias Herz begann wild gegen die Brust zu hämmern. Atemlos suchte sie nach einem Versteck für das Buch, stopfte es ins Aussenfach ihrer Schultasche und nestelte den Riemen zu. Gerade noch rechtzeitig fiel ihr der Umschlag ein. Sie fischte ihn vom Tisch und liess ihn in der tiefen Gesässtasche ihrer Jeans verschwinden. Ein kleiner feuchter Fleck breitete sich im Stoff aus. Dann ging sie zur Tür und drehte so leise den Schlüssel, als könnte sie vertuschen, dass zuvor abgeschlossen gewesen war.

Stille. Nach ein paar Sekunden presste Maria ihr Ohr gegen die Tür und horchte. Schritte. Ein Mensch. Im Untergeschoss.

Doch sie wurden leiser, als würde sich jemand entfernen. Immer noch angestrengt horchend ging sie hinüber zum Küchenfenster. Sie spähte hinaus. Ein junger Mann wechselte gerade die Strassenseite, sonst sah sie niemanden. Maria zwang sich, tief durchzuatmen. Dann packte sie das Tagebuch wieder aus und holte sich ein neues Glas Milch. Sie wollte nur noch ein kleines Stück lesen. Die Seitenwahl überliess sie dem Zufall.

Hast du etwa ohne…?
Es war Natjes Schrift, die ihr entgegensprang. Und die Antwort von Senna:
Knastköder? Scheisse, ja. Wir sind noch nicht alt genug!
Du darfst es niemandem weitersagen. Da war nichts.
Punkt. Diese Dinge gingen wohl kein weisses Blatt etwas an. Maria stöberte nur noch abwesend in den Notizen. Senna rauchte. Senna trank Bier. Senna hatte grosse Brüste und schminkte sich. Senna rasierte sich die Haare an den Beinen, und Senna liebte Steff über alles. Alles an Stefan war gut. Einmal schrieb Natje: *Gestern Steff in der Stadt getroffen. Wer ist diese Jenny?*
Und Senna antwortete mit rotem Stift: *Verfluchte Schlampe! Sag ihr, sie soll*
die Finger von meinem Mann lassen!
Natje ging auf Radtouren und hatte erst viel später als ihre Freundin zärtlichen, romantischen Sex. Sie liebte es, unter dem sternenklaren Himmel zu liegen. Sie schrieb: *Lieber ein Bett im Sand als Sand im Bett,* und Senna warnte: *Salzwasser brennt…*
Wieder ein Maulwurf.
Als Senna ihre Lehre begann, zog sie mit Steff in eine Wohnung und Natje ging aufs Gymnasium. „*Wie kann man*

unter hundert Menschen einsam sein?" stand unter dem letzten Maulwurfsgesicht.

Natje.

Maria lehnte die Stirn ans kühle Fenster. Ihre Mutter war nicht mehr dieselbe nach diesen Seiten. Sie hatte eine Vorgeschichte, sie war auch Natje, ein Teenager, war aufs Gymnasium gegangen und hatte in romantischen Nächten unter dem freien Sternenhimmel geschlafen. Nathalie war berührbar geworden.

Der blaue Briefumschlag steckte noch immer in Marias Hosentasche. Sie hatte ihn ganz vergessen, als sie das Tagebuch wieder sorgfältig hinter den Büchsen im Vorratsschrank verstaute. Dann kam ihr eine Idee. Sie schnappte sich ihre Jacke.

Draussen an der frischen Luft überlegte sie nicht lange, in welche Richtung sie gehen sollte. Ziel war die „Linde", eine rustikale Beiz, direkt gegenüber Nathalies Arbeitsplatz. Es ging schon gegen einundzwanzig Uhr und die Strassen waren noch immer voller Menschen. Abendverkauf. Die kühle Luft surrte von Stimmen und vor manchen Läden wurde das Gedränge schon beengend.

Maria hatte sich schon ein ganzes Stück durch den Mob gekämpft, als ihr bewusst wurde, dass sie zum ersten Mal ihre Mutter von der Arbeit abholte. Warum hatte sie vorher nie daran gedacht? Sie fragte sich, ob Nathalie überhaupt Zeit für sie hatte. Vielleicht hatte sie ja noch mit irgendjemandem abgemacht. Hatte ihre Mutter eine Freundin? Wahrscheinlich. Sie spürte Trotz in sich aufsteigen. Dann eben nicht, dachte sie. Muss ja nicht sein, dass ich dich abhole. Doch sie stellte sich das Gesicht vor, das Nathalie machen würde, wenn sie ihr

so ganz locker „Hallo" sagte. Es lohnte sich weiterzugehen, entschied sie. Und plötzlich schien es Maria gar möglich, mit ihrer Mutter selbst Freundschaft zu schliessen. Nun ja, ein Bündnis zumindest …
Hinter der Bushaltestelle konnte sie das Wirtsschild „Zur Linde" im Wind schaukeln sehen. Das Gedränge war ziemlich dicht und Maria hielt beharrlich Kurs auf die gegenüberliegende Strassenseite zu. Da sah sie vor sich eine junge Frau, die sich ebenfalls durch die Leute pflügte. Sie schien genervt und schleppte prall gefüllte Einkaufstaschen in jeder Hand. Hinter ihr stolperte weinend ein kleines Mädchen her. Aus seiner Perspektive konnte es wohl nur Beine, Becken und Bäuche sehen. Die beiden kamen kaum vorwärts. Das Kind weinte still, die Leute drängten achtlos vorbei. Dann lichtete sich die Masse direkt vor ihnen für einen kurzen Moment, und die junge Mutter hatte freie Bahn. Sie bemerkte nicht, wie sie aus dem Sichtfeld ihrer Tochter verschwand. Der Kanal schloss sich wieder.

(Track 4)

Maria betrachtete das Kind, seine vor Angst geweiteten Augen, seine stummen Lippen. Sie sah, dass es seine Mutter suchte, die Mutter sah sie nicht. Sie hörte von weit her eine Stimme rufen: „Mama!" Sie wandte sich um, aber es war keiner da, und das Kind vor ihr starrte immer noch stumm und weinend in die Menge. Nur mit den Augen schien es zu fragen: „Mutter – siehst du meine Tränen nicht?"
Maria versank in einen Tagtraum. Sie sah sich selbst an einem Tisch sitzen und sie sah, wie sie mit den Augen den Blick ihrer Mutter suchte. Sie hörte diese Stimme, aber Mutter

hörte sie nicht, und die Stimme fragte: „Mutter – siehst du meine Tränen nicht?"

Von weit her kehrte Maria wieder zurück in die Gegenwart. Wie kann man eine Träne vor dem Verdunsten retten? fragte sie. Ein tibetanisches Sprichwort sagt: Trage sie ins Meer.

Das kleine Mädchen war jetzt nicht mehr allein, die Mutter stand neben ihr und eine kleine Hand fasste deren Tasche am Henkel und hielt sie fest. Der Menschenstrom floss zäh dahin und das Wirtshausschild schaukelte noch immer im Wind. Jemand drängte von hinten.

Maria steuerte auf die Linde zu. Die Beiz war voll. Tragtaschen standen unter den Tischen, Jacken und Mäntel hingen über den Stuhllehnen, selbst an der Eichenholzbar war jeder der massiven Hocker belegt. Ganz am Ende war noch ein einzelner Stuhl frei, halb versteckt unter Mänteln und Jacken, und Maria setzte sich.

„Ein Bier?" fragte der Wirt. Maria verneinte. Sie mochte keinen Alkohol.

„Cola, habt ihr die richtige?" bestellte sie.

„Denkst du, wir panschen?" grinste er und füllte einen Humpen. „Hier. Bier für Knastköder. Bist du alleine unterwegs?" Er war der einzige hinter der Bar, der ein Bauernhemd und Jeans trug, die er mit seinem Ledergürtel wohl mehr verzierte als zusammenhielt. Die Hosenträger, mit Edelweiss bedruckt, waren ebenfalls so dekorativ wie überflüssig. Auf dem Tresen spiegelten sich die schwach umrissenen Lichtkegel der geflochtenen Lampenschirme im glanzpolierten Holz. Allem Kitsch zum Trotz fühlte sich Maria hier wohl. Ihre Swatch zeigte neun Uhr, als sie das Glas leer hatte und das Gedränge in der Linde fast unerträglich wurde.

Das Kleingeld in der Hand winkte sie dem Wirt: „Zahlen,

bitte!"

„Selbstverständlich. Lieber als die Zeche prellen", witzelte der anzüglich. Maria lächelte gezwungen. Sie legte das Geld auf den Tresen, rundete grosszügig Trinkgeld auf und verliess die Linde fluchtartig.

Das Gedränge wurde lichter. Durch die Schaufenster beobachtete Maria ein paar Angestellte, wie sie Nahrungsmittel in den Kühltruhen zudeckten. Ihre Mutter füllte aus einer grossen Kiste Regale auf. „Arme Nathalie." Sie dachte an die Unordnung im Wohnzimmer. „Zuhause kann sie schon wieder aufräumen." Sie nahm sich vor, in Zukunft selbst etwas mehr auf Ordnung zu achten. Dann öffnete sich die Tür vom Personalausgang und die ersten Angestellten traten ins Freie. Gleich neben dem Ausgang prangte eine alte Linde mitten im Zierrasen. Sie mochte der Beiz den Namen gegeben haben, zu jenen Zeiten, als noch kaum ein anderes Gebäude neben dem Wirtshaus prangte. Nun stand sie mitten im Quartier. Den Rücken zum Baum zählte Maria die Leute. Zwölf waren schon herausgekommen, nun kam endlich Nathalie.

„Hallo Nathalie", murmelte Maria und lehnte noch am Lindenstamm. „Na-tha-lie…" wiederholte sie und sog die Luft tief in ihre Lungen. Dann sah sie hinter ihrer Mutter einen wasserstoffblonden Teenager ins Freie treten. Die beiden schienen miteinander im Gespräch zu sein. Hatte Natje einen Ersatz für sie gefunden? Sie gab sich einen Ruck und ging auf die beiden zu. Die Überraschung war perfekt.

„Hallo Nathalie."

„… Maria?"

„Nö…" Maria grinste wie Garfield vor seiner Lasagne. „Nenn mich Suzie."

„Mensch! Dich hätte ich hier zuletzt erwartet! Ist alles in

Ordnung?"

Maria nickte. Nathalie freute sich sichtlich. „Das ist Tanja", stellte sie den Teenie vor. „Tanja - Maria. Tanja macht bei uns ein Schnupperpraktikum. Und wenn es ihr gefällt…" Natje zwinkerte Tanja vertraulich zu, "… dann geht sie auch hier in die Lehre."

Maria nahm allen Mut zusammen: „Nathalie, kommst du mit mir in die Linde?"

„Klar doch. Soll ich dich noch bis zur Haltestelle begleiten, Tanja?" Tanja schüttelte den Kopf und Nathalies Tonfall wurde etwas förmlich. „Dann bis morgen. Komm gut nach Hause." Dann wandte sie sich Maria zu. „Gehen wir?"

Die Füsse der beiden Frauen gingen im Gleichschritt über den Asphalt, während sich die Menschenmenge um sie herum langsam auflöste. Die meisten warteten jetzt auf den Bus. Maria war froh, nicht auch dort stehen zu müssen.

Sollte sie ihrer Mutter vom Tagebuch erzählen? Es lag ihr auf der Zunge. Zugleich ahnte sie, dass ihre Mutter ihre Neugier missbilligen würde. Denn alle Mütter glaubten, ihre Kinder wären von Natur aus respektvoll und ehrlich. Also schwieg sie.

„Sie hat es nicht leicht", sagte Nathalie aus dem Nichts.

„Hmm…" Maria ging weiter, ohne den Kopf zu heben. *Tanja, das Ersatzkind …*

„Tanja mein' ich", ergänzte die Mutter.

„Hab schon verstanden, aber warum …?"

„Weil ihr Vater im Gefängnis sitzt."

Wenigstens weiss sie, wo sie ihn findet. Maria verkniff sich diese Bemerkung und sagte: „Ich meine: Warum erzählst du das gerade mir?"

„Ach so. Keine Ahnung."

„Wie war dein Arbeitstag?" versuchte Maria das Gespräch zu retten und hielt ihrer Mutter die Türe zur Linde auf. Nathalie trat ein. „Bar oder Tisch?" fragte sie trocken. Es gab jetzt freie Plätze.

„Tisch. An der Bar war ich heute schon mal." Nathalie suchte eine kleine Nische für sie beide aus, zwei Stufen höher als das Parkett. „Den Rücken zur Wand", bemerkte sie lächelnd. „Von hier haben wir einen guten Überblick. Ich muss mal kurz austreten."

„Die Linde steht gleich neben dem Personalausgang", konterte Maria und fügte an: „Mag ich übrigens auch."

„Was?" fragte Nathalie und ihre Augen funkelten. „Hinter Bäumen austreten?" Sie ging lachend davon.

Nein, Nathalie. Den Rücken zur Wand …

Maria liess sich in die Stoffpolster sinken. Ihre Gedanken wanderten, während sie hoffte, der Kellner oder der Wirt würden sie noch gnädig übersehen, damit sie erst bestellen musste, wenn Nathalie zurück war. Zwischen den Schulterblättern schmerzten die Muskeln. Maria atmete tief ein, um den Brustkorb von innen zu dehnen. Der Schmerz blieb. Ihr Bauch spannte unter Blähungen. Sie zog ihr T-Shirt tiefer und legte die Hände einen Moment auf die Nierengegend, ihre Hand berührte den Briefumschlag. Sie stopfte ihn zurück. Später, wenn sie alleine war, wollte sie den Brief lesen.

Gleichzeitig mit dem Kellner kam auch Nathalie.

„Kein Wasser, kein Eis, stimmt's?" fragte er. Nathalie nickte.

„Eine Cola für mich", bestellte Maria und fragte, zur Mutter gewandt: "Du bist öfter hier?"

„Mhm. Nach der Arbeit. Ausser bei Abendverkauf, dann bin

ich eh schon spät dran. Du weisst ja, wie Robert ist ..."
Abwartend schaute sie Maria an, Maria schwieg. „Keine Sorge.
Heute Abend ist ausser uns niemand zuhause, da bin ich mir
sicher." In Natjes Augen leuchtete ein kleiner Triumph und
Maria dachte an Verbündete...
Der Kellner brachte ihnen Cola und einen Whiskey pur.
„Du trinkst so scharfes Zeug?"
„Nur zu feierlichen Anlässen wie diesem." Nathalie hob das
Glas. „Worauf trinken wir denn, Maria mia?"
„Mia. So hast du mich schon lange nicht mehr genannt."
„Magst du, wenn ich dich immer noch so nenne?"
Maria zögerte einen Moment, bevor sie antwortete: „Nein."
Sie schwieg.
...und plötzlich hast du einen Namen - Maria Elektra.
„Auf uns Frauen?" fragte Nathalie.
„Auf uns Frauen."
Die Gläser schepperten fröhlich aneinander. Für eine Weile
schauten sie sich das Volk an, das sich in der Linde sammelte.
Männer in Jeans und Cowboystiefeln, Frauen mit bunt
bedruckten T-Shirts bestellten Bier und rauchten. Einer der
Cowboys trug eine Ted Frisur, wie sie bei Grease auf dem
Plattencover zu sehen war, das Jeanshemd seiner Begleiterin
glitzerte von Pailletten. Maria dachte an Senna, Steff und das
Tagebuch.
„War das deine Freundin?" fragte sie.
„Arbeitskollegin. Mit den meisten im Laden komm ich recht
gut klar. Warum?"
„Na ja, ich kenn dich gar nicht so. Ich meine, ich kenne dich
bloss als Mutter", präzisierte Maria und dachte dabei an
Nathalies vertrauten Umgang mit der Blonden. Als hätte sie es
gespürt, fragte Nathalie:

„Würde es dich denn stören, wenn ich eine Freundin hätte?"
Maria starrte auf ihre Cola.

„Du hast doch auch Freunde, nicht? Vom Kindergarten, das Mädchen, wie heisst sie?"

„Kira. Ich hab heute bei ihr zu Mittag gegessen." Maria war selber erstaunt, wie locker ihr diese Lüge über die Lippen kam. Sie drehte den Untersetzer zwischen den Fingern, hielt den Blick noch immer starr auf den Tisch gerichtet.

Nathalie hob freundschaftlich die Hand, streckte sie Maria entgegen und liess sie nach ein paar Sekunden wieder sinken. „Ist es wegen Tanja eben?", fragte sie bestimmt. „Tanja ist so eine Art Schützling von mir, keine Freundin. Ich führe sie in die Arbeit in meinem Rayon ein. Hey - sie könnte ja meine Tochter sein. Sicher ginge sie lieber mit dir in die Disco als mit mir in den Ausgang. Gehst du überhaupt aus? Oh mein Gott, da koche ich jeden Mittag für uns und weiss doch so wenig von dir. Da ist halt immer Robert…" Nathalie seufzte.

Ich wusste ja auch nicht mehr von dir, dachte Maria. *Vielleicht solltest du mal meinen Aufsatz lesen.* Sie blickte auf und sah ihre Mutter forschend an. *Wie sie reagieren wird?* Sie sagte: „Nathalie… Ich hab jetzt meine Mens."

„Auch das noch. Mein Kind ist eine junge Frau. Was habe ich sonst noch alles verpasst? Hast du Schmerzen? Brauchst du was?"

„Hab nix gefunden." Maria lächelte gequält. „Wo versorgst du die Sachen eigentlich, Natje?"

„Wie bitte?"

Maria biss sich auf die Lippen. „Wo du die Tampons versteckt hast, wollte ich wissen. Oder die Binden. Und ja, es tut weh. Tierisch weh."

„Natje … Wie kommst du darauf?" Sie nahm einen grossen

Schluck aus ihrem Whiskyglas und verschüttete einen Teil davon über ihre Bluse. Mit einem Taschentuch tupfte sie die Tropfen wieder aus dem Gewebe und sah ihre Tochter an.

„Ist dir etwas ins Auge gespritzt?" fragte Maria. „Sie glänzen so."

„Soll ich uns Pizza holen zum Abendessen?" wich Nathalie aus und stopfte die Serviette in ihre Jackentasche. Maria dachte an den Brief. „Ja, gerne. Geh doch schon mal vor, ich bin gerade unpässlich."

„Verstehe. Schön, dass du mich abgeholt hast, Mia, Maria." Noch bevor Maria etwas entgegnen konnte, wandte sich Nathalie zum Gehen, bezahlte an der Bar und verschwand.

Marias Glas war noch fast voll, aber diesmal war die Linde fast leer, und sie blieb sitzen. Nachdenklich roch sie am Whiskyglas. „Mia ... Natje ..." Ihre Lippen formten lautlos die Namen. Sie zog den Brief aus der Hosentasche, strich ihn glatt und lüpfte vorsichtig die Lasche, ohne Spuren und Risse zu hinterlassen. Einzig der Milchfleck klebte unscheinbar an einer Ecke, wie blindes Glas an einem alten Fenster. Sie drehte den Brief in den Händen. „Natje und Mia".

Man sollte nicht heimlich anderer Leute Briefe lesen, warnte sie ihre innere Stimme. Was soll schon drinstehen, was ich noch nicht kannte? hielt Maria entgegen. *Nichts für dich zumindest.* Die Stimme redete umsonst. Maria las, wurde blass und las weiter...

Liebe Senna, las sie.
Ich muss dir etwas sagen. Ich muss es zumindest versuchen.
Hoffentlich bringe ich es auch fertig, dir diesen Brief zu geben!
Steff hat auch mit mir geschlafen. Er hat alles geplant. Jetzt

können wir nicht mehr Freunde sein. Steff, und du und ich. Er ist stark, Senna. Und er war nicht allein. Aber du liebst ihn, und du wirst mir nicht glauben. Weshalb solltest du auch? Ich habe dich verraten, Senna. Und ich hasse mich dafür. Mein Blut für deine Tränen. Wenn ich es dir nur sagen könnte...

Maria las die Zeilen noch einmal. Es gibt gute und schlechte Geheimnisse, dachte sie. Sie war wütend. Was hatte Nathalie mit Steff getan? Was hatte ihre Mutter der Freundin angetan? Der Brief war noch da, also hatte sie geschwiegen. Maria horchte auf ihren inneren Dialog.

Hat sie ihre Freundin verraten? fragte sie sich.

Die Antwort klang wie ein Rätsel.

Wir können ein ganz normales Leben führen und nur ab und zu einen Schalter umlegen, damit uns nicht die Jauche aus der eigenen Untiefe wie Gischt ins Gesicht spritzt und uns die heiteren Tage vergiftet. Ist es ein Fluch oder ein Segen, dass wir verdrängen?

Eine bedrückende Leere legte sich grauneblig über den Gasthof zur Linde. Da ist halt immer Robert. Habe ich meine Mutter verraten?

Der Verrat führt sein Eigenleben. Er strebt danach entdeckt zu werden, und wären wir nicht täglich wachsam, um uns von ihm abzuwenden, so zeigte er sich! Was kostet es uns Kraft, stets von neuem den Kopf wegzudrehen! Nur nachts in unseren Träumen werden wir verfolgt.

Sie schniefte ungewollt beim Einatmen, versuchte die Schwermut abzulegen und wieder in Bewegung zu kommen. Eine Viertelstunde dauerte es noch, bis sie sich aufraffte und den Kellner heranwinkte. Die Cola war bezahlt. Logisch.

Nathalie hatte bestimmt auch schon Pizza geholt, und jetzt würde sie zuhause warten. Wie früher, nur anders.

Eine Stunde später stellte Natje eine halbe Pizza in den Kühlschrank, als Maria eintrat. „Hallo Nathalie. Ist Robert da?" „Maria! Endlich. Das hat ja gedauert. Nein, Robert kommt heute nicht mehr, sagte ich's nicht?" „Ich bin in meinem Zimmer, falls er doch noch kommt." „Fein. Brauchst du sonst noch etwas? Pizza zum Beispiel?" Nathalie donnerte die Kühlschranktüre zu, der Piccolo klirrte gegen die Milchflasche und die Tür glitt langsam wieder auf. Maria verschwand in ihrem Zimmer. Nathalie schüttelte den Kopf, drückte die Tür noch einmal zu und versorgte die zwei Sektgläser, die sie fürs Pizzaessen mit Maria aufgetischt hatte. Dann begann sie, Geschirr zu spülen.

Maria schloss leise die Zimmertür. Sie verstaute den Brief in ihrer Schultasche und die Tasche unter dem Pult. Ob Natje etwas gemerkt hatte? Sie zog die Vorhänge zu, das Abendlicht schimmerte nun hellblau durch die mit Wolken bedruckten Vorhänge und tauchte das ganze Kinderzimmer in ein gespenstisches Licht. Sie griff nach der Fernbedienung und schaltete das Radio ein. „*From Sarah with love ... She sent a letter to the stars above ...*"

Robert war überall. All die Sätze, die er ihr immer wieder einschärfte, klebten an den alten Tapeten. Sie hörte ihn reden, wenn sie zur Türe sah. *Ich will nicht, dass du abschliesst ...* Sie hörte ihn mahnen: *Zieh die Vorhänge zu! ...* und sie gehorchte seinem Befehl, wenn sie den Kleiderschrank öffnete: *Nichts Aufreizendes, Mädchen, zieh dich anständig an!* Im Gestell standen Bücher, die er für wichtig erachtete, und wehe, wenn sie eines nicht las! Lesen ist wichtig … Auf dem Regal über dem Bett sass der alte Teddybär, der sie aus seinen Kohleknopfaugen durchdringend ansah. Und wenn sie sich abends gegen die Wand drehte, um endlich einzuschlafen, konnte sie seinen Atem spüren. Trotzdem hatte sie ihn irgendwie lieb. *Ich will mit dir kuscheln… Komm' lass mich zu dir ins Bett!* Auf dem Nachttisch lag immer Schokolade. Mit dem Finger tastete Maria nach dem warmen Blut in ihrer Jeans. Wie konnte sie sich jetzt Nathalie noch anvertrauen? Sie hatte geschwiegen, aber sie hatte Senna verraten, und Senna hatte später Steff vielleicht geheiratet. Waren sie trotzdem glücklich? Und sie wiederum, sie hatte Natje verraten. Mit Robert. Ein Teufelskreis.

Ich will keine Kinder.

Es ist nicht deine Schuld.

Darum geht es nicht.

Er hat damit angefangen.

Das wird sie mir nicht glauben.

Er war einfach da, als du jemanden brauchtest.

Nathalie war es nicht… Mein Blut für deine Tränen.

Blut durchtränkte ihre Unterwäsche, zerfloss zu einem dunkelroten Fleck in ihrer Jeans, blieb an ihren Fingern kleben. Das eklige Gefühl, wenn Robert sich unter die Decke stahl, wenn er seinen Körper an sie drückte, wie sie die Beine zusammenpresste, bis es feucht an ihrer Haut herunter rann, diese Erinnerung wich einer warmen Genugtuung: Mein Blut wird mich schützen. Ich bin jetzt eine Frau. Ich bin frei. Draussen hörte sie Nathalie mit dem Geschirr hantieren, froh, dass ihre Mutter sie in Ruhe liess. Es war Zeit, einen Abschiedsbrief zu schreiben.

Die Kaffeemaschine surrte. Maria hob den Kopf und lauschte angespannt. Kam Robert nach Hause? Sie schaltete das Radio aus, horchte auf seine Schritte, auf seine Stimme, versuchte, seine Anwesenheit oder Abwesenheit zu erspüren. Dann legte sie den Stift nieder und begann, wie ein Tiger im Käfig, zwischen Pult und Türe hin und her zu gehen. Sie spürte das Ziehen im Bauch, hielt sich am Schreibtisch fest und betrachtete wie die Sätze zwischen dem blassen Druck romantischer Rosenranken verschwammen und wieder klar wurden, während sie tief durchatmete. Endlich liessen die Krämpfe nach. Es war Zeit.

Lieber Daddy
Ich bin kein Mädchen mehr.
Ich weiss, dass ich Dich nun sehr enttäusche, aber ich kann das nicht ändern! Ich will nicht undankbar sein, und ich brauche viel Mut, Dir jetzt zu schreiben, aber ich möchte … Ich möchte nicht mehr, dass Du mich besuchst.

Herzklopfen… Atem anhalten, loslassen, weiterschreiben. So viele Worte und doch schienen die Richtigen nicht fassbar zu sein. Sie seufzte.

Warum hast Du mir nicht gesagt, dass ich erwachsen werde?
Ich blute. Ich bin jetzt eine Frau.

Sie signierte den Brief mit „Maria Elektra" – wer nannte sein Kind schon Elektra! - und steckte ihn in ein Couvert. Der künstliche Klebstoff hinterliess einen süssen Geschmack auf ihrer Zunge, als sie den Umschlag zuklebte, und sie schob den fertigen Brief vorsichtig unter die Schreibmatte.

„Nathaliiie!" rief sie dann aufs Geratewohl durch die geschlossene Zimmertür. Schritte tappten näher und die Türe öffnete sich einen Spalt breit. Ihre Mutter stand da, mit dem Kaffee in der Hand. „Ja, bitte?"

„Benutzt du Binden oder Tampons?"

„Binden." Ihre Mutter lächelte. „Im Bad, im Schrank, rechts unten. Hinter dem Waschmittelvorrat."

„Nathalie?"

„Ja?"

„Tut mir leid wegen der Szene eben. Und…"

„Mir auch, Maria."

„… ich werde vielleicht das Zimmer abschliessen." Ihre Mutter nickte und zog die Tür zu. „Eine gute Idee," murmelte sie. Sie ging zur Haustüre, drehte den Schlüssel und liess ihn stecken.

6
POINT OF NO RETURN

Er war den ganzen Nachmittag durch die Gassen der Stadt gelaufen. Die Angst kam im Laufschritt hinterher. Kurze Pausen nur, wenn er am Zaun stand und den Kindern beim Spielen zusah, und bis Sonnenuntergang hatte er jeden Spielplatz besucht, den er kannte. Kein Hunger, doch irgendwann Durst, und die Gewohnheit, einen Schlummertrunk in Ralph's zu nehmen, brachten ihn nach Sonnenuntergang endlich zur Vernunft.

Der Mittfünfziger, der jetzt, kurz vor Mitternacht, Roberts Stammlokal betrat, war unauffällig gekleidet. Jeans und ein leichter Garnpullover reichten ihm aus in diesen Spätsommernächten, seine weissen Socken steckten in Turnschuhen. Er trug keinen Hut. Trotzdem strahlte er eine väterliche Autorität aus, und Robert rutschte bei seinem Anblick unruhig auf dem Barhocker hin und her. Hier war er für gewöhnlich der letzte Gast, und wenn er vorbeischaute, so blieb er manchmal länger als der Wirt. Aber das ging in Ordnung.

Er taxierte den Eindringling kampfbereit. Der andere nahm davon keine Notiz, ging zur Bar, begrüsste den Wirt höflich und fragte nach einem Sandwich. Der Beizer verschwand kopfschüttelnd in der Küche und der Fremde setzte sich neben Robert.

„Guten Abend. Ich bin Dominik", stellte er sich vor und reichte Robert die Hand. Robert ignorierte ihn. Also wendete sich sein Gegenüber, ohne auf eine Antwort zu warten, ab und fixierte den Durchgang zur Küche. Dominik war Seelsorger von Berufung. An freien Abenden wie diesen streifte er durch die Altstadt und sprach Menschen an, von denen er dachte, dass sie kein Zuhause hatten. Und damit meinte er nicht die Obdachlosen. Den meisten Menschen, mit denen er redete, fehlte Menschlichkeit in ihrem Leben, nur wenigen fehlte wirklich das Dach über dem Kopf. Junge Mädchen liefen von zuhause weg und schliefen im Freien, weil sie mit den Eltern nicht mehr klarkamen oder mit der neuen Rolle als Frau, arbeitslose Junggesellen, denen das Leben unter Mutters Fittichen eigentlich zu eng war, flüchteten an die frische Nachtluft und schliefen auf der Parkbank, Ehemänner, die sich betrunken nicht mehr zu ihren Ehefrauen nach Hause trauten, schliefen ihren Suff unter einer Brücke aus. In den Sommermonaten starben hier keine Penner an Unterkühlung wie im Winter. In dieser Zeit wurden sie gemacht und gingen erst Jahre später, ganz langsam, an der Kälte dieser Stadt zugrunde.

Das Sandwich kam, Dominik ass. Robert stierte in sein Glas und zermalmte Eiswürfel zwischen den Zähnen. Er vertrug den Alkohol schlecht, und wenn er einen über den Durst getrunken hatte, verlor er viel mehr von seinen Hemmungen als gut für ihn war. Solange es also in dieser Wirtschaft noch Gäste hatte, hielt er sich zurück. Wenn aber elf Uhr vorbei war, legte er los. In den frühen Morgenstunden kroch er schliesslich mit schwerem Kopf und noch schwererer Zunge bei Mutter zuhause in sein Bett. Sie wusste immer, wann er kam. „Mein guter Junge," sagte sie dann, „du arbeitest zu viel. Und sie gibt dafür dein Geld aus. Du hättest diese Nathalie nicht heiraten sollen." Irgendwie fühlte sich das gut an.

Mutter verlor nie ein Wort darüber, dass sie den Geruch seiner Nachtarbeit im Schlafzimmer wie einen giftigen Nebel riechen konnte, und dass sie später die Fenster aufriss, um gründlich zu Lüften. Seit Vaters Tod war Robi wieder ihr Mann im Haus. Seit vielen Jahren. Nur hatte er seinen Besuch für heute nicht angemeldet.

„Na, kein Zuhause heute Nacht?" Die Stimme riss ihn aus seinen Gedanken. „Ich wollte Sie nicht erschrecken, pardon."

„Doch, doch hab' ich ein Zuhause", beeilte Robert sich zu sagen. „Meine Frau liegt sicher noch wach im Bett und wartet."

„Ein Bett ist noch kein Zuhause und eine Frau nicht immer ein guter Grund heimzugehen. Ist es nicht so?"

„Whisky?" fragte Robert grinsend.

„Erst einmal Wasser, bitte", bestellte Dominik. „Ich hatte zum Essen schon Wein."

Das war glatt gelogen. Dominik war vollkommen nüchtern, nur Roberts Fahne hätte sogar für vier gereicht.

Robert schwankte leicht auf seinem Hocker und hielt sich an der Kante der Theke fest. „Stimmt. Ein Bett beweist noch gar nichts." Dominik nickte.

„Dominik also, hm? Nett. Erinnert mich an einen alten Bekannten. Darf ich dich Dom nennen?"

Der Seelsorger hob sein Glas und nahm einen grossen Schluck Wasser. Dann kramte er in der Hosentasche und legte dem Wirt das Geld auf die Theke. „Wenn du willst", sagte er und zuckte mit den Schultern.

Robert legte los: „Dom. Also, kennst du die Krypta in der Grossmünsterkirche?"

„Ja. Was ist damit?"

„Ich war heute da. Ganz schön rot wird das ganze Schiff, wenn die Sonne durch die Chorfenster scheint. Warst du schon mal da drin, in diesem Rotlicht?" Robert grinste anzüglich. „Im roten Licht, mein ich. Soll ja ein Kraftplatz sein, behaupten gewisse Leute."

„Ah, diesen Kraftplatz wolltest du also aufsuchen?"

„Ha! Gott bewahre! Ich glaub' nicht an so esoterisches Zeug." Roberts Lachen wirkte gezwungen. „Aber dort drunter in der Krypta, das kannst du mir glauben, da hausen wirklich noch Geister!"

Dominik verkniff sich ein Schmunzeln und sagte stattdessen: „Soso. Der Kaiser Karl da unten wirkt schon etwas abgetragen."

„Nein, die Stadtheiligen, mein' ich. Die ohne Kopf. Der Glückliche und seine Fürstin, hat der Pfarrer gesagt, Felicis und Regulus. Und kalt ist es, arschkalt da unten, sag ich dir, wie in einer Grotte. Und oben drüber, das rote Licht da, das durch die Fenster …"

Robert gestikulierte, rülpste unverhofft und starrte Dominik mit grossen Augen an – „Entschuldigung, durch die Fenster scheint, das leuchtet rot wie Blut! Hat auch der Pfarrer gesagt."

„Hat er …?"

„Na ja, nicht ganz so. Ich meine nur, ich hab' das ja noch nie gesehen so wie heute."

Robert zog eine Serviette aus einem frischen Stapel auf dem Tresen. Der Turm kippte, ein paar Servietten flatterten wie Schmetterlinge auf den Boden. Er schnäuzte sich ausgiebig die Nase. „Raucherschnupfen", sagte er und der Seelsorger meinte ernst: „Bestimmt. Santé! Und die Augen tränen. Eine Plage, dieser Husten …"

Robert grinste. „Weisst du, dir kann ich's ja sagen. Ich seh' dich eh nie wieder, stimmt's? Bin heute verdammt nah am Wasser gebaut, Dominus. Ich hab' jemanden verloren, der mir sehr nahestand."

Dominik horchte auf. Jetzt wollte er die Geschichte hören. Robert schwankte und schaffte es knapp, auf dem Barhocker sitzen zu bleiben. „Meine Tochter", sagte er. „Meine Stieftochter, präzise ausgedrückt. Ich kenn' sie von klein auf. Also, die Kleine, für die ich all die Jahre gesorgt hab', als wär' es meine eigene Tochter, verstehst du, wird jetzt 'ne Frau. Das weiss ich, da verwette ich meine Ehre drauf. Sie wird nie, nie mehr mein kleines Mädchen sein." Er schniefte, wischte sich die Nase mit dem Handrücken und lehnte sich dann vor und versuchte mit glasigen Augen, den Blick seines Gegenübers zu fixieren. Dabei hüllte er Dominik in eine Duftwolke von Bier, Whisky und Schweiss. Der wich zurück.

„Weisst du, sowas riecht man, wenn Frauen ihre Tage bekommen. Das rieche ich schon Tage davor. Robert heisse ich übrigens. Und du? Ach ja, du bist der Dom. Dominik. Hast du eine Frau, Do-mi-nick?" Er betonte jede Silbe des Namens

70

einzeln und grinste anzüglich.

Dominik schwieg. Roberts Nähe wurde ihm unangenehm.

„Keine Frau also", konstatierte Robert. „Besser so. Frauen sind hinterfotzig, berechnend und machtgierig. Nichts für zarte Gemüter wie dich und mich." Er schenkte sich einen neuen Whisky ein.

„Du hast also da vor diesen rubinroten Fenstern gestanden…?", nahm Dominik den Faden wieder auf.

„Nein, ich sass auf einem der Bänke. Ich wollte beten. Bist du eigentlich in Sozialarbeiter? Du redest nämlich gerade wie einer."

„So in der Art. Seelsorge ist eher mein Metier."

Roberts Gesicht hellte sich plötzlich auf. „Ha! Du bist auch ein Pfaffe! He, dann kommt hier meine Chance, die Beichte doch noch abzulegen. Domino, Dominus oder Dom, du bist jetzt mein Beichtvater." Dann runzelte er die Stirn. „Eins aber vorweg, das musst du wissen. Die Frauen meinen alle, wir könnten gar nichts ohne sie, keine Dose öffnen, kein Bett beziehen, nix. Pah!" Prüfend schaute er Dominik an. Dazu kniff er beide Augen zu Schlitzen zusammen und öffnete dabei den Mund als erwartete er Widerspruch. In Dominiks Gesicht war nur freundliches Verständnis zu sehen.

„Frauen, die jammern dir nur den Ranzen voll und was tun sie hinter deinem Rücken? Kassieren deinen Lohn ab. Und wehe, wenn du nicht genug Knete nach Hause bringst! Du kennst sie ja nicht, aber ich kenne sie zur Genüge. Zu so einer wird mein kleines Mädchen jetzt auch. Eine Frau. Und ich kann's nicht ändern." Wieder stiegen ihm Tränen in die Augen. Diesmal hielt Dominik ihm eine Serviette hin.

„Sie soll also nicht erwachsen werden, deine Tochter, meinst du das?"

„Bei Gott nein! Könnte ich es stoppen, dann würde ich! Sie kann ja nichts dafür, dass sie als Mädchen zur Welt gekommen ist. Ich schwör', ich hab' versucht, immer für sie da zu sein. Vor allem damals." Robert verfehlte die Thekenkante, der Hocker kippte nach hinten. Er fiel vom Sitz, fing den Sturz mit einem Bein auf, ging in die Knie statt ganz zu Boden und richtete sich wieder auf.

„Vor allem …" fuhr er fort, „nach dieser Sache auf dem Kinderspielpatz." Dann schwang er sich zurück auf den Hocker, als wär's ein Pferd und sass kerzengerade. Allerdings klammerte er sich dazu mit einer Hand am Arm des Pfarrers fest. Der Griff war hart wie ein Schraubstock. „Und wie dankt sie es mir? Indem sie alles, was wir je zusammen hatten, in nichts auflöst! Diese miese kleine Verräterin." Robert nahm einen grossen Schluck Whisky mit der freien Hand. Dann stierte er eine Weile auf sein Glas.

„Hier. Sieh mich an.", sagte er mit Nachdruck. „Was siehst du? Einen Jungen siehst du. Oder nicht? Ich bin kein Mann, ich bin bloss ein Junge! Ich klettere heimlich auf Bäume und ich gehe gern auf Spielplätze, weisst du? Richtige Männer spielen im Keller mit der Eisenbahn, die sie ihren Söhnen geschenkt haben. Ich nicht. Ich mag Kinder. Und geschenkt ist geschenkt. Kinder sind ehrlich, also verdienen sie ehrliche Erwachsene. Schau: Was für dich die Kirche, ist für mich der Spielplatz - ein heiliger Ort, ein geistiges Zuhause, wo ich noch ans Gute glauben kann. Und jetzt beginnt die Beichte, Herr Pfarrer, gell? Pass auf: Ich bin ein guter Mann!" Er nahm einen grossen Schluck aus seinem Glas. Darin war schon mehr geschmolzenes Eis als Whisky, aber es war unwahrscheinlich, dass Robert diesen Unterschied wahrnahm. Sein Blick war in die Weite gerichtet, das Glas in der Hand, seine Gesichtszüge unbeweglich. Nur die Kiefermuskeln spielten, als würde er etwas zwischen den Zähnen zermalmen. Wenigstens liess seine Hand Dominiks Arm los. Der rieb sich die schmerzende Stelle.

„Ich war auch immer ein guter Junge. Ich hab' Mutter nie enttäuscht. Bei ihr, da habe ich gelernt, mich anständig zu benehmen. Saubere Hände, sauber hinter den Ohren und da", Robert schaute zwischen seine Beine und schloss bei der Gelegenheit den offenen Hosenladen, „da unten sauber sein. Sie hat Prinzipien, meine Mutter, eine ganz klare Linie." Er zog mit Zeigefinger und Mittelfinger eine Linie von seiner Stirn weg gerade durch die Luft. Dominik verfolgte die Geste mit den Augen, nur für den Fall, dass die Finger doch noch in seine Richtung abwichen.

„Stinkende Weibsbilder sind nicht sauber … nirgends sauber … nichts ist mehr sauber …" murmelte er vor sich hin, nahm noch einen Schluck aus dem Glas und schüttelte sich. Dann sagte er laut: „Sie hat mich verraten." Seine Faust sauste auf die Theke.

Keiner der beiden Männer hatte mehr an den Wirt gedacht, der nun Polizeistunde machte. Jetzt knallte er einen Schlüssel neben Roberts Faust hin. Dominik zuckte zusammen, Robert bekam einen roten Kopf. Wie lange hatte er da im Raum gestanden? Was hatte er mitangehört? Robert lallte kleinlaut: „Hey hey, ich bring ihn dir morgen früh vorbei, Ralph, versprochen." Der Wirt drehte sich auf dem Absatz um und verliess wortlos sein Geschäft.

Als er sich der Aufmerksamkeit des Beichtvaters wieder sicher war, legte Robert den Kopf auf die verschränkten Arme. Ihm konnte doch niemand etwas vorwerfen! Er hatte ihr nur geholfen, und die Wunde am After war ja auch ganz gut verheilt. Er hatte ihr doch nichts getan! Heisse Tränen rannen langsam über seinen Arm, tropften auf die glanzlackierte Holzplatte und bildeten einen kleinen See. Seine Schultern zuckten. Es dauerte eine ganze Weile, bis er sich wieder beruhigt hatte. Dominik sass da, und wartete. „Die Sache mit dem Spielplatz, die hat unser Leben verändert. Zwei Jungs aus der Ersten hatten gesehen, wie mein Mädchen auf einem Ast ausgerutscht war. Da hatte sie so einen Riss im Kleid. Was dann passierte … Die wollten das nicht, die zwei, ich hab mit denen geredet. Aber die Kleine …" Robert überlegte sich, ob er es gut sein lassen sollte. Aber das Blut in der Kirche, das viele Blut…

„War bestimmt nicht einfach für dich," ermutigte Dominik und schielte nach den Flaschen. Robert stand auf, schnappte sich ein zweites Glas von der Bar und holte einen 14-Year-Old Single Malt vom Gestell. „Ist schon ok. Ich kenn den Wirt. Ist 'n Freund von mir – oder war's bis jetzt. Aber scheissegal. Der riecht auch nicht sauber." Er grinste. Dann schenkte er zweimal korrekt 20cl ein und lachte trocken: „Geht doch!" Er stellte sich breitbeinig vor dem Pfarrer auf, drückte ihm ein Glas in die Hand und hob seines. „Auf die Beichte. Das wärmt gleich, wetten? Du kannst es nicht ändern und ich kann es nicht. Die Kleine, die hat die Jungs provoziert. Punktum, Herr Pfarrer, die Erde dreht sich weiter."

Nathalie hatte die Tür vom Vorratsschrank geöffnet. Sie hatte das Tagebuch wieder hervorgezogen und sich ein Glas Baileys eingeschenkt. Dann hatte sie ein altes Foto herausgenommen, ein schwarz-weisses aus der Oberstufe und versucht, sich an die Namen ihrer Mitschüler zu erinnern. Die Person rechts von ihr war sorgsam herausgeschnitten wie bei einem kunstvollen Scherenschnitt. Was auch immer von ihrer Platznachbarin auf Nathalies Schulter gelegen hatte, war auch weg. Senna. Gleich neben Natje hatte sie gesessen, auf den kalten, übergrossen Betonstufen im Schulhof, und sie hatte freundschaftlich den Arm um sie gelegt. Zwei Freundinnen auf dem letzten Klassenfoto. Nur wer ganz genau hinschaute sah, dass Nathalies Blick von Senna abgewandt war. Cheese! Nathalie spähte durch das Loch im Bild. So im Fokus sahen die unbedeutenden Dinge viel wichtiger aus. Die Kaffeemaschine, die Kratzer im Küchentisch, die Schale mit den Fruchtfliegen auf den überreifen Früchten, das trockene Geschirr, der Post-it Zettel mit der Notiz. Scheisse ist für alle da.

Sie steckte das Foto zurück in die Lasche auf der hintersten Buchseite, zerriss den Zettel in kleine Fitzelchen und ging ins Bad.

Das helle Licht über der Spiegelwand beleuchtete jede Falte in Nathalies Gesicht, während sie sich die Zähne putzte. Unbarmherzig schimmerte der Silberstreif am Haaransatz unter der hennaroten Tönung. Abendrot mit Hoffnung am Horizont. Nathalie lächelte. Auf der Fensterbank über der Toilettenschüssel hinter ihr standen Grünlilien, deren Ausläufer fast den Boden berührten, links davon streckte ein Farn in einer grossen Pflanzenschale auf einem Metallständer seine gefächerten Blätter in den Raum. In der rechten Ecke des Badezimmers verdeckte Zyperngras fast vollständig das zweite Fenster und darunter fassten verschieden farbige Mosaiksteine eine runde Sprudelwanne ein. Nathalie liebte dieses Ambiente. Sie liess Wasser in die Wanne laufen, löschte das Licht, schlüpfte aus ihren Kleidern und begann erst dann die auf den Ablageborden verteilten Kerzen anzuzünden, bis der Raum wieder fast so hell erleuchtet war wie vorher. Sie legte ihren Bademantel bereit, jenen, den sie damals in Venedig gekauft hatte, als Peter noch in ihrem Bauch und ihre Vision von der gemeinsamen Zukunft in Ordnung gewesen war. Während das Wasser in die Wanne strömte, begann Nathalie, Roberts wenige Sachen in ein grosses Necessaire zu füllen, bis nichts mehr auf seine Anwesenheit in diesem Bad hindeutete. Den Stoffbeutel stellte sie schon mal vor die Tür. Als die Wanne fast voll war, goss sie Rosenöl ins Wasser und stieg hinein, wie eine Nymphe in ihren See.

Leise tönte Musik aus Marias Zimmer.

Maria warf ihr T-Shirt in eine Zimmerecke und strich sich das Haar zurück. Die elektrisch geladenen Härchen klebten wie ein seidener Vorhang überall im Gesicht. Sie strich mit etwas Spucke darüber. Wäre Robert hereingekommen, während sie schrieb, und hätte er über ihre Schulter geschaut, sie hätte ihm den Brief postwendend zum Lesen gegeben. Aber jetzt fürchtete sie sich vor der Begegnung, und der Brief lag unter der Schreibmatte. Was sie vorhatte, ging Robert nichts mehr an. Ging niemanden etwas an. Es gab Gute und schlechte Geheimnisse, und dieses hier sollte ein Gutes werden.

Genau genommen hatte sie noch keine Vorstellung, wie sie es machen wollte, doch etwas in ihr drängte sie ihrem ersten Blut zu danken. Irgendwie. Sie kickte die Schuhe von ihren Füssen, sie landeten auf dem T-Shirt, und sie machte sich daran, ihre engen Jeans von den Beinen zu streifen. Sie tänzelte hin und her, bis sie endlich draussen war, riss sich die Socken auch gleich mit von den Füssen und schleuderte alles auf denselben Haufen. Nackt – das war sicher. Nackt wollte sie

76

feiern. Und irgendetwas Archaisches stellte sie sich vor.

Sie hatte gelesen, dass in manchen Völkern die jungen Frauen über glühende Lava liefen oder die Nacht in einem eigens dafür geschmückten Zimmer voller Götterfiguren verbrachten. Erwachsene Frauen erzählten ihren Mädchen Geschichten zur Feier des ersten Blutes, sagte Kira, damit sie aus dem Leben der Mütter lernen konnten. Und die jungen Krieger, überlegte Maria, erzählten deren Väter auch Geschichten? Sie sah sich im Zimmer um. Keine Tücher, keine Götter, keine Mütter. Und Nathalie? Immerhin hatte sie ihr gesagt, wo die Monatsbinden waren. Was hat sich denn unsere Kirche für die jungen Frauen ausgedacht? fragte sich Maria.

Nichts. Antwortete die Stimme in ihr. *Es gibt bei uns kein Willkommen für das Blut. Du wirst es in wattierten Einlagen auffangen, in den Müll werfen, dich mit Tampons zustopfen. Du wirst mit einem Deodorant gegen zu viel tierischen Duft kämpfen und keinem erzählen, dass du gerade blutest.*

Kira macht das bestimmt anders, konterte sie. Sie versuchte sich vorzustellen, was sich alles ändern würde, wenn sie jetzt das Leben einer Frau lebte. Die Kindervorhänge mussten weg. Der Teddy …? Auch. Vielleicht. Und sie wollte sich neue Kleider kaufen.

Ein bisschen sexy vielleicht, nur nicht so arg wie Natje, wegen des Fahrrads und den Steffs da draussen … Einen Freund will ich, ja, aber keinen Sex. Und keine Kinder.

Ja, sie wollte als Frau gesehen werden. Von wem? Egal. Also riss sie die Vorhänge wieder auf und präsentierte mutig ihren neuen Körper der beginnenden Nacht. Sie zählte auf zehn. Bei drei hatte sie den drängenden Impuls, den Vorhang wieder zu ziehen, bei sechs war sie sich sicher, dass da draussen jemand stand. Bei neun war es ihr egal und bei zehn sogar willkommen. Sie betrachtete stolz ihr Spiegelbild in der Fensterscheibe. Ihre kleinen Brüste waren kaum mehr als Knospen mit grossen Warzenhöfen auf einer flachen Brust, doch die Taille formte einen geschmeidigen Bogen und das Becken war weiblich rund wie bei einer erwachsenen Frau.

Aus Nathalies Zimmer tönte jetzt Musik. Die Wände waren dünn. Eine Stimme sang kindlich und hell. Maria kannte das Lied, sie hatte es schon oft durch die Wand gehört, aber heute fühlte sie dabei etwas Besonderes. *Ich bin wie ein Haus ohne Türen. Jeder kann jederzeit eintreten.*

(Track 5)

Sie schloss die Augen und begann zu tanzen. Sie fuhr den Konturen ihrer Beine nach. Sie tastete sich langsam weiter nach oben, umfasste ihre Taille, fühlte die Muskeln an ihren Armen. Endlich war dies ihr Körper, endlich durfte sie auf Entdeckungsreise gehen. Ganz allein. Sie merkte, wie das Blut zwischen ihren Beinen auf den Boden tropfte, mehr und mehr zu einer Lache zusammenfloss. *Wie gut, dass Robert jetzt nicht zuhause ist. Ich tanze zwischen kahlen, spiegelglatten Wänden, weiss getüncht, während ich mich mit rotem Blut zeichne.* Ihre Hand stahl sich zwischen die Venuslippen, wo der Quell ihres neuen Lebens entsprang.

Weiss wie die Wand, rot wie Blut und schwarz wie der Schatten der Nacht.

Maria roch an ihren Fingern, probierte mit der Zunge den eisenhaltigen Geschmack, meinte durch halb geschlossene Augen eine Bewegung wahrzunehmen. *Er ist hier ...*

„Maria?" Sie zuckte zusammen. Mit einem Sprung war sie beim Fenster, riss die Vorhänge zu. „Maria?" Die Stimme kam von der Zimmertür. Jemand klopfte. Noch einmal.

„Entschuldige. Soll ich dich morgen wecken?"

Nathalie. Es war nur Nathalie. Ein Schluchzen würgte in Marias Kehle und sprudelte schliesslich als glucksendes Gelächter über ihre Lippen.

„Alles in Ordnung?" hörte sie entfernt ihre Mutter fragen, doch sie lachte bereits erste Tränen, bevor sie endlich antworten konnte.

„Alles gut, Nathalie!"

Sie wollte die Zeremonie jetzt beenden. Für einen Moment hatte sie wieder dieses Gefühl, im Zimmer nicht allein zu sein. Es war, als wollte Robert, dass sie weitertanzte, damit er sie im neuen Körper betrachten konnte. Aber das Lied aus Nathalies Zimmer war zu Ende. Und etwas Passendes kam ihr aus der eigenen Musiksammlung nicht in den Sinn.

Aus den Augenwinkeln schien sich die gewölbte Decke auf ihrem Bett drohend zu erheben.

„Wer da?" fragte sie in den Raum.

(*Ich will mit dir kuscheln…*) Das Duvet bewegte sich, als wollte jemand aufstehen. Schokolade kullerte vom Nachttisch, rollte unter das Bett. Maria biss sich in die Armbeuge, um einen Schrei zu ersticken. Dann war der Spuk vorüber. „Mama", dachte sie. „Sind das die Nerven? Ist das immer so, wenn wir bluten?"

TEIL II

«Ich bin wie ein Haus ohne Türen. Jeder kann jederzeit eintreten.»

«Der einzige Weg, dir nicht zu begegnen ist, nicht zuhause zu sein.»

Intermezzo

RE-INTRO
(Track 6)

Der dunkelblaue Mercedes rollte über die Strasse, wie ein Flugzeug über eine Startpiste. Es machte keinen Unterschied, ob sie weisse Linien ins abendliche Himmelblau zeichnete, oder den Spuren der Autobahn folgte. Maria wollte nur weg hier.

In ihrem Körper, unterhalb des Nabels, klaffte ein grosses, schwarzes Loch, der Fahrersitz, auf dem sie sass, war voller Blut, der Motor dröhnte in ihrem Kopf wie ein Presslufthammer und sie konnte seine Vibration an ihren Handflächen spüren. Wo soll ich heute Nacht schlafen? fragte sie sich.

Tränen sind wie Perlen, tönte eine Stimme in ihren Gedanken - oder kam sie von aussen? Wie ein Echo hallten die Worte von allen Seiten zugleich wider. „Man weiss nie, wann sie echt sind", antwortete Maria. Das Echo verlor sich.

Sie zuckte zusammen. Fast hätte sie den Laster auf der Spur nebenan gerammt. Es würde regnen. Bald. Maria fror.

Du hast geliebt, aber du hast vergessen, zu schweigen, tönte es wieder. Jetzt wollte sie wissen, wer redete. Sie warf einen kurzen Blick zur Seite. Jemand sass da, auf dem Beifahrersitz.

Eine Schatulle lag inmitten von spitzenverzierten, weissen Stoffbahnen, zwei Hände umfassten sie. Frauenhände. Die linke Hand trug einen schmalen Goldring. Maria schaute genauer hin. Diese Frau sah aus wie Nathalie. Eine junge Nathalie mit kastanienbraunem, langem Haar. Sie sass neben ihr, lächelte und schaute Maria direkt in die Augen, genauso, wie sie auf dem Hochzeitsbild im Schlafzimmer schaute: Egal, auf welcher Seite man stand, diese Augen folgten einem überall hin. Anmutig wie eine Göttin ist sie, dachte Maria. Mama im weissen Hochzeitskleid.

Tränen sind wie Perlen ... wiederholte die Stimme, ... *und Perlen wirft man nicht vor die Säue.*

Jetzt konnte Maria die Stimme orten: Sie kam von Nathalie. Wie Recht du hast, runde, schöne, schwangere Mama, dachte sie. Und Papa, wie stolz Papa auf dich ist! Nathalie verzog den Mund zu einem Lächeln, und eine Reihe schneeweisser Zähne blitzte zwischen ihren roten Lippen. Maria schluckte leer. Und ich? dachte sie. Mein Blut für deine Tränen ...

Ein kleiner roter Tropfen quoll aus Nathalies Mundwinkel und kroch über den makellosen Teint. Bremsen quietschten. Maria schrie, riss die Augen weit auf und starrte ins Dunkel. Stille.

Das blaue Licht der Wachslampe am Fussende warf seinen gespenstischen Schein auf ein schwarz lackiertes Bettgestell, es reflektierte in den hohen Spiegeltüren am Einbauschrank, es leuchtete hundertfach im silbern gerahmten Spiegel über ihrem Kopf. Keine Leuchtziffern - wo war der Wecker hingekommen? Unter sich spürte sie die Matratze. Sie streckte ihre Hand aus und ertastete das leere Kissen neben sich. Da war keine Wärme auf dem Laken neben ihr. Keine Falten. Wo war Nord? Er war doch neben ihr eingeschlafen! Panik kam auf. Ihr Atem ging kehlig und schnell.

„*Can't fight the dark at night…*", hörte sie ihn flüstern, aber sie konnte ihn nicht sehen. Dann spürte sie, wie sich Hände warm um ihren Hals legten. Sie wehrte sich nicht. Wozu auch? Es machte ihn an, sie zu beherrschen, soviel hatte sie verstanden. Ein kleines, braunes Rinnsal von Schokolade floss aus ihren leicht geöffneten Lippen über ihre Wange. Sie dachte an das Blut auf Nathalies schneeweisser Haut, begann zu schwitzen und schnappte nach Luft, aber Nord lockerte seinen Griff diesmal nicht.

Wie ein Blitz durchfuhr sie die Erkenntnis: Sie hatte sein Kind verloren, und nun würde er sich rächen. Sie hatte ihm versprochen, Vater zu werden, und hatte ihn verraten. Jetzt sah er wohl keinen Grund mehr, sie am Leben zu lassen.

Nein! wollte sie rufen, es ist nicht meine Schuld! Oder vielleicht doch? Verzweifelt versuchte sie, sich zu befreien, boxte ins Dunkel, krallte die Finger in leere Luft. Ihr Herz raste und schweissnass wachte sie endlich auf.

Die Leuchtziffern auf der Uhr zeigten 03:15 und allmählich fand sie sich im Schlafzimmer wieder zurecht.

7
NORD

Heute war Maturafeier. Sie erinnerte sich. Genau einen Tag nach ihrer standesamtlichen Trauung würden sie Abschied feiern, Leon und die anderen. Und sie. Sie sah keinen Grund zu feiern. Zitternd tasteten ihre Hände unter der Decke nach der Wölbung unter dem Nabel. Das Kind war schon bald fünf

Monate alt. Es lebte. Sie konnte es spüren.

„Mit deiner Geburt wird Nord dein Vater werden", flüsterte sie und schaute ängstlich zu ihrem Ehemann. Schlief er? Sie fügte in Gedanken an: Und ich bin deine Mutter. Dann schloss sie die Augen wieder und versuchte, sich das kleine Wesen in seiner Fruchtblase vorzustellen. Kein Lichtstrahl kam unter die Decke, in ihrem Bauch musste es jetzt stockfinster sein. Hörte das Kind ihren Herzschlag? Träumte es, was sie träumte? Oder hatte es schon eigene Träume? Und da war diese eine Frage: Konnte sie es lieben, als ein eigenständiges Wesen, das sie wiederliebte? Oder würde sie immer seinen Vater darin sehen, und dabei die lähmende Angst fühlen, die von ihr Besitz ergriffen hatte, als ihr klar wurde, dass das Verliebtsein den Sex nicht erträglicher machte. Lass es gesund sein, betete sie. Dann stand sie leise auf und schlich aus dem Zimmer.

Sie machte das Licht an und dimmte den Schein der Kristallschalen. Der Boden im Flur war mit einem weichen roten Läufer ausgelegt, der bis zum Entree reichte. Der Eingangsbereich wurde von einem Kokosfaserteppich geschützt, den sie nun rau an ihren Fußsohlen spürte. Sie stand vor dem Wandschrank, den Nord ihr überlassen hatte. Links und rechts davon hingen teuer gerahmte chinesische Drucke auf einer makellosen englischen Tapete. Daneben stand stumm die Tür zu Nords Arbeitszimmer, abgeschlossen, wie immer. Maria öffnete den Schrank und streckte sich, um einen ledernen Reisekoffer vom obersten Regal zu ziehen. Mit einem kratzenden Geräusch fiel er ihr in die Hände. Sie verharrte reglos und horchte auf Nords Atemzüge. Als sich wohl eine Minute lang nichts tat, machte sie die Schnallen auf, und zog vorsichtig am Reissverschluss.

Der Koffer war fast leer. Haarbürste und Toilettenartikel hatte sie beim Umzug gleich im Bad einsortiert und das Duschgel neben seines gestellt, als Zeichen der Zweisamkeit, oder wenigstens der guten Absicht, aber abgesehen davon war sie hier eingezogen, wie eine Fremde. Die vielen Bücher, sie hatte kein einziges davon entsorgt, weder die Kinderbücher noch jene von Robert, nicht einmal die Literatur aus der Zeit am Gymnasium, alles lag noch immer in Kisten im Keller. Nord hatte übrigens kein Büchergestell.

Im Koffer waren noch Peters Wollhandschuhe, ein weisser Seidenschal von Nathalie und darin eingewickelt ein Kästchen. Es war fest verschlossen, etwa fünf Zentimeter tief und hatte Platz für Briefumschläge im C4-Format. Seine edle, cremeweisse Farbe erinnerte an Elfenbein und die metallenen Beschläge an den Ecken waren schwarz angelaufen, die Füsse ahmten Tigertatzen nach. Im Boden war mit verbundener Schrift eine Widmung eingraviert: In Freundschaft, Kira.

Nach jener Geschichte beim Schulhausputz hatte Kira gesagt: „Du bist ja ganz besessen davon, all das nieder zu schreiben. Willst du etwa Schriftstellerin werden?" Und dann wollte sie unbedingt eine kleine Passage hören, nur ein paar Sätze. Also hatte ihr Maria den einzigen Abschnitt vorgelesen, in dem Tim nicht erwähnt wurde:

„In dieser Zeit stieg ich oft auf den Wildkirschenbaum beim Spielplatz. Seine niedrigen Äste waren noch nicht abgesägt, und ich konnte hinaufsteigen und von den reifen Kirschen essen. Ich liebte Kirschen, doch es waren nicht die Früchte, die mich magisch anzogen. Es war dieses Gefühl, grösser zu sein, alles zu überragen und schon fast den Himmel zu berühren. Wenn ich bis ganz zuoberst auf die Äste stieg und im Wind schaukelte, dann fühlte ich mich wie ein Adler, erhaben und so sicher, wie nirgendwo sonst."

Es war ihre Lieblingsstelle geworden. Nun tastete sie das Futter auf der Kofferoberseite nach einer kleinen Unebenheit ab, die ihr verriet, wo der Schlüssel zur Schatulle lag. Sie nestelte den Schlüssel unter dem Stoff hindurch, bis zu einer Stelle, wo die Naht ein wenig offen war. Dabei lauschte sie wieder angestrengt auf Nords rhythmisches Schnarchen. Als die Schatulle offen war, lag vor ihr, sorgsam gefaltet, der Schulaufsatz. Sie tippte die Blätter vorsichtig an. Nicht lesen! Jetzt noch nicht. Sie wollte nur die Erinnerung heraufbeschwören, die sie gegen die Bosheiten des Schicksals schütze, denn seit sie diese Seiten geschrieben hatte, war Robert nicht mehr aufgetaucht. Die Macht dieser Zeilen schien ihr so beschützend wie ihr eigenes Blut. Dann berührte sie die Kopie jenes Briefes, den Nathalie an Senna geschrieben hatte. Er sollte sie an ihr eigenes Schweigen mahnen.

Ganz unten lag, sorgsam in Watte verpackt, ein kleines, rotes Herz aus Plexiglas, mit vielen geschliffenen Facetten. Leon. Sah man hindurch, sah man die Welt wie durch die Augen eines Insekts, und alles war in Blutrot getaucht. Rot war eine gute Farbe. Sie fasste es nicht an, denn das würde ihr kein Glück bringen, so kurz vor dem Abschied. Genauso wenig wie sie die dicht verschlossenen und in Seidenpapier gewickelten Gläschen mit Kiras Initialen anfasste, die gleich danebenlagen. Oder das Hochzeitsfoto von Nathalie. Behutsam schloss sie die Schatulle wieder und schob den Schlüssel in sein Versteck, hob den Koffer zurück an seinen Platz im Schrank und legte sich noch einmal ins Bett.

Es war nach sieben Uhr, als sie wieder aufstand. Geschlafen hatte Maria nicht mehr, nur noch den Körper von einer Seite zur anderen gewälzt. Jetzt trank sie Kaffee in kleinen

Schlucken, strich sich ein Brötchen, pappte Käse und Konfitüre auf die Butter und verschlang es heisshungrig. Kurz danach hastete sie ins Bad. Sie wollte nach Nord rufen, überlegte es sich anders und hielt sich am Lavabo fest. Atmen konnte sie auch alleine. Überall standen noch die Blumen von der gestrigen Hochzeitfeier, wie bei einer Beerdigung. Sie hatte den Tischschmuck mitgenommen. Tränen tropften auf die Bodenplatten. Sie spürte weder Kälte noch Wärme. Der zartgrüne Blumenschmuck nahm sich lächerlich aus auf dem Marmorsockel neben der Dampfdusche. Sie kotzte sich aus, wie vor ein paar Monaten im Gebüsch hinter dem Schulhaus. „Brauchst du Hilfe?" hatte er da gefragt. „Nein danke, es geht…" Dann hatte sie nur noch Galle gespuckt. „Etwas gegen Übelkeit? Ich geh zur Apotheke …" - „Nein, nein, das wird schon wieder. Es ist nur … Es ist nur am Morgen."

„Schwanger?" Sie hatte genickt. Danach waren sie ein Stück zusammen gegangen, weg von dem üblen Geruch, weg vom Schulhaus. Stunden später, nachdem sie ihm gestanden hatte, dass sie sich vor einer Abtreibung mehr fürchtete als vor der Geburt, stand der Deal. „Es ist nicht von dir."

„Wer weiss das denn? Das Kind braucht einen Vater."

Das ist die Chance, hatte sie gedacht, und zur Sicherheit angefügt: „Es war keine Liebe, und ich will sowas nie wieder erleben."

Das war zur Hälfte gelogen, doch die Liebe hatte den Sex auch nicht besser gemacht. Nie wieder mit einem Mann schlafen, dachte sie, nie wieder Sex. Und er verstand: Nie wieder schwanger werden. Aber ein Kind reichte ihm.

Acht Uhr. Das Ziehen im Bauch hatte aufgehört. Im Schlafzimmer summte Nords Wecker. Sein Platz war warm und leer.

Maria murmelte: „Can't fight the dark at night" und schaltete den Wecker aus, schlüpfte in ihren Trainer und ging in die Küche.

Nord stand da und rauchte. Er hatte den Morgenmantel über seinen Pyjama angezogen und sah ziemlich verschlafen aus. Maria heizte den Backofen ein, deckte den Frühstückstisch und brühte italienischen Kaffee auf. Als sie die frischen Croissants wieder aus dem Ofen holte, berührte ihr Arm zufällig die heisse Ofenwand. Sie zuckte zurück und das Gebäck rutschte gefährlich nahe an den Blechrand.

„Wie geht es unserem Baby?" fragte Nord.

„Gut." Sie schob die Croissants zurück, stellte das Blech auf den Herd und rieb sich die verbrannte Stelle. Dann ging sie zum Tisch und legte sich demonstrativ ein Croissant auf ihren Teller. „Gut", sagte sie. „Das Kleine lebt."

„Weshalb sollte es denn nicht?" Nord drückte kopfschüttelnd die Zigarette im Aschenbecher aus und setzte sich. „Hoppla! Keine Butter heute …?" stellte er fest und schaute sie erwartungsvoll an. „Ich bin ja nicht schwanger, Liebes. Ich vertrag ein Bisschen Fett auf dem Kipferl ganz gut, versprochen. Sonst müsste ich dich am Ende zur Rechenschaft ziehen, wegen der schlechten Bedienung."

„Verzeih", entgegnete sie schuldbewusst. Nord grinste breit. „Komm, setz dich! War nur ein Scherz."

Sie holte die Butter trotzdem und setzte sich dann an den Platz ihm gegenüber. Eine Weile assen sie schweigend.

Während Maria Kaffee nachschenkte und Croissants reichte, sonst aber den Blickkontakt mied, betrachtete Nord seine Frau leicht amüsiert. „Du lässt Dich viel zu schnell aus dem Gleichgewicht bringen."

Maria kannte ihren Mann. Seiner Freundlichkeit war nicht zu

trauen. Schnell konnte diese in Jähzorn umschlagen, und sie hatte noch keine Idee, wie ihm dann zu begegnen war, um den Sturm nicht noch mehr herauszufordern.

„Ich muss am Nachmittag nochmal ins Geschäft", sagte er schliesslich und wischte sich mit der Stoffserviette den Mund. „Würde es dir etwas ausmachen, allein zu diesem Abschlussfest zu gehen?"

Sie seufzte. „Das Geschäft geht natürlich vor. Kommst du später nach, dann könntest du mich trotzdem tanzen sehen? Ich meine nur, es ist die erste und letzte Gelegenheit."

„Von Wollen ist doch keine Rede, aber ..." Nord schaute nachdenklich aus dem Fenster. „Jetzt muss ich noch für uns beide sorgen, aber bald für drei. Und ich möchte mir kein Geld von meinen Eltern borgen, das verstehst du doch? Abgesehen davon hatte ich ja schon die Ehre, deine Tanzkünste beim Training zu bewundern."

„Dein Wille geschehe." Sie nickte höflich. Wie gerne hätte sie ihm vor all den Leuten gezeigt, dass sie tanzen konnte. Also nahm sie ihren Mut zusammen und versuchte, Nord bei seiner Ehre zu packen. „Dann holst du mich nach der Aufführung also auch nicht ab? Wir gehen ziemlich sicher noch Abschied feiern, mit der ganzen Truppe. Aber ist schon in Ordnung, Nord, es wird sich schon jemand um mich kümmern."

„Wer weiss, vielleicht kann ich's ja richten. Ich kann aber nichts versprechen", renkte er ein. Maria lächelte.

Nord trank seinen Kaffee und schwieg wieder. Der Morgenmantel bildete einen kleinen spitzen Hügel auf seinem Schoss. Diese zwei Monate Enthaltsamkeit waren hart, aber vor seinen Eltern nur als halber Mann dazustehen, war noch härter. Er brauchte eine Familie, damit sie ihm keine Fragen stellten, und dafür hatte er geduldig verzichtet. Bis zur

Hochzeit. Nicht einmal bei Ingrid hatte er vorbeigeschaut. Aber jetzt war er mit seiner Geduld am Ende. Vielleicht war es ja eine gute Idee, mit Ingrid zu diesem Anlass zu gehen, dachte er. Die beiden Frauen sollten sich einmal kennenlernen. Und um Mila zu gratulieren, denn schliesslich hatte auch er ein paar Freunde. Nord erhob sich, nicht ohne noch einmal den Morgenmantel über seinen Hüften zu kreuzen.

„Ich muss jetzt los. Ich hoffe, du wartest nach der Show auf mich?" Er legte seine Hand auf Marias Arm und sie liess es geschehen. Dann stellte er die leere Kaffeetasse auf die Spüle und wandte sich noch einmal um. Er taxierte sie mit verhaltener Lust.

„Übrigens: Schwanger siehst du auch sehr sexy aus." Dann ging er, ohne auf ihre Antwort zu warten.

Maria stand wie versteinert da. Sie atmete erst auf, als die Schlafzimmertür ins Schloss fiel und schüttelte sich. Dieser Blick! Sie hatte seine Hände fast physisch auf der Haut gespürt. Heute Nacht würden sie reden müssen.

Sie überlegte, wie weit sie ihrem Mann entgegenkommen konnte, und ob es überhaupt Kompromisse geben konnte, während sie mechanisch den Frühstückstisch abdeckte. Beim blossen Gedanken an Sex wurde ihr flau im Magen. Noch einmal wollte sie nicht fremden Händen ausgeliefert sein. Sie teilten ein grosses Doppelbett mit einer Besuchsritze, die so tief war wie der Graben zwischen Mattis und Borka in Lindgrens Räubertochter. Aber er war ihr Ehemann, hatte er da nicht ein Recht auf etwas körperliche Nähe? Sie biss sich auf die Lippen, bis es schmerzte. Soll er schlafen, mit wem er will, nur nicht mit mir!

Draussen vor dem Küchenfenster wehten die langen Zweige

der Trauerweide wie Pferdehaar im Wind. Gleich hinter dem Baum fiel die Wiese steil ab, zu einer dichten Hecke hin, die den Siedlungsraum vom Parkplatz und später von einem Fluss trennte. Sie mochte diesen Blick auf die Böschung, das fliessende Wasser und die alten Bäume am Ufer. Nord verschwand eben hinter der Thuja.

Bitte, komm mir nicht zu nahe, betete sie. Es ist schon so eng in mir, dass ich kaum mehr atmen kann. Das Kind. Ich habe Angst, dass wir es zerdrücken.

Ihre Hand zitterte, als sie die Milch zurück in den Kühlschrank stellte, und natürlich verfehlte sie das Regal. Das Tetra Pak zerplatze auf dem Marmorboden, die Spannung wich endlich Tränen. Schluchzend grapschte sie den Lappen von der Spüle und begann aufzuwischen. Das Gurgeln der schlecht entlüfteten Heizkörper dröhnte durch die Küche. Aus den Augenwinkeln meinte sie, jetzt einen Schatten im Fenster zu sehen.

„Wer da?", fragte sie laut. „Nur dein Spiegelbild", versuchte sie sich zu beruhigen.

Schau mich an! Hast du nicht gesagt, dass er schlafen kann, mit wem er will?

Sie hielt den Blick hartnäckig auf den Boden gerichtet. Diese Stimme in ihrem Kopf, das war nicht ihre Stimme.

Du willst ihn heute Abend also beeindrucken, nicht wahr?

Der innere Dialog war hrtnäckig. Maria verlor die Geduld: „Ja! Vielleicht will ich genau das!" schrie sie die Fensterscheibe an und hielt sich die Ohren zu. „Kannst du hier drin nicht endlich still sein!?" Doch das nützte genauso wenig bei Robert, wie bei einem Tinnitus.

Das Telefon klingelte. Maria warf den Milchlappen in die

Spüle und hob erleichtert ab. Alles war besser, als sich im eigenen Hirn zu streiten.

„Ich habe dich gestern gar nicht mehr erreicht, Mia. Wie geht es dir? Du hast am Standesamt so müde ausgesehen, dabei war es doch so ein grosser Tag …", plapperte Nathalie los.

„Bei mir ist alles ok, Mama."

Maria goss sich ein Glas Gerstengrassaft ein und würgte einen Schluck davon hinunter. Erschöpft lehne sie die Stirn ans kühle Küchenfenster. Der Schatten war weg.

„Nord umsorgt mich sehr zuvorkommend, Mama, wirklich. Er ist nicht so taff, wie du denkst. Schon bald wird er dich um handgestrickte Socken bitten."

„Also muss ich ihm zuliebe noch stricken lernen?" Nathalies Stimme triefte vor Spott. „Ich hatte den Eindruck, der feine Herr hätte mit der Milchflasche schon Champagner bekommen und kaufe seine Socken bei Gucci. Wird einem denn der noble Lebensstil nicht mit dem Geld in die Wiege gelegt?"

„Nathalie, bitte. Nord arbeitet selber für unseren Lebensunterhalt."

„Hört, hört. Wenn da nicht jemand schon ganz solidarisch ist mit ihrem frischgebackenen Ehemann! Nicht dass es mich stören würde … Übrigens, täusche ich mich, oder seid ihr zwei nicht so wirklich verliebt?"

„Natha…!"

„Wie auch immer mein Kind, du musst ja selbst wissen, wen du geheiratet hast. Nur eines sag ich dir: Du warst vollkommen übermüdet und gereizt, und du hast kaum etwas gegessen. Da stimmt doch etwas nicht."

„Mama, mir fehlt nichts."

„Ich sage auch nicht, dass dir etwas fehlt. Aber war eure

Hochzeit vielleicht nicht ganz freiwillig?"

„Unterstellst du mir jetzt etwa, dass ich schwanger bin?" fragte Maria zornig.

„Ich unterstelle dir gar nichts. Ich bin besorgt, das ist alles. Im Übrigen hast du nicht mit uns angestossen."

„Ich trinke keinen Alkohol, Mama. Das weisst du genau."

„Komm, mach uns nichts vor, Mia. Du hast ausgesehen wie eine Scheintote. Wenn du nicht schwanger bist, was dann …?"

„Vielen Dank für deine Diagnose, Mama. Willst du mir jetzt einen Platz im Altersheim reservieren, oder soll ich bei Dignitas vorsprechen?"

„Zynismus ist also noch immer dein Spezialgebiet?" Nathalies Lachen klang künstlich. „Also sag, was ist der Grund für eure überstürzte Hochzeit?"

„Überstürzt? Nathalie, es reicht. Wir lieben uns. Und Nord ist in Ordnung. Er arbeitet hart für sein Geld." Marias Stimme zitterte. „Er arbeitet sogar zu viel, dafür wirft sein Geschäft aber einiges mehr ab als das von Robert damals. Und abends kommt er nach Hause, also steht mir zumindest kein Job als Handlanger im Discountladen bevor. Und mehr Anstand als dein alter Kerkermeister hat er alleweil!"

„Kerkermeister…" wiederholte Nathalie. „Du sagst es. Aber du wirst schon noch zur Welt kommen, Prinzessin. Und weisst du noch, wer die Tür hinter diesem Kerkermeister verschlossen hat?"

Herzklopfen. Schweigen auf der anderen Seite der Leitung. Marias Bauch war gebläht wie ein Hefeteig und steinhart. Sie musste ihre Mutter irgendwie loswerden und brüllte in den Hörer:

„Was hast du plötzlich in meinem Leben zu suchen? Lass mich endlich in Ruhe mit deinen verkackten Ratschlägen! Ruhe, verstehst du? Gibt es dieses Wort in deinem alten, verkalkten Gehirn? Irgendwo?" Ihre Stimme überschlug sich. Dann knallte sie den Hörer zurück auf die Ladestation, von wo er mitsamt einem Haufen Notizzettel zu Boden rutschte und so hart aufschlug, dass der Deckel vom Batteriefach absplitterte. Seufzend sammelte sie Papier und Telefon wieder ein, klaubte den Deckel vom Parkettboden und schmiss ihn neben den Hörer. Dann stapfte sie ins Bad und drehte den Heisswasserhahn auf. Ihr Bauch schmerzte in rhythmischen Abständen.

8
JONGLAGE

Nord sass auf der Terrasse vor einem Café in der Innenstadt und beobachtete den Platz. Das Treiben belustigte ihn, und er war bei Weitem nicht der einzige. Auf den Betonpfeilern, die den Pflastersteinweg auf der einen, die Strasse auf der anderen Seite von den flachen Steinplatten trennte, sassen eine Menge Leute. Auch unter den Torbogen standen Zuschauer und versperrten den Fussgängern den Weg.

In der Platzmitte jonglierte ein Künstler schon eine Weile mit Ringen, aus einem Verstärker plärrte Musik. Seine Begleiterin ging durch die Reihen, ihre gelbe Perücke leuchtete und Ringelsocken, ein buntes Röckchen und Hosenträger vervollständigten das Erscheinungsbild in der Art, wie Clowns sie trugen. Sie hatte einen Zylinder in der Hand. Ab und zu warf jemand eine Münze in die Höhe, die fing sie mit einem tollpatschigen Hopser auf. Dabei wippte das Röckchen hoch und liess den Blick auf einen grossen Smiley frei, der auf langen, roten Unterhosen prangte. Die Zuschauer johlten und klatschten. Selten kramte einer sein Portemonnaie hervor und liess eine Note in den Hut flattern.

Nord winkte der Bedienung und bestellte einen Eiskaffee. Dann fragte er Ingrid: „Was magst du trinken?"

Die junge Frau senkte verlegen den Blick. „Champagner Rosé …?"

Die Serviererin bedauerte, sie hatten nur weissen, und Nord bestellte. Die Bedienung verschwand im Restaurant.

„Danke für die Einladung, Nord", bedankte sich Ingrid artig. "Ich hatte schon befürchtet, du würdest mich nicht mehr sehen wollen."

Nord schüttelte ernst den Kopf und liess seine Augen auf Ingrids weit aufgeknöpfter Bluse ruhen. „Weshalb sollte ich?"

„Nun, du bist doch jetzt verheiratet. Oder nicht? Wie war denn eure Hochzeit so?"

„Kurz und bündig", entgegnete Nord. „Langes Warten auf dem Standesamt, dann kurz mit meinen Eltern, ihrer Mutter und den Trauzeugen essen."

„Oh, sie hat also keine grosse Verwandtschaft angeschleppt? Und wollte auch keine standesgemässe Party?"

„Marias Mutter war dabei. Es wäre übrigens nett von dir, meine Frau beim Namen zu nennen."

„Verzeihung. Maria Elektra, nicht wahr? Ich beneide sie um dich. Womit hat Maria Elektra den Mann verdient, dem ich gehöre? Ich hätte ja auch …" Sie strich sich eine wasserstoffblonde Strähne aus der Stirn und blickte Nord schmollend an.

„Nicht du, Ingrid."

„Verzeih mir meine Eifersucht, bitte. Ich weiss nicht, warum ich das frage, aber wozu willst du mich denn noch?" Sie senkte den Blick und schluckte leer.

„Um mir zu dienen. Und du darfst mich auch immer noch anschauen." Als Ingrid nicht reagierte, wiederholte er seine Anweisung in einem etwas schärferen Ton: „Sieh mich an! Das ist ein Befehl. Und ja, du darfst weinen."

Er hielt ihr sein Taschentuch entgegen, und es dauerte eine Weile, bis Ingrid sich wieder unter Kontrolle hatte. Erst, als sie ihm wieder in die Augen schaute, sagte er: „Diese Ehe ist etwas Anderes. Keine Liebesbeziehung, wie du meinst. Wir haben einen Vertrag. Maria schreibt mir nichts vor, sie will nur, dass es dem Kind gut geht. Ja, sie weicht mir im Gegenteil aus. Ich frage mich, ob sie möglicher Weise gar nicht auf Männer steht."

„Und das Kind? Warum ist sie dann …?"

„Was weiss ich! Das Kind ist meins. Und weiter brauchst du überhaupt nicht zu fragen. Da gibt es nichts, was dich etwas angeht."

„Deins, wer's glaubt …" Sie hatte diese Worte nur gemurmelt, doch Nord hörte gut.

„Sitzt du anständig?" fragte er scharf.

Ingrid nickte, und Nord spähte unter den Tisch. Ihre Knie standen parallel zu einander, mit einer Handbreit Abstand, der Rock war etwas hochgezogen und die schlanken Beine gaben den Blick auf ihren glattrasierten Venushügel frei. Er deutete mit den Lippen einen Kuss an.

„Heute Abend tanzt sie am Maturaball. Ich werde hingehen, und ich wünsche, dass du mich begleitest. Du darfst jetzt übrigens deinen Champagner trinken."

Ingrid nippte gehorsam am Glas und Nord lachte. „Du darfst, sagte ich, nicht du musst. Was bedrückt dich denn?"

„Ist sie …?"

„Devot? Dominant? Ich habe keine Ahnung, welches ihre Ausrichtung ist. Möchtest du ihr denn gerne dienen?" Ingrid schwieg. Nord löffelte den letzten Rest Eiskaffee, der bereits als Pfütze im Glas lag. „Ich warte ..."

„Wenn es dir gefällt, so diene ich euch beiden."

„Ich könnte dich ihr zum Geschenk machen. Später einmal. Aber vielleicht mag sie das gar nicht. Sie hat schon etwas Devotes an sich." Er schob den Stuhl zurück und legte einen Geldschein auf den Tisch. „Acht Uhr bei der Eingangstüre. Und lass nicht gleich alle wissen, dass du mich kennst, ok?"

Ingrid nickte und antwortete leise: „Ja, Meister."

Er deutete nochmal einen Kuss an, verliess die Terrasse und verschwand ohne zurückzuschauen in der Menge auf dem Platz. Der Jongleur packte eben die Ringe in seine Kisten.

Maria stöhnte auf. Das Ziehen im Bauch wurde stärker. Nur nicht bewegen! Solange sie ruhig im warmen Wasser lag, liessen die Schmerzen nach. Sie liess warmes Wasser nachlaufen und fühlte, wie ihr Körper immer müder und schwerer wurde, und je tiefer sie sich entspannte, desto stärker wurden wiederum das Ziehen, wenn sie sich erhob. Wilde Wehen. Sie wusste, das konnte das Ende einer Schwangerschaft bedeuten, aber es konnte auch wieder vorbeigehen, so wie die Übelkeit heute Morgen. Sie musste sich schonen, denn auf keinen Fall wollte sie zum Arzt. Mit aller Kraft stemmte sie sich noch einmal hoch und hob ein Bein über den Wannenrand, rutschte aus und bekam die Aufhängung für die Tücher zu fassen. Ein schmerzhafter Stich im Bauch, Tränen schossen ihr in die Augen. Ein paar Minuten später sass sie aufrecht und gefasst auf dem Bett und atmete tief durch.

Die Bettdecken lagen noch immer, so wie heute Morgen,

zerknautscht auf Nords Seite. Sie legte sich vorsichtig auf ihre Hälfte, deckte sich zu und weinte sich in den Schlaf.

Es war später Nachmittag. Ingrid wischte sich die Wimperntusche von der Augenbraue. Ihre Hände zitterten, während sie den Deckel wieder auf das Fläschchen schraubte. Sie zog die Konturen der Lippen nach und stieg sorgsam mit ihren hohen Absätzen in den Einteiler. Ein leises Kratzen verriet ihr, dass sie sich nachrasieren musste.

Die Rasur brannte. „Nun gut, Maria Elektra" murmelte sie. „Er will, dass ich dich beim Namen nenne." Sie zuckte zusammen. Ein kleiner roter Strich erschien auf der zarten Haut, ein Tröpfchen Blut blähte sich auf, zog langsam seine Spur das glatte Venusdelta hinunter. Sie hielt die Luft an, strich zärtlich über die glatte Haut und atmete mit einem kehligen Laut wieder aus. Ein wenig Toilettenpapier half, die Blutung zu stillen. Wieder hinein ins Kleid, den Reisverschluss hoch- aber nicht zu hoch gezogen, ein Blick auf ihr Handy: Perfekt. Nords Liste war angekommen. Sie packte ein Seil, die Handschellen, Arm- und Fussbänder ein, und das Halsband aus Nappaleder, das mehr Schmuck als Werkzeug war. Dann wählte sie eine Peitsche. Es dauerte einige Minuten, bis sie sich entschieden hatte. Was auch immer Nords Plan war, sie wollte Maria nicht weh tun.

Kurz nach sieben ging sie mit der Ledertasche in der Hand zum Auto. Ein warmer Mantel bedeckte ihr Kleid, ein kühler Luftzug zwischen den Beinen zeigte ihr an, dass dies ein besonderer Abend würde. Bevor sie sich auf den Ledersessel hinter das Steuer setzte, zog sie den Rock hoch. Morgen würde sie diesen Sitz wieder polieren und sich dabei an die Lust von heute erinnern. Dann fuhr sie dem Stadtzentrum zu.

Sie fand Nords Reserveschlüssel auf dem linken Hinterrad von seinem dunkelblauen Mercedes, versorgte die Tasche im Kofferraum und legte die Dressurgerte mit einer liebevollen Geste daneben. Ein Hauch von seinem Parfüm lag in der Luft.

Die Halle füllte sich mit Menschen. Maria stand eng an den samtenen, roten Vorhang geschmiegt, spähte durch eine Ritze von der Bühne und versuchte, unter den einströmenden Zuschauern vertraute Gesichter zu entdecken. Viele der Studenten kannte sie vom Sehen. Unten lächelte eine junge Frau, daneben winkte ihr ein Mann zu. Der enganliegende, schwarze Einteiler pendelte über seinen Nike Sneakers, die Tanzschuhe hatte er sich lässig über die Schulter gehängt. Er bückte sich über die nächste Tischreihe und hob einen bunten Blumenstrauss mitsamt der Vase in die Luft. „Für dich" formten seine Lippen, während er mit dem Finger abwechslungsweise auf Maria und auf die Vase zeigte. Andreas. Sie lachte, winkte ab und beobachtete, wie er vertraulich den Arm um die Frau legte und ihr, dann dem kleinen Jungen auf ihrem Arm einen Kuss gab, bevor er sich umwandte. Kaum war er aber zwei Schritte gegangen, tippte er einer anderen Dame auf die Schulter, lachte sie an und begrüsste diese mit überschwänglicher Umarmung. Maria schauderte. Der Schleimer, dachte sie. So würde er es nicht einmal bis zum Schlussapplaus auf die Bühne schaffen. Aber konnte ihr das nicht egal sein?

Mila, bei den Jungs auch als „Girl from Ipanema" bekannt, ging hinter der Bühne auf und ab und klopfte mit den Absätzen ihrer Tanzschuhe nervös auf den Holzboden. Sie war grell geschminkt, ihr goldbrauner Teint schimmerte durch den Lidschatten hindurch und liess die Regenbogenfarben wärmer erscheinen. Das schwarze Haar hatte sie straff nach hinten zu einem Knoten gefasst, aus dem nur eine einzige Strähne zwischen ihre Schulterblätter hing und hin und her pendelte. Mila war die Schönste von allen. Nicht, dass sie perfekt gewesen wäre, auch wenn sie gerne so tat. Ihre Nase war etwas zu prominent.

Maria unterdrückte ein hämisches Grinsen. Sie drehte sich um und nickte Mila zu. Mila hob fragend die Augenbrauen. Ihre Arroganz verwandelte sich in Unsicherheit. Sie glich jetzt einer Amsel, die starr in ihrer Position verharrte, als ahnte sie Gefahr.

„Andreas wird schon noch kommen", sagte Maria. Wie auf ein Stichwort begann Mila, sich lautstark über ihn zu beschweren und Maria wandte sich zufrieden lächelnd ab. Liebes, dachte sie, reg dich doch nicht künstlich auf. Er ist ja da, und ich werde es dir in wenigen Minuten mitteilen. Bis dahin lass mir meinen kleinen Vorsprung, ja? Der ganze Saal wird dich doch heute tanzen sehen! Nein, uns alle tanzen sehen.

Sie ging zurück zum Vorhang und spähte wieder in den Saal. Sie atmete den spröden Duft des Samts, befeuchtete mit der Zunge ihre trockenen Lippen, und ihr Blick suchte wieder die Reihen ab. Eine Menge Leute war gekommen, um der Feier beizuwohnen, die sie mit ihrer Gruppe eröffnen würden. Tante Lisa, Tante Emma, Onkel Fritz, oder wie sie alle hiessen. Maria lachte leise bei dem Gedanken, dass angehende Studenten solch biedere Verwandtschaft hatten. Als dürften sie bereits zu Beginn ihrer akademischen Karriere nicht die Norm überragen. Aber welche Zukunft versprach ihnen dieser Abschluss? War es nicht ein Anfang vom Ende? Dem Ende der ungetrübten Urteilsfähigkeit und der Meinungsfreiheit? So sie denn zuvor eine eigene besessen hatten. Konnte man erst einmal als Professor auf den Podien grosse Reden schwingen, Reden, die man nicht einmal selber schrieb, die einem andere diktierten und die kein Aussenstehender verstand, was bestimmt auch besser war, dann hatte man es richtig geschafft. Dann konnte man so richtig leben, bedenkenlos, gedankenlos. Dann war man Tante Emmas Star und die Fritzen kauften einem alles ab, was man ihnen schwarz auf weiss präsentierte.

Nathalie kam nicht, und das war besser so. Sie brauchte sich nicht mehr in ihr Leben einzumischen. Nie mehr. Papa und Peter? Wie sie wohl aussahen…? Sie würde sowieso keinen von beiden mehr erkennen. Und Daddy - also Robert? Sie war froh, dass sein Auftritt in ihrem Leben vorüber war!

Eine Hand legte sich sanft auf ihre Schulter. „Bist du nervös?" fragte Leon hinter ihr.

„Nicht wirklich." Sie wandte sich um.

„Andreas ist da. Weiss Mila das?" fragte er.

„Noch nicht. Hätte ich es ihr sagen sollen? Ui! Du bist ja meisterlich um ihr Wohl besorgt."

„Hört, hört! Bist Du etwa eifersüchtig? Ich will doch nur, dass die Show gut wird."

„Bestimmt. Einen zweiten Auftritt haben wir ja nicht", konterte Maria. „Ich werde also alles geben."

„Hey." Leon nahm ihre Hand und führte sie ein paar Tanzschritte unter seinem Arm hindurch und wieder zurück. „Schön siehst du aus."

„Danke." Sie nickte versöhnlich und betrachtete ihre Bewegungen in einem Spiegel der an einer Seitenwand lehnte. Von der Schwangerschaft war nichts zu sehen. Das hoch geschnittene Showkleid und der eingenähte Push-up betonten ihre Figur, obwohl der BH schon etwas drückte. Die langen

Fransen am Saum umspielten ihre Beine und der hauchdünne Nylonstoff um die Hüfte täuschte von weitem viel nackte Haut vor. Sie fühlte sich sexy. Leons Hand ruhte sicher auf ihrer Taille. Dann drängte sich ein Bild in ihre Gedanken. Sie sah Mila und Leon nebeneinander im Wohnzimmer sitzen, während sie sich küssten. Ob sie das blaue Ledersofa mochte?

Nord hatte sich unterdessen in die vorderste Reihe gesetzt. Auf einer Seite der Bühne konnte er ein wenig hinter die Kulissen sehen. Neben ihm sass Ingrid und füllte sein Weinglas. Nord schwieg. Er liess sich nach aussen hin nichts anmerken, aber wer ihn besser kannte, sah die Anspannung am Spiel seiner Kiefermuskeln. Während Ingrid mit ihren unterwürfigen Gesten um seine Aufmerksamkeit warb, hielt er seine Hände still auf seinem Schoss, nickte nur und trank einen grossen Schluck. Er registrierte die vertraute Stimmung zwischen Maria und ihrem Tanzpartner. Seine Hand auf ihrer Schulter, stand ihm Leon einen Tick zu nahe bei seiner Frau. Er beobachtete Marias Reaktion. Sie schüttelte diese Hand nicht ab. Es schien ihr zu gefallen, dass Leon sie anfasste. Anders als bei ihm.

Dann tauchte auf einmal Milas Silhouette hinter ihr auf. Nord hätte sie an ihrem blossen Schatten erkannt. Ihre Bewegungen waren hastig, wie immer, wenn sie nervös war. Sie pflanzte sich vor Leon auf und Maria wich zurück. Nord lächelte. Mila war ein Alphatier. „Sie ist hübsch", bemerkte Ingrid und schenkte nach.

Maria gesellte sich zur Gruppe, ohne Nord gesehen zu haben. Es war Zeit für den Auftritt. Als der Rektor nun mit seiner spröden Rede auf der anderen Seite des Vorhangs die

Feier eröffnete, stellten sich die Tanzpaare in einer Reihe auf, hinten die Männer, vorne die Frauen, angeführt von Maria und Leon. Sie wünschten einander Glück. Und während der Samtvorhang sich noch im Applaus teilte, schritt einer nach dem anderen stolz durch die Mitte hervor und stellte sich in Position. Stille. Drei Paare, unbeweglich wie Statuen, und ein applaudierendes Publikum. „Let the smarty party", formten Marias Lippen, und sie strahlte Leon an. Der Applaus verebbte. *Babe, now go ...!*

(Track 7)

Die Stimme der Sängerin klang auffordernd und hell. Ihr enganliegendes, kirschrotes Paillettenkleid glitzerte im Licht der Scheinwerfer. An beiden Bühnenseiten stand der Chor, in zwei kleine Gruppen aufgeteilt. Ihre Bewegungen untermalten den Text und spornten die Tänzer an, wie Cheerleader in einem Football Spiel. Die Tänzer hatten den Song gemeinsam mit der Band und speziell für diesen Anlass geschrieben. Kaum waren die ersten Sätze gesungen, dimmte der Beleuchtungstechniker die künstliche Sonne über der Sängerin und rückte die Tanzshow in den Mittelpunkt.

Das Training zahlte sich aus. Eddie und Franziska tanzten fehlerfrei. Eddie brachte es sogar fertig, sich tanzend vor seiner Frau zu verbeugen, während Franziska die vorgeschriebene Figur allein weitertanzte. Alices Bauch wölbte sich unter einem langen Strickkleid. Sie sass mit einer Freundin in der vordersten Reihe und feuerte die Tänzer mit lauter Stimme an. Das Publikum applaudierte.

Mila tanzte, als wäre sie die Attraktion des Abends. Jede kleinste Bewegung wurde von ihr ausgetanzt, als stünde sie

103

zugleich vor den Zuschauern in der ersten und in der letzten Reihe. Sie hatte nur einen einzigen Nachteil: Andreas. Er bewegte sich unsicher und war sichtlich bemüht, den Blick immer wieder vom Boden vor seinen Füssen zu lösen. Aber immerhin hatte er ein dekoratives Lächeln aufgesetzt.

Der Chachacha ist ein ewiges Flirten, sich anziehen und wieder voneinander lösen - Maria erinnerte sich an Leons Worte. Und während sie jede seiner Berührungen spürte, vergass sie alles um sich herum.

Nord sass unbeweglich. Sein Blick folgte jeder Bewegung seiner Frau, wie die Augen einer Katze der Maus, die sie eben gefangen und vor dem Fressen noch einmal zum Spielen freigelassen hatte. Ingrid hielt sich mit Schwatzen zurück und beschränkte sich darauf, aufrecht zu sitzen, die Knie eine Handbreit offen zu halten und still die Ergebenheit an ihren Meister zu zelebrieren.

Der Tanz dauerte schon fast zwei Minuten, da kam eine Passage, die Nord noch nie gesehen hatte. Das Licht hatte wieder zur Band gewechselt, während der Gitarrist im hellen Spotlicht sein Solo spielte. Die Paare standen in einer Reihe und machten dieselben Bewegungen wie der Chor, Leon und Maria in der Mitte. Doch nun drehten sie einander den Rücken zu und tanzten voneinander weg. Leon gesellte sich zum Tanzpaar links, Maria tanzte nach rechts. Die Mitte war jetzt leer. Sie schwitzte. Das kratzige Geräusch der E-Saiten löste eine Spannung in ihrem Bauch aus, das dem Quietschen von Kreide auf einer Wandtafel in den Ohren eines Schülers glich. Der Sprung! Sie hatte die Figur nicht alleine üben können. Das Gitarrensolo war zu Ende, das Spotlicht beleuchtete den leeren Fleck, im Saal wurde es still. Wo würde Leon seine Hände ansetzen, um sie zu heben? Sie rannten in ausladenden

Schritten auf den Lichtfleck zu. Er stemmte sie hoch. Federleicht wie das Abfangen eines Volleyballs wirkte es, trotzdem tat es weh. Seine Daumen drückten in ihr Becken. Hätte er es nur gewusst! Der Saal blitze in sekundenkurzen Abständen auf und während er sich mit ihr drehte, hielt Maria den Atem an und fixierte Punkt um Punkt im Raum, damit ihr nicht schwindlig wurde. Lautsprecher … Tisch … Lautsprecher … Leons Hände brannten. Tisch … Lautsprecher … Tisch … Nord lag auf der Lauer wie die Katze vor dem Sprung. Lautsprecher … Tisch … Lautsprecher … Nord.

Ihre Blicke trafen sich und sie war für einen Moment wie gebannt, vergass den nächsten Fixpunkt und der Saal drehte sich vor ihren Augen, als Leon ihre Füsse wieder auf den Tanzboden stellte. „Jay – see the people agree …" sang die Stimme und sie dachte noch: Nach hinten fallen lassen, während sie Leons Hand verfehlte. Ein Schmerz wie ein Messerstich fuhr durch ihr linkes Knie und die Frau im kirschroten Kleid sang „Honey, we can dance".

Er fing sie auf. Sie tanzten weiter. Sie rief sich Schritt für Schritt die Figuren in Erinnerung und verdrängte den Schmerz. Nord war da. Jetzt fühlte sie seine Nähe. Ob jemand den Fehler gemerkt hatte?

Als der Applaus im Saal rauschte, verbeugten sie sich immer wieder, liessen wieder und wieder die Kleiderfransen um ihre Beine kreisen. Maria war stolz auf ihre Leistung. Sie hatten das Publikum nicht enttäuscht und eine perfekte Show getanzt. Fast. Und Nord hatte sie gesehen. Sie spähte zur Saalmitte hin und hoffte, seinem Blick zu begegnen und Anerkennung zu finden. Er setzte gerade den Hut auf und wandte sich in Richtung Seiteneingang. Seine Aufmerksamkeit galt der blonden Begleiterin. Hast du dir tatsächlich Bewunderung erhofft? fragte eine innere Stimme zynisch. Oder dachtest du am Ende, du könntest ihn beeindrucken? Meinst du, er bleibt da unten stehen, weil er nicht genug davon bekommen kann, dich auf der Bühne über ihm zu sehen? Die Knieverletzung brannte höllisch.

„Darf ich …?" fragte Leon zögernd. „Ist es hier?" Er legte seine Hand auf die leicht geschwollene Stelle. Maria nickte, hielt sich an seiner Schulter fest, bemüht, das Gleichgewicht auf einem Bein zu halten. Der Saal hätte genauso gut leer sein können, bis auf eine Handvoll bester Freunde, oder gefüllt mit Tausenden von Leuten – es spielte keine Rolle. Nord liess sich von nichts und niemandem beeindrucken.

„Hey!" Es war Franziska, die zu ihnen trat. „Lass mich mal." Sie hob vorsichtig das Bein an und bewegte es leicht. Maria stöhnte auf. „Bei der Drehung passiert?"

„Ungeplant. Die Drehung, meine ich. Aber: ja."

„Mhm. Ist nichts gebrochen, denke ich, aber wenn's schlimmer wird, sagst du's, ok?" Franzi drückte leicht gegen die Fusssohle und wies Maria an, das Knie zu strecken. Ein leichtes Knacken, der Schmerz liess etwas nach. „Wird noch eine Weile wehtun, aber wenn du Sorge trägst, kannst du morgen wieder normal belasten," stellte Franziska ihre Diagnose. Leon grinste. „Was würden wir auch ohne unsere Frau Doktor tun? Sie hat bestimmt eine Notapotheke dabei."

Nord wartete unterdessen beim Rest der Gruppe. Maria schnappte sich die Trainingstasche, schlüpfte in einen Mantel, der ihr bis über die Knie reichte, und der das Tanzkleid gänzlich bedeckte, und ging auf ihn zu.

„Hey – kommt ihr nicht mehr ins Astoria?" fragte Andreas.

Sie schüttelte den Kopf. „Ich denke nicht."

„Es ist unser letzter Abend, bedenke. Vielleicht werden wir uns danach nie wieder begegnen."

Wenn du wüsstest wie ich das begrüsse, dachte Maria und sagte laut: „Lieb von dir, Andreas, wirklich. Aber ich muss mein Bein schonen und Nord fühlt sich unter Tänzern nicht wohl …"

„Ach kommt doch! Alice ist ja auch dabei." Franziska warf Eddie einen Blick zu. Eddie nickte. „Heute Abend hat sowieso kein Arzt mehr offen. Ich mache dir einen Stützverband, und dann lagerst du dein Bein auf einem Barsessel hoch."

Maria probierte es ein letztes Mal. „Lass, Franziska! Es würde sowieso nichts ändern! Nord kommt nicht mit."

„Was macht dich da so sicher?" Ein Lächeln erschien um Nords Lippen. Er griff demonstrativ nach Marias Tasche. „Ich bin dabei." Dann drehte er sich um. „Also, ich lade uns alle zu einem Abschiedstrunk ein. Wo geht's hin?"

„Astoria", bestimmte Andreas. Der Triumph war deutlich in seinen Augen zu lesen. Maria fühlte heisse Wut in sich aufsteigen. Wie gerne hätte sie diesem Waschlappen gehörig eins ans Schienbein getreten! Wäre nur das Knie nicht gewesen. Und Nord. Sie brauchte alle Kraft, um den Schein zu wahren.

„Bist du glücklich mit Nord?" raunte ihr Mila leise ins Ohr, während sie sich zum Gehen wandten. Die Zicke hatte ihr gerade noch gefehlt.

„Natürlich", antwortete Nord an ihrer Stelle. „Wir haben alles, was wir zum Leben brauchen. Nicht wahr, Maria …?"

Er bot ihr seinen Arm und sie roch sein Parfum. Dezent, registrierte sie, nickte und hakte dankbar unter. Mila und Nord tauschten einen vertrauten Blick. Beim Losgehen streifte seine

Hand wie zufällig die Fransen über ihrem Oberschenkel. „Tut dein Knie sehr weh?" fragte er.

9
ASTORIA 1

Nord parkte den alten Mercedes schwungvoll nahe dem Eingang. Der Stern auf der Motorhaube zeigte im Scheinwerferlicht wie ein Visier auf die grauen Mauersteine und eine Eidechse verkroch sich flink zwischen den Spalten. Die Strassenlaternen hingen als milchige Lichtkegel in der lauen Nachtluft. Er schaltete den Motor aus, zog die Handbremse an, stieg aus und ging zur anderen Seite, um die Beifahrertüre zu öffnen. Dabei fuhren seine Finger mit einer zärtlichen Geste über den Deckel des Kofferraums. Mit einer angedeuteten Verneigung bot er Maria seine Hand zum Aussteigen. Sie bedankte sich. Das Bein pochte, sie fror. Die Holzstufen hallten unregelmässig, als Nord sie die Treppe zum Astoria hochführte.

Er öffnete die Türe und ein Schwall heisse Luft kam ihnen entgegen, Stimmengewirr vermischt mit Musik. Das Lokal war ganz in rotes Licht getaucht. Über den Salontischen in der hinteren Ecke hing ein Lampenschirm, der an ein übergrosses Pralinenkörbchen erinnerte, und um die Tische standen grosse Ledersessel. Es lief heute ausnahmsweise keine Loungemusik, sondern tanzbarer, etwas romantischer Pop. Entlang der Fensterfront war eine Fläche freigeräumt, und ein paar Pärchen bewegten sich wiegend im Takt. Leon diskutierte mit dem Barkeeper.

Nord steuerte in auf die Sitzpolster zu, wo ein Teil der Gruppe bereits bei einer Flasche Mineralwasser sass. Alice schmiegte sich an ihren Liebsten, den Kopf an seine Schulter gelehnt. Maria zögerte. Eddie war etwas älter als die anderen und ursprünglich mit seinen Eltern nur temporär aus Deutschland in die Schweiz gekommen. Dann hatte er Franzi und Alice im Tanzkurs kennengelernt und sich verliebt. Seine Eltern gingen zurück, und er blieb in einer Studenten-WG wohnen. Nach der Matura wollte er sich ein Jahr Auszeit nehmen und ganz für Alice und das Baby da sein.

Maria hatte seinen Schwärmereien im Training mit bitterer Ironie zugehört. Ohne dass sie es gemerkt hatte, war sie jetzt auf der Höhe von Leons Barhocker stehen geblieben. Das Stimmengewirr wurde lauter, erreichte eine fast unheimliche Intensität und der Schwindel überkam sie wieder. Sie griff nach hinten und erwischte Leons Arm. Er drehte sich blitzschnell um und fing sie auf. Für einen Moment trafen sich ihre Blicke und sie wollte ihm entgegenschreien: „Das ist dein Kind!" Dann hatte sie sich wieder unter Kontrolle.

„Danke. Mein Knie … " erklärte sie sich und liess sich von ihm zu den anderen an den Tisch begleiten.

Nord hatte nichts von diesem Zwischenfall mitbekommen. Er hatte es sich auf dem Zweiersofa bequem gemacht und war ganz von Franzi in Beschlag genommen, die unbedingt wissen wollte, wie die Show auf ihn gewirkt hatte. Er lobte die Band und die Choreografie. Nein, Marias Patzer sei nicht weiter aufgefallen. Gut kaschiert. Ohne dass er sich umwandte tastete seine Hand nach ihrem Bein, spielte mit den Fingern an den Fransen an ihrem Kleid. Seine Hand berührte das Knie. sie zuckte zusammen und bereute, dass sie keine Jeans mehr hatte anziehen können. Nords Berührung machte den nervösen

Druck in der Magengegend nicht besser.

„Wir können ja schon mal Champagner bestellen", schlug er vor. „Mila und Andreas werden ihren Weg schon noch finden."

„Gute Idee. Wer ist dabei?" Franziska blickte zu Maria und fügte stolz an: „Sie haben hier übrigens köstliche Sandwiches." Maria schluckte. „Mineralwasser bitte. Ohne Gas", entgegnete sie. Alice hielt mit. Nord fragte trotzdem nach acht Gläsern und zwei Flaschen Champagner, einmal weiss und eine Rosé.

„Also, ich habe Hunger", stellte Franziska fest. „Gibt es diese leckeren Sandwiches noch?"

Der Kellner nickte.

„Dann am liebsten eins von jeder Sorte. Wenn's geht geschnitten, in Vierteln oder so. Und könnten wir statt Butter nicht etwas Leichteres haben? Margarine, oder etwas kaltgepresstes Olivenöl zum Grillgemüse?"

Die Lippen des Kellners kräuselten sich zusehends.

„Legen Sie doch einfach das Messer dazu, dann teilen wir die Brötchen schon selber auf." Eddies Vorschlag machte die Sache auch nicht besser.

Dann trat Mila ein. Auf Nords Lippen erschien ein anerkennendes Lächeln. Alice verschluckte sich am Wasser und Franziska schaute grinsend zu den beiden hinüber. Milas schwarz gelocktes Haar fiel ihr offen über die Schultern. Wie eine Bordüre aus schwarzen Rosenblüten umrahmte es den schwarz glänzenden Kragen von ihrem Cocktailkleid, das bis zu den Knöcheln reichte, beziehungsweise bis zum Ansatz ihrer Absätze. Sie überragte Andreas um gute fünf Zentimeter. Ein roter Seidenschal sorgte für weitum sichtbaren Kontrast. Andreas trug noch immer seinen Tanzanzug.

„Sie ist definitiv overdressed", wollte Maria eben feststellen und biss sich auf die Lippen, als sie Leons Miene sah. Seine Hand berührte sanft ihr Bein und wich auch keinen Millimeter, zuckte nicht einmal, während sie in seinem Blick offensichtliche Bewunderung las. Der Kellner kam mit dem Champagner und schenkte unbeeindruckt alle acht Gläser voll.

„Auf den gelungenen Abschluss!" sprach Nord feierlich und hob ein Glas. Er reichte es mit einer angedeuteten Verbeugung Mila, ein zweites Andreas. Die anderen fassten selbst einen Kelch und erhoben sich. „Auf den gelungenen Abschluss", wiederholte Andreas. Nord zwinkerte seiner Frau über den Rand des Kelches zu. Sie nippte gehorsam und meinte in diesem Moment einen aufmunternden Druck von Leons Hand zu spüren. Hoffentlich prahlt er nicht mit unserem Baby, betete sie. Aber ihrem Mann reichte es vollkommen, der Gastgeber zu sein.

„Na, wie soll's denn jetzt weitergehen, mit eurem Abschluss in der Tasche?" wollte Nord wissen.

Eddie strahlte seine Frau an. „Oh! Uns ist die Entscheidung bereits abgenommen, nicht wahr? Wir werden unseren Kindersegen geniessen. Und in der Computerbranche gibt's ja zum Glück genügend Arbeit. Alices Eltern wollen uns in den ersten Wochen nach der Geburt unterstützen. Sie können es kaum erwarten, Grosseltern zu werden! Ja, und Franzi wird Taufpatin. Du hast doch zugesagt, nicht? Und wie sieht eigentlich deine Familienplanung aus, Leon? Möchtest du dich vielleicht als ewiger Single outen? Dann hätten wir noch einen freien Posten als Pate für dich. Mein Gott, ich bin so nervös, ich hör' gar nicht mehr auf zu plappern!" Eddie lachte vergnügt, legte sein Ohr auf den runden Babybauch seiner Frau und nickte ernst: „Jawoll, unser Junior erklärt sich einverstanden. Pardon, die Mutter natürlich auch." Alice hatte den werdenden Papa sanft am Ohr gezupft. Allgemeines Schmunzeln, Maria schwitzte.

„Ich möchte erst einmal reisen", erklärte Andreas. „Wenn ich hier erst mit dem Studium anfange, dann komm ich garantiert nicht mehr über die Landesgrenzen hinaus. Da kenn ich mich."

Mila schüttelte höflich und bestimmt den Kopf: "Nein, mein Lieber, wir werden erst einmal feiern. Und was die Zukunftspläne angeht, so kommt es doch meistens anders, als man denkt." Sie streckte Leon eine Hand entgegen. „Darf ich dich um einen Tanz bitten? Ich habe eben die Show mit Andy überstanden, da habe ich doch jetzt einen guten Tänzer verdient!"

Andreas klatschte ihr leicht auf den Po und meinte: „Wie recht du hast. Das Denken sollte man den starken Frauen überlassen und ich sollte mich auf's Geniessen beschränken."

Er erntete einen strengen Blick, bevor Mila mit Leon zur Tanzfläche ging. Und wo eben noch Leons Hand ihre Haut berührt hatte, spürte Maria nun kalte Luft.

(Track 8)

Das nächste Lied begann so ruhig, dass es vorerst nur zum Kuscheln einlud. So standen die beiden eng bei einander auf der Tanzfläche und verlagerten nur gerade das Gewicht vom einen auf das andere Bein. Leon war trotz ihrer Absätze ein ganzes Stück grösser als Mila, und sie konnte bequem ihren Kopf an seine Schulter legen.

„Ein hübsches Paar", bemerkte Nord und liess seine Finger ein Stück unter den Saum von Marias Dress gleiten. Sie nickte abwesend. Die Wärme seiner Hand kroch ihr durch den ganzen Körper hoch und sie spürte ein Würgen im Hals. Ihr Knie pochte. Sie dachte an das Baby, wie nützlich gute Grosseltern waren, und dass sie längst im Bett sein sollte. Der Druck in ihrem Magen verdichtete sich. Speichel sammelte sich plötzlich im Mund. Sie schluckte. Nicht jetzt ... Nords Hand berührte ihre Scham und er fragte betont: „Wie geht es unserem Kleinen?"

„Besser als mir", gab Maria knapp zurück. „Verzeihung, ich muss kurz aufstehen." Sie brauchte alle Körperbeherrschung, die sie irgendwie aufbringen konnte, um hastig über Franziskas Beine zu steigen.

Der Weg zur Toilette führte an der Tanzfläche vorbei. Mittlerweile war diese voll mit Paaren. Der Abstand zwischen den Tänzern und der Bar war so eng, dass sie Leon wieder berührte, als sie an ihm vorbei hastete. Panik kam auf. Der Rhythmus der Musik wurde schneller, ihr Puls hämmerte in den Schläfen, das Bein pochte. Das Lied erzählte etwas von Liebe, wessen Liebe auch immer gemeint war, dachte sie und versuchte, diesen Gedanken festzuhalten. Es handelte von irgendwelchen Dingen, die irgendwer nicht hätte sagen sollen. Sie konnte nicht alles verstehen, doch sie fühlte sich von den Worten angesprochen, als hätte jemand die Musik genau für sie geschrieben, und sie wollte nur noch dem Widerhall der Worte in ihrem Kopf entfliehen. Sie stolperte mehr in die Toilette, als dass sie hineinging.

Der Raum war mit Kerzenlicht ausgeleuchtet. Romantische Schwemmholzgebilde standen in hoch aufgezogenen Blumenvasen neben einem schwarz marmorierten Lavabo, in der Luft hing ein künstlicher Vanilleduft. Sie drehte den Wasserhahn voll auf und warf sich eine Handvoll Kaltwasser ins Gesicht.

Dann griff sie nach einem zusammengefalteten Frotteelappen, um die nasse Stirn zu trocknen. „Tears I cried..." klang das Lied in ihre Ohren und Maria fragte sich, weshalb sie es immer noch hörte. Sie versuchte, sich auf das Gesicht im Spiegel zu konzentrieren. Dunkle Schatten umrandeten ihre Augen, die sie jetzt angstvoll aus dem Spiegel anstarrten. Doch es waren nicht die einzigen Augen, die sie sah. Panik. Wegsehen. Sie legte den Lappen über ihre Augen und zwang sich, tief einzuatmen. Scheisse! dachte sie. Lautsprecher... Hier gibt es diese verdammten Lautsprecher auch auf'm Klo!

Als sie wieder in den Spiegel sah, legte Robert hinter ihr den Finger an seine Lippen: *Pst...!*

Sie schrie auf und vergrub schluchzend das Gesicht in beide Hände. Robert ... Geh weg, geh weg, geh weg! dachte sie, so laut sie konnte. Dann wurde es dunkel um sie.

Die Tür ging auf. Milas Gesicht erschien im Türspalt. Maria nahm die verhassten Konturen verschwommen wahr, realisierte, dass sie am Boden lag, war peinlich berührt und zugleich froh, das Gesicht von jemand bekanntem zu sehen. „Das Bein", erklärte sie schnell. „Es tut sehr weh ..."

Mila nickte verständnisvoll und half ihr aufzustehen. „Wasch dir mal das Gesicht. Du siehst aus, als wärst du einem Geist begegnet." Wie recht sie hatte!

„Es ist nur das Bein", erklärte Maria noch einmal. „Es ist schlimmer geworden. Und dann hat wohl mein Kreislauf versagt." Mila streckte ihr stumm einen Lappen entgegen und Maria hielt ihn unter den Wasserhahn. Dann wusch sie sich noch einmal das Gesicht. Hinter ihr spiegelte sich nur die offene Toilettenkabine. Mila hielt ihr die Tür auf und stützte sie am Arm auf dem Weg zurück zum Tisch. Sie waren schon fast bei den anderen, als sie leise in Marias Ohr flüsterte:

„Zwischen Leon und mir läuft nichts."

Nord erhob sich. Eine blonde Frau sass neben ihm, jene, die ihn schon im Saal begleitet hatte. Oder war er ihr erst hier am Fest begegnet? fragte sich Maria. Sie muss hereingekommen sein, während ich auf dem Klo war. Was für ein Zufall! „Das ist Ingrid, eine Freundin von mir", hörte sie Nords Stimme. „Ingrid: Meine Frau Maria… Magst du noch ein Glas vom Rosé?" Er füllte Ingrids Kelch mit Champagner nach und reichte die Flasche weiter. Auf ihrem Tisch standen bereits zwei leere. Ich muss lange weg gewesen sein, überlegte Maria fest. Sie kramte in ihrer Handtasche. „Hat einer von euch etwas gegen Kopfschmerzen dabei?" Mila hatte. Schon wieder Mila.

Der nächste Trinkspruch kam von Andreas. „Auf eine erfolgreiche Zukunft! Die Schinderei liegt hinter uns, möge es vor uns nur noch steil aufwärtsgehen!" rief er dem Nebentisch zu, und war vom Champagner schon nicht mehr ganz Herr aller Buchstaben. Alice schüttelte bedauernd den Kopf, Franzi fügte flüsternd an, sie würde das Flachland für ihre Zukunftsperspektive steinigen Gebirgspfaden vorziehen, und versprach laut allen noch ein Gruppenfoto mit den einge-blendeten Signaturen zu schicken, wenn sie ihre Blankounter-schrift auf einer der Servietten hinterliessen. Eddie und Leon hoben nur kurz ihre Köpfe und vertieften sich wieder in ein Gespräch über Online-Marketing.

Maria schluckte angewidert die Tablette. Ein Gefühl von Leichtigkeit durchströmte sie, und für ein paar Minuten war sie ganz wach und präsent. Andreas Verhalten störte sie jetzt nicht länger, ja sie fand ihn irgendwie fast sympathisch und Mila lächelte ihr freundlich zu. Alles in Ordnung? schien ihr Blick zu fragen. Ja, es geht mir so gut wie schon lange nicht mehr, wollte sie antworten. Dann fühlte sich das Ledersofa immer mehr wie eine Wattewolke an und der Schmerz im Knie verschwand. Die nächste Stunde dämmerte sie dahin, von einem tröstlichen Nebel umhüllt und verpasste jeden Witz, den Andreas zum Besten gab. Sie registrierte nicht, wie liebevoll Eddie Alice umsorgte und wie alle gespannt ihr Ohr auf den Babybauch legten, noch hörte sie, wie Franziska genau sagen konnte, in welcher Woche sich das Herz und das Gehör entwickelten. Sie reagierte auch nicht, als alle versuchten zu erspüren, wie das Kind gegen Alices Bauchwand trat. Sie selbst fühlte keine Regung in ihrem Körper. Die kleine Kira musste wohl am Schlafen sein. Einmal noch wechselte sie den Platz mit Ingrid, die so näher bei Nord und Mila zu sitzen kam. Was hatte Mila gesagt? resümierte sie. Zwischen Leon und mir läuft nichts… Dann versank sie ganz in einen traumlosen Schlaf.

Mila unterhielt sich währenddessen angeregt mit Nord und Ingrid, die ihrerseits ihre gehorsame Sitzposition als Sklavin wieder eingenommen hatte. Auch zwischen den beiden Frauen schien eine klare Rollenaufteilung zu herrschen, und Mila dominierte nicht nur das Gespräch. Doch Nord bewahrte Haltung. Er liess nur ab und zu seine Kiefermuskeln spielen, wenn Mila seinen Worten höflich konterte. Die anzüglichen Bemerkungen ihres Tanzpartners hingegen überging sie mit einem gnädigen Lächeln.

Später im Auto lehnte Maria sich zurück, dankbar, dass Nord so nahe geparkt hatte, und schloss wieder die Augen. Nords Parfüm verströmte einen beruhigenden Duft. Der Motor summte, die Müdigkeit durchdrang ihre Glieder, Traumbilder zogen vorüber. Ein Hase hatte sich in einer Schlinge verfangen, oder war es ein Fuchs? Sein schneeweisses Fell leuchtete. *Senna heisst jetzt Ingrid,* verriet er mit verschwörerischer Miene. Dann wurde sein Bein ganz schlank und er zog den Fuss aus der Schlinge. *Pst...* sagte er beim davonschleichen. Eine weisse Katze schaute durch Schlitzaugen dem Treiben an einem Vogelhäuschen zu und konnte doch nicht Beute machen. *Noch nicht Beute machen,* stellt Maria richtig. Die Katze gab Köpfchen und schnurrte. Maria spürte das weiche Fell auf ihrer Haut.

Der Motor verstummte. Nord blies Zigarettenrauch aus dem halb geöffneten Fenster und streichelte mit einer Hand seine schlafende Frau. Sie liess es geschehen. Wo auch immer seine er sie berührte, im Schlaf wich sie nicht zurück. Sie schloss ihre Knie erst wieder, als er sie wachrüttelte. Die Katze rannte zurück ins Haus.

„Sind wir schon zuhause?" murmelte Maria. Langsam kam wieder Leben in ihre Glieder. Nord zeigte zum Aufzug in der Tiefgarage und wartete, bis sie ganz wach war. Dann stieg er aus.

Er stützte sie, trug ihre Trainingstasche und seine Ledertasche in einer Hand, hielt ihren Kopf mit der anderen an seiner Schulter, während der Lift aufwärtsfuhr. Sie sträubte sich nicht, im Gegenteil, sein Verhalten war ihr ganz angenehm. Er hielt die Tür auf, nahm ihr den Mantel ab, begleitete sie bis zum Bett und wollte ihr sogar die Schuhe auszuziehen.

„Schon gut, danke. Ich bin wieder wach." Maria streifte sich lachend die Tanzschuhe von den Füssen. Mit einem Plumps landeten sie auf dem Schlafzimmerboden. Sie streckte sich und betrachtete ihren Ehemann. „Da muss ich wohl eine ganze Weile geschlafen haben. Was habe ich denn Wichtiges verpasst?"

„Nichts. Abgesehen von ein paar Komplimenten," meinte er belustigt. Er bot ihr ein Glas Wasser an und noch einmal eine Tablette.

Sie intervenierte: „Brauch ich nicht. Es tut nicht mehr weh."

„Ah…?" konterte er. „Und woran meinst du, liegt das?" Sie gab nach und spülte noch eine Pille mit einem grossen Schluck herunter. Dann fing er an, überall im Zimmer Kerzen anzuzünden. Die Spiegel warfen ihren Schein hundertfach zurück und verwandelten den Raum in einen mittelalterlichen Palast. Maria fröstelte. Sie starrte auf die Flammen, bis sie die Kerzen mit einem verschwommenen Ring umgeben leuchten sah, und versank in einen Tagtraum. Ihr Spiegelbild in der Schranktüre verschwamm, teilte sich in zwei Gesichter, verschmolz erneut. Sie sah sich klar, wie sie auf dem Bett sass, ein vertrautes Wesen und doch stimmte etwas nicht. Herzklopfen. Sie schaute sich in die Augen. Schwach meinte sie nun, die Umrisse ihres Kinderzimmers hinter sich zu sehen, den Teddy, das Pult, das Bett, und sie erkannte sich wieder als Teenager. Der Spiegelschrank wurde zur Fensterscheibe. Ein Schatten stand unbeweglich und sie wollte aufspringen und die Vorhänge ziehen. Der Schatten bewegte sich auf ihr Fenster zu.

„Es ist wirklich schön, dich zu betrachten, wenn du tanzt." Nord legte die Hand auf ihre Schulter. „Maria, hörst du mich?"

Sie schreckte auf. „Was machst du denn mit all den Kerzen?"

„Willkommen zurück auf der Erde. Ich mache feierliche Stimmung zu deinem gelungenen Auftritt. Das ist dir doch recht?" Seine Stimme klang bedrohlich ruhig, doch sie mochte jetzt nicht streiten.

„Du hast mir also zugesehen?"

„Die ganze Zeit. Ich habe meinen Blick nicht von dir lösen können. Warte hier, ich bin gleich zurück." Sie atmete auf, liess sich rückwärts auf das Bett fallen, schloss die Augen und lächelte. Senna heisst jetzt Ingrid … ging ihr durch den Kopf. Was für ein seltsamer Hase! Nord hat also doch Bewunderung empfunden. Und das heisst, ich bedeute ihm etwas. Den Blick nicht von mir lösen können, hab' ich ja noch nie von ihm gehört, dachte sie nicht ohne Stolz. Das war gut so.

Dann bedeckten seine kühlen Hände ihre Augen. „Ich habe eine Überraschung für dich", hörte sie ihn sagen. „Aber du darfst sie nicht gleich sehen."

Sie wartete, horchte in den Raum und atmete sein Parfüm. Noch einen Duft nahm sie wahr: Lavendel. Er verband ihr die Augen mit einem Tuch.

„Woher kennst du eigentlich Ingrid?" fragte sie ins Dunkel.

„Magst du Lavendel?" fragte er zurück. Sie nickte.

„Dachte ich mir. Jetzt nicht erschrecken …" Etwas kroch eiskalt über ihr Knie. Sie schauderte. In einem Reflex wollte sie die Augen öffnen, doch jetzt war die Binde da. Sie fasste mit der Hand danach. „Psst!" Im selben Moment, als sie den Stoff berührte, umfasste Nord mit einem harten Griff ihr Handgelenk. Dann, als würde er sich besinnen, liess er locker und ermahnte sie vorwurfsvoll:

„Ich sagte doch, du darfst die Überraschung nicht gleich sehen!" Seine Augen funkelten vor Wut.

„Verzeihung, ja …" Maria biss sich auf die Lippen.

Mit den Fingern lockerte er sanft ihren Mund. „Ist schon gut. Ich wünschte, du würdest noch einmal tanzen", fuhr er mit ruhiger Stimme fort. „Nur für mich."

Sie schwieg. Sein Handy surrte. Er holte etwas aus der

119

Ledertasche und warf einen schnellen Blick auf das Display. Kurz danach fesselte er ihre Hände mit den weichen, anschmiegsamen Ledermanschetten über ihrem Kopf, zurrte das Seil am Bettgestell fest und streifte ihr die Nylonstrümpfe von den Beinen. Maria schluckte.

„Wird dein Knie schon besser oder brauchst du noch etwas Eis?"

„Besser…" murmelte Maria.

Das war es also. Eis. Ihr Herz klopfte, doch die Tablette wirkte. Sie mochte keinen Widerstand leisten. Nord betrachtete sie aus schmalen Augen, als würde er irgendeine Distanz auf den Millimeter genau messen. Kaltes Wasser tropfte auf die Matratze, das Eis zerschmolz auf ihrem Knie. Er schob das Tanzkleid etwas weiter hoch und legte vorsichtig Eis auf ihre Leisten. Sie rührte sich kaum. Ihr Atem ging jetzt rhythmisch und ruhig. Lächelnd schob er die Würfel zur Mitte hin und betrachtete den nasskalten See, der sich langsam zwischen ihren Beinen bildete. Dann bedeckte er ihre Scham mit seiner Hand und begann, sie sanft zu massieren. „Na siehst du? Geht doch …" flüsterte er leise.

Nach einer Weile fühlte sich ihre Haut wieder warm an. Er ging hinaus, bestellte bei Fleurop einen Blumenstrauss und goss sich ein Glas Cognac ein. Dann schrieb er seine Antwort an Ingrid: Sie ist bereit.

10
SPIELZEIT

Es fiel kein Wort während sie beide auf Marias schlafenden Körper herabsahen. Spannung lag in der Luft, doch keiner wollte sie brechen. Ingrid betrachtete ihren Meister verstohlen von der Seite, die Dressurgerte auf den Händen wie auf einem Tablett präsentiert, doch seine Gesichtszüge verrieten nichts. Nord wusste selber nicht, was er wollte. Die Lust auf seine Frau, die er eben noch verspürt hatte, war vergangen. Die Wärme der Kerzen hatte sich in der Wohnung ausgebreitet, und ihr Licht warf Schatten hinaus in den Gang, doch der Gedanke, mit seiner Slavin zu spielen, reizte ihn auch nicht mehr. Er nahm die Gerte, ging ins Wohnzimmer und schenkte etwas vom Louis nach. Das leise Knirschen der Kokosfasern verriet, dass Ingrid ihm gefolgt war.

„Geh auf deinen Platz, die Tür ist offen," wies er sie barsch an. Sie verschwand flink in seinem Arbeitszimmer, er kehrte zurück zu seiner Frau. Seine Gesichtszüge nahmen wieder diesen katzenartigen Ausdruck an. Er liess die Spitze der Reitgerte über Marias Körper wandern, tippte sie an der Taille leicht an, wie die Katze noch einmal die Maus stupst, um zu prüfen, ob sie sich wirklich nicht mehr bewegt. Er stellte sich vor, wie er ihre Haut mit roten Striemen zeichnete, wie sie sich ihm allem Schmerz zum Trotz immer wieder präsentierte, denn diesen tief verwurzelten Stolz, der sich nicht brechen liess, den hatte sie. Er fühlte sich bereit, sie zu halten und ihre Lust zu entfachen, die allen Schmerz wandelte, wenn sie ihm nur vertraute, wenn sie sich ihm nur hingab. Er stellte sich vor, wie er ihre Fesseln schliesslich lösen und tief in sie eindringen würde. Dann wurde ihm bewusst, dass Maria sein Kind in sich trug. Seins und doch nicht seins. Er würde sich also gedulden müssen.

Ingrid kniete in der Mitte des Zimmers auf einem Gebetsschemel. Sie trug Nylonstrümpfe, eine dunkelrote Korsage, die ihren Busen stütze, aber nicht bedeckte und an den Füssen das samtweiche Pendant von Marias Manschetten. Mit einem Seil verband er ihre Fesseln, schnürte es in zwei Strängen um ihren Körper, am Bauch und im Rücken geknotet, zog die Seile zwischen ihren Venuslippen hindurch und gab ihr die Enden mit den Zähnen zu halten. Sie bog ihren Rücken etwas tiefer durch und straffte so die Stränge um ihre Klitoris.

An einem schmiedeeisernen Kerzenständer zu ihrer Rechten hingen metallene Klammern, Ketten und Karabiner. Nord fasste eine der brennenden Kerzen und liess genüsslich das Wachs auf ihre Brüste tropfen. Sie zuckte unter dem Wachsregen zusammen und zog dabei am Seil, und weil er immer wieder andere Körperteile beträufelte, erwartete sie jeden Tropfen mit neuer Spannung. Endlich machte ihn die Sache an. Er griff nach der Gerte, zog aus und platzierte einen ersten Hieb über beide Pobacken. Ihr Körper spannte sich unter dem Schmerz und die Seile gruben sich in die zarte Haut. Er liess ihr Zeit.

„Eins", zählte sie, so klar und deutlich wie es eben ging.

„Wie bitte?" feixte er und nahm ihr die Seile aus dem Mund. Sie schwieg.

„Vierzig", legte er fest und ihre Antwort kam mit leisem Zögern.

„Ja, Meister." Sie musste keine einzige Zahl zweimal nennen, Nord sorgte dafür, dass jeder einzelne Schlag sass. Ingrid stöhnte. Er lächelte, bevor er endlich heisses Wachs über die gepeitschte Haut rinnen liess. Er wusste, womit er ihr Lust bereitete und dass er heute hart an die Grenze des Erträglichen gegangen war. Und er wusste, wonach sie sich sehnte, aber noch hatte er keine Lust, sie zu lieben. Je mehr sie sich dem Schmerz hingab, desto mehr wurde sie zu seinem blossen Spielzeug, und diese Unterwürfigkeit war ihm plötzlich zuwider. Er forderte ihren Dank ab, bevor er die angeschwollenen Striemen mit Eis kühlte. Schliesslich zündete er sich eine Zigarette an. In seinem aufwallenden Ärger fällte er seinen Entscheid.

„Danke für deine Treue", sprach er ruhig und gefasst, den Rücken ihr zugewandt. Sie kniete noch immer. „Du bist aus meinem Dienst entlassen." Dann ging er aus dem Zimmer.

Ingrid packte die Ledertasche mit dem Werkzeug, zog sich an und verliess die Wohnung ohne Abschied. Die ganze Zeit hatte sie ihm weder in die Augen geschaut, noch das Wort unaufgefordert an ihn gerichtet. Kein Kuss, kein zärtliches Wort, keine direkte Berührung von ihrem Geliebten. Nie wieder, er hatte sie entlassen. Und dennoch bebte ihr Körper vor Lust.

An der Wohnungstüre steckte ein Strauss Blumen. Kein billiger von irgendeiner Tankstelle, ein schön gebundener Strauss war es, mit pastellfarbenen Wachsblumen durchwirkt. In der Mitte von zwölf rosa Rosen steckte eine dunkelrote, ihre Farbe erinnerte an schwarzen Samt, und sie duftete. Anstelle einer Karte steckte nur ein einziger Buchstabe zwischen den Blumen: „N".

Ingrid legte den Strauss wie ein Baby in ihren Arm und begann, ein Lied zu summen. Das Lied war aus einer

Sammlung, die Nord ihr einmal mitgebracht hatte, und es war kein Liebeslied, nichts von wegen ich-kann-nicht-ohne-dich. Nord schenkte Rosen, keine Schnulzen. Dreizehn Lieder hatte er für sie ausgesucht, und zu jedem hatte sie irgendeinen Auftrag ausführen und mit Bildern dokumentieren müssen. Er hatte genau wissen wollen, ob sie auch tat, was er verlangte. Zwölf besondere Abende, an denen sie sein Eigentum gewesen war und alles für ihn getan hatte.

„It's me, Cathy …" sang sie. Mehr war ihr vom Text nicht geblieben, und sie war sich nicht einmal sicher, ob dieser eine Satz stimmte. Doch der Text war nicht von Bedeutung. Während sie sang, hatte sie die Gewissheit, für Nord wichtig zu sein, auch jetzt noch, nachdem er sie weggeschickt hatte. Und da war noch ein letzter Auftrag. Sie ergänzte den Text frei mit „Lalala" und wiegte eine Weile die Blumen im Takt. Ihre Stimme wirkte kindlich und hell und die Töne hallten durch das Treppenhaus.

Mit einem Knall schlug unten die schwere Haustüre zu. Eilig schloss Ingrid die Tür auf und verschwand mit Blumenstrauss und Tasche in ihrer Wohnung. Mit klopfendem Herzen lauschte sie den eiligen Schritten, die an ihrer Tür vorbeizogen. Als nichts mehr zu hören war, atmete sie auf und ging in die Küche, um nach einer passenden Blumenvase zu suchen. Ihre kleine Zweizimmerwohnung lag in einem Altbau nahe dem Stadtzentrum. Das Haus war an drei Seiten umgeben von engen Gassen. Im Hinterhof war ein verwilderter Garten, und die Fenster von ihrem Nachbarn so gerade weit genug von ihrer Fensterfront weg, dass sie nackt in der Wohnung umhergehen konnte, ohne Anstoss zu erregen. Einmal hatte sie jemanden gesehen, der Pfeife rauchend am Fenster stand, eine dicke Hornbrille auf der Nase, und Lady M. hatte ihr zu bedenken gegeben, dass dieser Mann sie womöglich nachts beobachtete und heute zum ersten Mal in seinem Leben eine nackte Frau in Fesseln sah. Vielleicht aber war es auch der grosse Unbekannte. Es war eine besondere Session geworden an jenem Abend.

Sie blickte zu den Metallringen hoch, die in einem Holzbalken unter der Wohnzimmerdecke fest eingeschraubt waren. Als Träger diente dem Balken ein Konstrukt aus Pfosten, deren Streben seitlich Andreaskreuze bildeten. Das Gebälk konnte ebenso als Galgen dienen, es hielt eine Liebesschaukel aus und überall - sogar im Küchentisch - waren metallene Ringe angebracht. Wenn man mit etwas Fantasie umherschaute, erkannte man in der Armlehne des antiken Diwans die Form von einem Bock, auf dem im übrigen noch immer ihr Mantel lag. Sie hatte die Liege unlängst bei einem Sattler neu beziehen lassen. Ihre Spielhöhle war nicht so extravagant wie das Arbeitszimmer von Nord, aber hier hatte alles angefangen.

Sie stellte die Blumen auf den gläsernen Esstisch, zündete ein paar Kerzen an und mit dem letzten Streichholz eine Zigarette, holte ein Cognacglas aus der Vitrine und schenkte sich ein. Der edle Weinbrand wärmte ihren Körper. „N", stand in Kupfer gestanzt auf einem Kettenanhänger. Das Kettchen legte sie um jede neue Flasche Louis, die Nord ihr brachte.

Die Kerzen spiegelten sich in den Fenstern. Sie machte die Vorhänge auf und betrachtete zufrieden ihr Spiegelbild. Das Halsband hatte Nord ihr nicht abgenommen. So gesehen war sie noch immer sein Besitz. Oh, sie hatte wochenlang mit diesem Halsband geschlafen und es jeden Morgen, wenn sie zur Arbeit ging, unter einem seidenen Halstuch versteckt. Es war besser als jeder Ehering. Sie hatte nie beim Gedanken an einen Mann derart Herzklopfen gehabt, und sie war nie so leicht gekommen, wie wenn er sie berührte. Sie legte das Handy in Sichtweite neben die Vase, für den Fall, dass er sich doch noch meldete, fläzte sich auf den Diwan und blies Rauchkringel in die Luft. Am Fenster gegenüber zog jemand die Vorhänge zu.

Die Zigarette war zu Ende, kein Zeichen von Nord. Sie nahm den Cognac, legte seine CD ein, kippte das Fenster, um etwas frische Luft hereinzulassen und machte sich daran, die Tasche auszuräumen. Sie war also entlassen. Ihre Herrin hatte sie weggegeben, damit sie Nord dienen konnte. Oh! Es war ganz in Ordnung, als Sklavin vermietet zu werden, schliesslich hatte man seinen Preis.

„Ich werde dir Träume schenken, von denen du selbst nicht weisst, dass du sie träumen kannst," hatte sie zu ihm gesagt und ihn Schritt für Schritt mit seiner Rolle als Meister bekanntgemacht. Mitten am Tag schickte sie ihm Selfies und fragte, als wäre es die natürlichste Frage der Welt, ob an ihrer Intimrasur noch zu viel dran sei. Wollte er dann später die Echtzeit des Fotos überprüfen, so zögerte sie unsicher, bis er mit einem harschen Befehl Gehorsam von ihr forderte. Sie sah, dass es ihm Freude bereitete, und bald reichte es schon, ein wenig schneller zu atmen, dabei die Augen nieder zu schlagen, damit er zum Herrscher wurde. Manchmal spielte sie diese Schüchternheit nur, manchmal scheute sie sich tatsächlich vor etwas. Vielleicht lag es an den Gefühlen, die sie für ihn entwickelte.

Sie waren ein harmonisches Paar und boten bei manchem Anlass eine gute Show. Nord liebte Bondage und arbeitete gerne zu klassischer Musik, und während die Streichersätze den Raum füllten, legte er kunstvoll seine Arbeitsutensilien vor den Augen der Gäste zurecht. Jeder sollte sehen, was alles würde passieren können! Sie war nackt und den Blicken aller Partygäste ausgeliefert, und sie hätte sich nie aus freien Stücken so ausgestellt.

Er streichelte sie mit seinen warmen Händen, er liess die Seile langsam über empfindsame Körperstellen wandern und wenn er die Klammern löste und der Schmerz durch ihre Brustknospen schoss, küsste er sie innig.

Dann erzählte er plötzlich von Maria, dass er heiraten wollte und dass er Vater würde. Vater. Er! Ingrid warf einen Blick auf ihr Handy und lachte laut. „Scheisse! Was hab' ich Angst gehabt, dich zu verlieren!" rief sie dem Hintergrundbild zu. „Nun werde ich dich wohl etwas warten lassen." Im Nachbarhaus fiel eine Tür ins Schloss.

Nord drehte die Musik leise und schwenkte den letzten Schluck Weinbrand minutenlang im Glas. Er dachte an das Lied, das durch das Treppenhaus vor Ingrids Wohnung geklungen hatte, er stellte sich ihre Silhouette im Fenster vor und wusste, dass sie beide gerade jetzt dieselbe Musik hörten. Er erinnerte sich. Einmal hatte sie ihm einen Liebesbrief schreiben müssen. Er hiess sie mit Tinte auf Briefpapier schreiben und den Brief vor der laufenden Webcam versiegeln. Dann wollte er, dass sie die Seiten verbrannte – und er hatte noch kein einziges Wort davon gelesen! Später hatte sie ihm offen gestanden, dass sie nachts von ihm träumte und ihm das Versprechen gegeben, alles zu tun, was er von ihr verlangte. Sie hatte es nicht gebrochen.

Ein anderes Mal, da sollte sie sich eine Verfilmung von „Wuthering Hights" ansehen. Dann schickte er sie auf einen Nachtspaziergang zum örtlichen Friedhof, nur mit Plateauschuhen und einem Mantel bekleidet, und sie war nicht der einzige Besucher um diese Zeit. Atemlos vor Erregung hatte sie es ihm später erzählt. Jemand hatte da reglos vor einem Grab gestanden, die Kapuze einer Trainerjacke tief ins Gesicht gezogen. Sie ging mit schnellen Schritten vorbei, erzählte sie, hörte seinen Atem und war sich sicher, dass er oder sie ihr nachgehen würde. Und dann? Würde sie sich ansprechen lassen? Sie musste sich ansprechen lassen, ihr Meister erwartete Gehorsam. Dieser andere – nun meinte sie plötzlich zu wissen, dass es ein Mann war, die Grösse, der Körperbau – würde wissen, dass sie unter ihrem Mantel nackt war. Bei jedem Schritt rutschte der Futterstoff von ihren Knien. Sie hörte Schritte auf dem Kies, sie fühlte schon heissen Atem in ihrem Nacken. Sie hielt die Luft an. Kühler Wind strich über ihre Schulter und ihr Mantel rutschte abwärts bis zur den Hüften, als würde sie von Geisterhand ausgezogen. Doch niemand berührte ihre Haut und sie drehte sich um. Keiner stand hinter ihr. Die Silhouette vor dem Grab war verschwunden.

Er meldete sich nach diesem Auftrag nicht bei ihr, er schickte nur Rosen. Genau wie heute. Doch auf der Karte stand "Grüsse vom grossen Unbekannten. Dom." Und am nächsten Abend liess er sich von Lady M. die ganze Geschichte noch einmal erzählen.

Doch Ingrid war Vergangenheit und mit ihr die Geschichten, die sie sich hatten einfallen lassen. Es sei denn, jemand anderer würde in ihre Fusstapfen treten.

Maria stöhnte im Traum, drehte sich unruhig auf die andere Seite und strampelte die Bettdecke weg. Ihr Gesicht war mit feinen Schweissperlen bedeckt. Nord konnte sie bis ins Badezimmer hören, während er auf der Kloschüssel sass und die vorletzten Tröpfchen in die Schüssel fielen. Er war noch immer verärgert. Warum weicht sie mir aus? sinnierte er. Schlimmer noch, sie hält mich auf Distanz. Aber ich werde mir von meiner Frau keine Regeln diktieren lassen! Er wusste, sie brauchte ihn. Und er brauchte das Kind.

Es hatte Zeiten gegeben, da hatte Nord nachts nicht besser geschlafen als Maria jetzt. Er war impotent gewesen, unfähig, ein Gebrandmarkter und auch noch verliebt in die schönste Frau in dieser Stadt. Er hatte keinen hoch gekriegt, aus Angst zu versagen, aus Angst, sie könnten alle ein Kind von ihm wollen. Aber Mila hatte nur gelacht. Na und? Vögeln war ja nicht der einzige Weg, im Sex seinen Spass zu haben! Kein Wort über Kinder, kein Druck. Sein Gehorsam genügte ihr. Nord nahm sich einen Faden Zahnseide. Nur war er eben kein Sklave. Also hatte sie ihm Ingrid überlassen, und mit Ingrid konnte er sich richtig ausleben. Sex machte endlich Spass! Nun wusste er, was er wollte, und er konnte sich dieses Rollenspiel aus seinem Leben nicht mehr wegdenken. Aber er suchte Herausforderung, keine willenlose Sklavin. Zum Teufel! dachte er und ging hinüber ins Schlafzimmer. Soll ich mir den Spass so einfach wieder verderben lassen?

Maria lag ganz aussen an der Bettkante. Nord rückte seine Frau etwas zur Mitte hin, dann zog er die Decke hoch und gab ihr einen Kuss auf die schweissnasse Stirn. Sie murmelte unverständliche Worte und drehte sich wieder zur Seite. Dabei rutschte die Decke zu Boden. Hitze stieg ihm ins Gesicht. "Na, warte …" murmelte er. Seine rechte Hand ballte sich zur Faust. Er atmete tief durch, schüttelte die Finger aus und deckte sie ganz langsam noch einmal zu. Dann schlüpfte er nackt zu ihr unter die Decke und presste seinen Körper hart an ihren. „Ich kann es nicht ausstehen, wenn du mich zurückweist, hörst du?" flüsterte er ihr ins Ohr. Er spürte, wie sich ihr Brustkorb mit schnellen, oberflächlichen Atemzügen bewegte. Wenn jetzt das Kind nicht gewesen wäre ... Er konnte schlafen, mit wem er wollte, hatte sie das nicht selbst gesagt?

Es war bereits fünf Uhr, als Maria aus einem unruhigen Schlaf erwachte. Ihre Hände waren frei, die Augenbinde weg, neben sich hörte sie Nord leise Schnarchen. Nichts erinnerte mehr an das Kerzenlicht und die Überraschung am vergangenen Abend, nur das Knie schmerzte wieder. Sie schaute auf die Leuchtziffern. Schon bald würde sie seinen Kaffee aufgiessen und mit ihm frühstücken. „Wie hast du geschlafen?" würde er sie fragen, und sie würde antworten: „Gut, danke." Dann würden sie schweigend essen. Warum bin ich nur eingeschlafen? überlegte sie. Wir wollten doch reden ... *Reden ist Silber, Schweigen ist Gold,* kommentierte eine innere Stimme. „Robert?" Erschrocken hielt sie sich die Hand vor den Mund und horchte ins Dunkel. *Mia, hörst du mir zu?*

Geh aus meinem Kopf! dachte sie, so laut sie konnte. Bitte, bitte, bitte! *Ich bin da, um dich zu beschützen.* Roberts Stimme verhallte, dann war Stille. Sie hörte nur ihr Herz klopfen.

11
SCHWIEGERELTERN

Als Nords Wecker schrillte, stand sie bereits angezogen in der Küche. Das Frühstück war bereit. „Ich geh mich noch duschen!", rief er und sie nickte. Sie hörte, wie er die Türe zum

Bad zuzog und gleich wieder öffnete. „Oh! Heute Mittag kommen Karin und Hans zu Besuch, hast du daran gedacht?"

„Hab' ich!" rief sie zurück. Schwiegermütter kochen besser, wissen genau, wie man Kinder erzieht und wie man seinen Haushalt im Griff hat. Sie schauderte. Und die Schwiegerväter?

Sie ging zum Bad und öffnete die Türe einen Spalt. „Nord...?" fragte sie unsicher in den Wasserdampf hinein. „Was soll ich denn kochen?"

Nord schob die Plexiglastüre beiseite und Maria beeilte sich, sein Badetuch vom Klodeckel zu angeln.

Pack deinen Schwanz weg, du Wichser! donnerte Roberts Stimme in ihrem Kopf. Sie mied den Blick in Nords Richtung. *Ich hasse dich, Robert,* dachte sie.

„Kartoffelpüree."

„Wie bitte?"

„Mein Vater isst am liebsten Hackbraten mit Kartoffelpüree", erklärte Nord. „Kannst du das kochen?" Er schaute sie prüfend an.

Maria blickte starr zu Boden.

„Keine Sorge, Karin wird dir sicher helfen." Lachend stieg er aus der Dusche und nahm ihr das Badetuch ab. Sie verzog sich eilig zurück in die Küche, um mit den Vorbereitungen für das Essen anzufangen. Sie wollte auf jeden Fall einen guten Eindruck hinterlassen.

Zehn Minuten nach Zwölf hiess Nord seine Eltern herzlich willkommen in seiner kleinen Familie. Ein Gewürztraminer und ein paar Flaschen Bier standen im Kühler, Salzgebäck lag in verschiedenen Snackschalen bereit. Karin liess sich ein Glas Wein einschenken, wartete, bis Nord seines ebenfalls gefüllt hatte und schnappte sich dann die Flasche. „Gell, Hans, du nimmst sowieso lieber ein kühles Bier", bemerkte sie und verschwand fröhlich in Richtung Küche, um Maria bei der Arbeit zu helfen. Hans nickte seinem Sohn zu, der köpfte eine Pulle und packte Schneidebrett, Messer und ein Stück Serrano Schinken auf den Tisch.

Maria drapierte Toastdreiecke ins Brotkörbchen, und Karin belegte unterdessen einen Teller mit Lachstranchen, gesalzener Butter, Meerrettichmousse, Kapern, Auberginenpaste und Oliven.

„Werdende Mütter müssen sich schonen", erklärte sie bestimmt. „Und die Jungs werden schon wissen, wie sie sich die Zeit ohne mich vertreiben."

Maria schwieg. Sie esse derzeit vegetarisch, führte Karin weiter aus, und wäre auch ganz froh, wenn Hans ihr den Anblick des Schinkens ersparte. Maria verwünschte Nords Idee mit dem Hackbraten. Des Weiteren sei die Gesellschaft von Karnivoren aber kein Problem.

„Meinetwegen können sie richtig schweinisch zuschlagen. Man muss den Männern schliesslich auch ihre Freiheiten lassen." Sie zwinkerte ihrer Schwiegertochter zu und rief ins Wohnzimmer: „Ihr vergesst gerade, euer wichtigstes Kapital zu pflegen!"

„Wie bitte?" Hans stellte sich schwerhörig.

„Lasst mal was vom Schinken übrig! Wie soll denn das Kleine wachsen, wenn Maria nichts zu essen bekommt?" probierte es Karin noch einmal.

Hans brachte sogleich ein hübsch angerichtetes Tellerchen mit Schinken und Oliven.

„Kann ich den Damen sonst noch etwas bringen? Vielleicht ein Glas saure Gurken?"

„Wenn das mal für das Kleine reicht", konterte Karin, bepackte ihren Mann mit Lachsplatte und Brotkorb und ermahnte ihn gleich noch, rechtzeitig den Rotwein zu dekantieren. Als er wieder weg war, meinte sie: „Du darfst deinen Mann nicht zu sehr verwöhnen. Solange er etwas zu tun hat, kommt er nicht auf dumme Gedanken. A propos saure Gurken ..." Sie plapperte weiter, während sie Gemüse rüsteten. Ja, wie sie sich auf den Kleinen freue, schwärmte sie, und nur so nebenbei gesagt, es würde ganz sicher ein Junge, man sähe sowas am Bauch, und sie hätten so lange darauf gewartet. Dann verschmitzt: „Eine Frau in anderen Umständen sollte essen können, wonach sie Lust hat, finde ich. Wenn das Essverhalten der Kinder wirklich den Vorlieben in der Schwangerschaft folgte, müsste Nords Leibspeise Lachsforelle mit Gummibärchen sein. Ich auf jeden Fall glaube nicht daran, dass es einen Einfluss auf die Essgewohnheiten vom Kind hat."

Ein fragender Blick zu Maria. Maria schnitt gedankenverloren Kartoffelschnitze. Nun hörte sie leise Roberts Stimme:

„A,b,c,d,e,f,g - gummy bears are chasing me. One is green, one is blue, there's a pink one on my shoe ..."

Bitte, dachte sie leise, hör auf.

„Wer weiss, Maria", drang Karins Stimme von weitem zu ihr durch, „vielleicht ist das Kleine ja ein eingefleischter Karnivore?" Keine Reaktion. „Trinkst du Wein?" fragte Karin.

Maria horchte auf. Sie verneinte. Wie gerne hätte sie mit der quirligen Lebendigkeit ihrer Schwiegermutter mitgehalten, doch es fielen ihr keine pfiffigen Antworten ein.

„Sehr gut", freute sich Karin. „Dann übernehme ich das für uns beide, und du isst für mich den Braten, ja?"

Nun musste Maria doch lächeln.

„Na endlich", stellte Karin fest. „Der Braten braucht noch zehn Minuten."

Sie assen, diskutierten über Schwangerschaften und Karin wusste mancherlei Art, wie man ein Kind gebären konnte, hob die Wichtigkeit der ersten Jahre in der Kindheit hervor und die Bedeutung des Namens. „Habt ihr denn schon einen Namen für den Kleinen?"

Nord meinte, dass sie mit der Entscheidung noch etwas zuwarten wollten, aber es kam für ihn nicht in Frage, Berta in die engere Wahl zu nehmen, falls es ein Mädchen würde. Urgrossmama würde es ihm verzeihen, dass ihr Name nicht zur Wahl stand.

„Nathalie bitte auch nicht", bat Maria. „Ich möchte nicht immer nach meiner Mutter rufen, wenn ich meine Tochter meine."

„Vielleicht Kira?" schlug Nord vor.

„Es wird ein Junge." Karin liess sich nicht davon abbringen.

„Dann Kevin. Den könnte man gleich ab Geburt allein zuhause lassen." Allgemeine Heiterkeit. „Nomen est omen, nicht wahr? Aber schau, Kira hätte fast dieselben Buchstaben wie Karin, liebe Grossmama?"

„Auch du wird einmal Grossvater werden, mein Sohn. Also spotte nicht über das Alter. Auf jeden Fall wünsche ich mir Norbert als Zweitname."

Maria spülte den Hackbraten mit einem Schluck Wasser hinunter. „Norbert?" wiederholte sie, um ganz sicher zu sein.

„Ja. Sagte ich das nicht eben? Ach so! Nords Taufname ist Norbert. Mit vollem Namen: Norbert Daniel. Klingt doch schön zusammen, nicht?"

Robert Daniel … triumphierte die Stimme in Marias Kopf. Nord schaute düster zu seiner Mutter hinüber.

"Schon gut, schon gut, Junge. Ich sage es auch nie wieder", versprach Karin grinsend.

Sie redeten noch eine Weile, Hans beobachtete die Runde schweigend und Nords Mutter schwelgte wortreich in ihrer Vorfreude. Gegen drei Uhr drängte Karin zum Abschied. Sie kündigte an, beim nächsten Besuch ein paar Namensbücher mitzubringen. Und, so warf Hans ein, es würde bestimmt nicht lange dauern, bis die erste Lieferung von Babykleidchen einträfe. Dann waren sie weg.

Was für eine Welt! dachte Maria, als sie die Tür hinter ihnen schloss. Keine, der sie sich zugehörig fühlte, wenn sie denn überhaupt irgendwo „dazu gehörte", aber nicht unangenehm. Nur anders als bei Nathalie. Ohne die täglichen Geldprobleme, ohne Kritik an einer schlicht gegebenen Wirtschaftslage und ohne über zweifelhafte Politiker zu diskutieren, die sowieso alle unter derselben Decke steckten. Diese gewählte Art, mit der sich Karin, Hans und Nord über die unwichtigsten Dinge im Leben unterhielten, scherzten und mit den Worten spielten, dieser gekonnte Umgang mit der erforderlichen Etikette! Kein Spritzer Bratensauce landete auf der Krawatte und auf die Serviette, obwohl benutzt, wurde sie fast blütenweiss sauber am Ende des Essens auf den Tisch gelegt. Kein Fauxpas passierte, kein Tropfen auf dem Tellerrand, wenn Karin schöpfte, und diese durchwegs entspannte Atmosphäre! Es war kaum auszuhalten. Und trotzdem schön. Unser wichtigstes Kapital, hatte Karin sie genannt. Stolz betrachtete Maria ihren Bauch und begann endlich, sich auf das Kind zu freuen. Das würden Grosseltern sein, die es liebten und die ihm die Welt zeigen konnten. Und die vor allem das Kleingeld dazu hatten.

Nord war den ganzen Morgen über im Geschäft gewesen und musste jetzt noch einmal zurück. Bürokram, sagte er und versprach, ihr beim Aufräumen zu helfen, wenn er wieder da sei. Sie war müde von der Anspannung und das verletzte Knie pochte. Also legte sie sich auf die Couch im Wohnzimmer, schob ein Kissen unter und schlief ein.

Als Nord sie spät am Abend dort liegen sah, weckte er sie nicht. Über Nacht schwoll das Knie an, es schmerzte, und um acht rief Nord seinen Hausarzt an. Er bekam sofort einen Termin.

12
STADTBUMMEL

Die Arztpraxis war im ersten Stock eines Gebäudes aus dem 18. Jahrhundert. Die Stuckatur im Treppenhaus erinnerte an einen Vorläufer des Jugendstils, der eingebaute Lift war mit dunklem Holz verkleidet und so eng, dass sie knapp nebeneinander Platz hatten.

Im geräumigen Wartezimmer standen weisse, lederne Stühle. Ein zwei Meter grosser Ficus zierte vor weissen Vorhängen die hohe Fensterfront und warf kaum Schatten im milchig diffusen Sonnenlicht. Auf dem kleinen Tischchen in der Mitte lagen Zeitschriften und Illustrierte.

Maria stützte sich auf Nords Arm und durchquerte den

Raum, sehr bedacht, ihr Knie nicht unnötig zu belasten. Sie liess sich auf einem der Stühle nieder und wartete, dass die Praxisassistentin ihren Namen aufrufen und ein Fachmann ihr etwas gegen die Schmerzen verschreiben würde. „Vielleicht möchtest du ihm sagen, dass du nachts nicht ruhig schlafen kannst?" fragte Nord und strich Maria eine Strähne aus dem Gesicht. Sie reagierte nicht. Ihr Blick klebte wie hypnotisiert am Titelbild einer Illustrierten. „Maria…?"

Sie schreckte auf. „Wie bitte…?"

„Der Arzt könnte dir ein Beruhigungsmittel verschreiben, dann schläfst

du nachts vielleicht besser."

„Ah… Meinst du? Ich schlafe ja nicht schlecht …"

„Wirklich nicht?"

Maria starrte wieder auf den Tisch. Nord griff entschlossen nach dem Heft und legte es klatschend auf ihren Schoss. „Hier. Es liest sich besser aus der Nähe", bemerkte er genervt. Marias Augen weiteten sich. „Tut mir leid," stammelte sie. „Ich wollte nicht unhöflich sein. Es ist nur … Diese Frau da auf dem Titelbild. Ich glaube, ich kenne sie."

Dann kam der Arzt. Nord erhob sich. „Es ist so weit, Liebes, komm. Je eher du die Medikamente hast, desto besser."

Eine Viertelstunde später hatte der Arzt Maria gründlich untersucht und ihr eine ganze Liste von Arzneien aufgeschrieben. Ein Mittel gegen die Schwellung, etwas gegen die Schmerzen, etwas zur Beruhigung für die Nacht. Nord hatte darauf bestanden, dass der Arzt ihr Blut auf Eisenmangel untersuchte und alles checkte, worauf man in einer Schwangerschaft achten musste, auch wenn er kein Gynäkologe war.

Die Apotheke war nur eine Strasse weiter, und so gingen sie langsam nebeneinander her. „Wer war denn das auf dem Titelbild vorhin?"

Maria spürte, wie ihr das Blut aus dem Gesicht wich. Sie schluckte trocken. Herzklopfen. Zum Glück standen sie schon fast am Eingang zur Apotheke. Sie stützte sich an der Wand ab.

„Unwichtig", antwortete sie.

„Das Gesicht kam mir irgendwie bekannt vor, aber …" Maria schüttelte den Kopf. „Ich habe mich geirrt. Ich möchte mich etwas hinsetzen, holst du die Tabletten für mich?"

Sie liess sich in einen der weichen Polsterstühle neben der Türe sinken und streckte ihrem Mann das Rezept entgegen. Nord stellte sich in die Reihe der Wartenden, während Maria sich in der Apotheke umsah. Die Wände waren hoch und mit hölzernen Einbauregalen ausgekleidet. In zeitlosen Jahren nachgedunkelte Eiche aus dem neunzehnten Jahrhundert, gefüllt mit Töpfen und viktorianischen Apothekerflaschen mit Korkverschluss. Sie erinnerten Maria an eine magische Bibliothek, wie man sie in den Geschichten von Harry Potter finden konnte, endlos hoch und nur mit einer Leiter bis ganz oben zu erreichen. Oder an jene Zirkel der Schwesternschaft, von denen ihre Schulfreundin erzählt hatte, während sie ihr beim Schminken Modell stand, und denen sie selbst nie begegnet war. An das Wissen von Kräuterweibern im Mittelalter erinnerten sie - die man später als Hexen verbrannte - und an Kiras seltsame Experimente, an die Gläser in ihrer Schatulle.

Das vorwiegend weibliche Personal rotierte hinter den massiven Holztheken und schob päckchenweise Chemiecocktails zu ihrer Kundschaft hin. Diese machte dabei vom verschnupften Manager bis hin zur Mutter von blassgesichtigen Zwillingen einen geplagten Eindruck. Für Stammkunden gab es als Extra eine Minute geduldiges Zuhören zum Tablettenberg oben drauf. Das nahm dem Medikament schon die halbe Wirkung vorweg. Die übrige Kundschaft wurde speditiv nach Anordnung des Arztes versorgt.

Zehn Minuten später schluckte auch Maria die erste Schmerztablette auf der Toilette im Kaffeehaus nebenan.

Dass Nord für einen Moment das Kaffee verliess, bemerkte sie erst, als er wieder eintrat, unter seinem Arm die Illustrierte.

„Ich habe dir das Bild deiner Freundin besorgt", sagte er und legte das Heft vor Maria hin. „Wenn es dir bessergeht, können wir nachher noch etwas durch die Altstadt schlendern. Das war doch deine Freundin, oder nicht?"

„Nicht wirklich", wich Maria aus und liess das Mineralwasser in ihrem Glas kreisen, ohne auf das Bild zu achten. „Wir sind als Teenager zusammen zur Schule gegangen."

„Na, siehst du. Ich wusste doch, dass da mehr dahintersteckt. Ein begabtes Mädchen."

Wasser schwappte über das Magazin. Nord schnappte sich eine Serviette vom Nebentisch und legte sie über den kleinen See, bevor das Papier aufweichen konnte. Dann blätterte er die ersten Seiten um und tippte auf eine Reportage:

„*Aus dem Leben einer jungen Künstlerin*" stand in der Überschrift. Kiras fantasievoll geschminktes Portrait füllte die linke Seite fast vollständig aus.

„Hat sie dich auch mal angemalt?" wollte Nord wissen. Maria antwortete gleichgültig. „Nein, sie hat mich nur einmal geschminkt. Ganz normal, mit Lidschatten und so."

„Schade. So ein Foto hätte ich gern von dir gehabt."

Kiras Auge war von den Augenbrauen über die Stirn bis zum dunklen, glatt gekämmten Haaransatz mit Libellenflügeln verziert. Eine Haarsträhne stand in einem Bogen seitlich ab, leuchtend blau bemalt, als Insektenkörper. Die schillernde Farbe wirkte so intensiv wie Leuchtfarbe im Dunkeln. Das gedrungene Vorderteil des Libellenkörpers sass auf dem Auge, das Lid hielt Kira geschlossen. Die fragilen Beinchen des Insekts schienen wie verlängerte Wimpern und das Köpfchen sass vorn auf der Nasenspitze. Das andere Auge hingegen war das Auge von einem Frosch. Grünglänzend umrandet glotzte es dem Betrachter entgegen.

„Etwas unheimlich, das Sujet, findest du nicht? Auge in Auge mit dem Jäger. Weisst du eigentlich, wie hässlich Libellen im Larvenstadium sind?"

Maria blätterte um. "Nein. Ich hab in Biologie geschlafen."

„Kann passieren. Hübsche Freundin …" Nords Grinsen wurde breiter. „*Was sie trägt, wenn sie nichts trägt*", stand auf der nächsten Seite. Auf einem Werbeplakat sah man Kira, das Becken mit einem Stück Tuch verdeckt. Ihre Schulfreundin schien vollständig bekleidet zu sein, aber wenn man genauer hinsah, gab es nirgendwo Saum oder Nähte. Wofür das Plakat warb, stand nicht geschrieben. Nur ein paar Worte fielen Maria auf: „… *wenige Wochen nach diesem durchschlagenden Erfolg …*", las sie und suchte nach dem Anfang der Zeile.

„Scheint dich ja doch zu interessieren", raunte Nord ihr ins Ohr. Sie konnte seinen Atem spüren. „Gut, dass ich das Heft gekauft habe. Hast du in Sexualkunde auch geschlafen?"

Wenn es möglich war … dachte Maria, rückte etwas von ihm ab und
schwieg. Nord legte die Hand auf ihre Schulter.

„Möchtest du noch etwas trinken?"

„Nein danke. Ich spüre das Knie kaum mehr. Wenn du willst, können wir also gehen." Sie stopfte die Illustrierte zu den Medikamenten in die Plastiktüte und erhob sich.

Draussen war es wärmer geworden. Sie schlenderten alten Gebäuden entlang und Nord erzählte begeistert aus der Geschichte der Stadt. Er zeigte auf den See, der bis zum Fuss der Berge zu reichen schien, auf ein steinernes Inselchen und die Bootstege entlang der Limmat. „Da hinten, neben der Wasserkirche, da sieht es doch noch immer ein wenig nach Venedig aus, meinst du nicht?"

Maria versuchte sich vorzustellen, wie die Leute aus ihren Häusern in kleine Schiffe stiegen und zur Kirche gondelten, oder wie sie auf den Brücken über dem Wasser ihre Güter feilboten und schüttelte den Kopf. Nord hielt sie sanft am Arm zurück. „Maria. Komm mit mir nach Venedig. Unsere Hochzeitsreise, wie wäre das?"

„Eine Märchenstadt", sagte sie und dachte an den Artikel über Kira. „Gibt es da nicht all die schönen Masken?"

„Masken, Glasperlen, schöne Kleider, gutes Essen - Lass dich verwöhnen. Es soll dir an nichts fehlen. Wir können auch bequem mit dem Auto hinfahren." Er legte die Hand auf ihren Bauch. „Es wird eine traumhafte Reise, versprochen."

Maria nickte.

In der Krypta vom Grossmünster sass Kaiser Karl, über ihm schien langsam die Sonne durch die Chorfenster und tauchte die Kirche in tiefrotes Licht. Ein leichter Druck an ihrem Handgelenk forderte Maria zum Weitergehen auf Sie überquerten die Brücke und schlenderten dem Wasser entlang, während die Sonne langsam höher stieg. Er rauchte schweigend, sie dachte an Venedig, Bodypainting und Maskerade. Die Knieschmerzen waren weg und Maria fühlte sich entspannt und erfrischt. Als sie neben dem Denkmal von Hans Waldmann eine Pause machten, bemerkte sie, dass es in Zürich überhaupt keine Denkmäler von bekannten Frauen gäbe.

„Eine Frage der Perspektive", meinte Nord.

„Eine Frage der Gleichstellung", korrigierte sie.

„Meinst du? Lass uns die Dame - wie war denn ihr Name? - mal neben ihren Gatten stellen." Er grinste, schirmte seine Augen gegen das Sonnenlicht ab und lies seinen Blick langsam vom Sockel nach oben gleiten. „Nein, ich hätte nichts gegen den Anblick von ein paar wohlgeformten Beinen hier oben einzuwenden. Was meinst du, hat Waldmanns Frau unter ihrem Rock getragen?"

Maria holte tief Luft. „Sie hiess Anna. Und wenn ich einen Einwand machen dürfte - vorausgesetzt, wir können unseren Blick von Anna Waldmanns imaginärer Unterwäsche lösen und uns gedanklich der Bahnhofstrasse zuwenden - würden wir dort auf einer Wiese die Statue von Johann Heinrich Pestalozzi sehen. Ein herzensguter Mann. Er hat das Geld seiner Gläubiger und das Erbe seiner Ehefrau für gute Zwecke in den Sand gesetzt und sich ehrenhaften Theorien gewidmet, während Anna Pestalozzi all die vielen Heimkinder im Alleingang versorgte. Und wer steht auf dem Denkmal?"

„Nun aber, Johann Heinrich wird schon seine Stärken gehabt haben, sonst stünde er nicht dort. Seine Frau hiess auch Anna? Vielleicht liegt es am Namen, dass sie den Weg aufs Podest nicht geschafft hat? Ich finde übrigens Gleichberechtigung gefährlich. Schau dir mal unsere Stadtheiligen an: Felix und Regula. Beide sind gleichgestellt - kopflos gleichgestellt."

Maria lächelte gespielt gequält. „Also gut, ein Punkt für den

Mann. Lassen wir also den Kampf der Geschlechter."

Nord hob theatralisch die Schultern: „Wie fällt es mir doch schwer, diesen Sieg anzunehmen." Er bot Maria lachend seinen Arm und sie hakte unter.

In der Altstadt kannte Nord ein altes Kaffeehaus. Er schlug vor, dort die nächste Pause einzulegen. Schon wieder Kaffee? Sie zweifelte, dass es dem Kind zuträglich war. Oder Tee, schlug Nord vor, oder die beste Schokolade in der ganzen Stadt … Sie ekelte sich schon bei dem Gedanken.

Das zweistöckige Kaffeehaus war mitten im Sommer dekoriert, wie zu Weihnachten. Die Böden waren mit rotem Teppich ausgelegt, überall hingen Äste mit kunstvollen Blüten, standen Blumentöpfe und auf der Speisekarte Eier im Glas, Sandwiches und Omelett. Maria hatte Hunger. Es dauerte eine ganze Weile, bis die Bedienung sie hinter einem Busch Birkenruten entdeckte. Maria bestellte frischen Orangensaft und einen Toast Hawaii. Beides liess längere Zeit auf sich warten. Einzig Nords Apéro kam sofort. Nord ärgerte sich und Maria drängte ihn, schon mal ohne sie einen Schluck zu trinken. Schliesslich war sein Glas halb leer, als ihr Saft endlich serviert wurde. Das brachte ihn erst recht in Verlegenheit. Er stand er auf, um direkt am Buffet eine zweite Runde nachzubestellen. Der Saft kam, ein Glas Wasser dazu, nur Nord blieb aus. Schliesslich sah Maria ihn von der Konditorei herunterkommen. Ein Kellner trug eine ganze Auswahl an kleinen Süssigkeiten hinter ihm her – allesamt mit Schokolade. Sie schluckte hart.

„Nord …", begann sie nervös und spürte ihr schlechtes Gewissen eiskalt im Nacken. Er setzte sich, bedeutete ihr zu warten, und der Kellner stellte Teller und Töpfchen auf den Nebentisch.

„Zur Wiedergutmachung für das lange Warten," erklärte er feierlich.

„Nun ja, war doch halb so schlimm. Ich meine, danke. Nur - eigentlich bin ich schon voll …"

Seine Miene verfinsterte sich. „Sag mal, hast du jetzt etwas gegen mich?" wollte er wissen. „Bisher war der Tag doch ganz gut, oder?"

Sie nickte.

„Also. Warum willst du ihn denn jetzt vermiesen?" In seiner Stimme schwang ein drohender Unterton. Der Kellner entfernte sich vorsichtshalber.

„Ich wollte nur sagen … Es hat schon so wenig Platz neben dem Kind. Ich kann jetzt nicht mehr so viel essen, und …"

„Ganz plötzlich? Das nehme ich dir nicht ab. Sag schon, was hast du für ein Problem mit mir? Oder hat dir das Warten etwa gefallen?"

„Versteh mich bitte nicht falsch -"

„Da gibt es nichts falsch zu verstehen", fiel er ihr barsch ins Wort. Ein paar Leute drehten sich um. Maria war den Tränen nahe, doch ihn schien es nicht zu beeindrucken. Sie sagte leise:

„Es gibt zwei Dinge, die mir widerstehen: Alkohol und Schokolade."

Nord erhob sich abrupt und wandte sich dem Ausgang zu. „Es gibt nur eine Sache, die mir widersteht", konterte er. „Wenn meine Frau mich zurückweist."

Während sie durch die Gassen gingen, schwiegen beide. Eisig. Maria schaute auf ihre Füsse, die Pflastersteine flitzten wie eine immer gleiche Filmsequenz unter ihren Schuhsohlen hinweg. Nur ab und zu hob sie den Kopf, wenn jemand ihrem Bauch zu nahe kam, wich aber den Blicken der Passanten aus und hatte das Gefühl, von allen Seiten beobachtet zu werden.

144

Nord ignorierte sie, und sie suchte nach einem Weg, die Sache wieder ins Lot zu bringen. Nur wie? Sie wechselten wieder die Flussseite, diesmal über einen dünnen Steg. Unter ihnen schwamm ein Schwanenpaar mit Jungen. Wofür lebten Schwäne eigentlich, sie hatten hier doch gar keine Feinde? fragte sich Maria. Für ihre Kinder, gab sie sich Antwort. Jahr um Jahr. Um zu fressen und die Jungen aufzuziehen, um immer wieder am selben Platz ihr Nest zu bauen, und wenn ein Sturm das Nest zerstört, so gibt es keinen Schuldigen und kein falsches Wort. Nicht einmal, wenn ein ganzes Gelege untergeht. Keine Uni, kein Job, kein Streit. Sie tun, was das Leben von ihnen verlangt, und es funktioniert. Und dabei sind sie die treusten Vögel. Warum muss denn ein Menschenleben so kompliziert sein?

Schliesslich gab sie sich einen Ruck und berührte Nords Arm. Er blieb erstaunt stehen.

„Ist das deine Entschuldigung?" fragte er misstrauisch. „Habe ich dich jetzt lange genug warten lassen?"

Maria senkte den Blick. Nur nichts Falsches sagen … Er fasste sie unter dem Kinn, hob ihren Kopf und lächelte. Sie war erleichtert.

„Braves Mädchen", lobte er. „Es macht mir keinen Spass, so hart zu dir zu sein, aber du darfst mich nicht zurückweisen, verstehst du? Nicht so." Sie nickte folgsam.

„Ich habe da eine Idee …" Er deutet einen Kuss an und hiess sie wieder bei sich unterhaken. Etwas später schlenderten sie zusammen durch die Bahnhofstrasse.

(Track 9)

Nord blieb nun ab und zu vor einem Schaufenster stehen

und fragte Maria, welches Kleid ihr besser gefalle, das schlichte, geraffte oder das geblümte, wollte wissen, ob sie lieber dünne Absätze oder Plateauschuhe trüge. Maria antwortete vorsichtig, beobachtete, wohin Nord seine Aufmerksamkeit richtete, versuchte zu erraten, wie sein Urteil ausfiel und passte sich seiner Meinung an. Die Stimmung entspannte sich spürbar. Nord postulierte, Frauen könnten sogar beim Putzen sexy sein, es brauche nur das passende Outfit. Maria gab vorsichtig zu bedenken, dass man Flecken am Boden besser durch Rubbeln mit dem Lappen als durch den Kleidungsstil zum Verschwinden brächte, und Nord wiederum meinte: Eine Frage der Perspektive.

Sie lachten über die Zweideutigkeit und Maria atmete auf. Sie achtete genau darauf, dass keine Missstimmung mehr aufkam. Die Leute schienen sie nun weniger anzustarren, nur ab und zu meinte sie, im Schaufenster Roberts vertraute Gesichtszüge hinter sich zu erkennen. Dann konzentrierte sie sich schnell wieder auf die Auslage, und die Spiegelung verschwand.

Im Grossmünster leuchtete das Sonnenlicht nun blutrot durch die Fenster.

Oben an der Hauptstrasse gab es einen besonderen Laden. Nord steuerte darauf zu. Auf den ersten Blick schien es sich um Lingerie zu handeln. Es herrschten dunkle Farbtöne vor, mit Glanzstoffen, Lack und Netz kombiniert. Eine der Schaufensterpuppen stand etwas zurückversetzt. Sie trug eine Korsage aus anschmiegsamem Leder, Lederstiefel mit unglaublich hohen, dünnen Absätzen, und eine Uniform-kappe. Maria versuchte, sich auf die Auslage zu konzentrieren, doch ihr Blick schweifte immer wieder ab. Unwohlsein beschlich sie. Sie suchte im Hintergrund nach Roberts

Schemen. Robert, bist du da? dachte sie leise.

„Gefällt dir die Lady?" raunte Nord ihr ins Ohr. „Dann lass uns doch hineingehen."

Die Dame, die auf sie zukam, schien erfreut. „Herzlich willkommen bei Baba. Schön, dich zu sehen, Nord. Wie kann ich euch beiden helfen?"

„Wir kamen nur zufällig vorbei", stellte Nord fest und präsentierte seine Frau. Maria holte Luft und wollte schon den Zufall infrage stellen, da blitzte ein Gedanke auf. Sie entschied sich, zu schweigen. Stattdessen sagte sie: „Hast du vielleicht ein Glas Wasser?"

Die Ladenbesitzerin schob einen roten Vorhang beiseite, drückte auf einen Lichtschalter, und nun erhellten Halogenlampen vier Stühle und eine kleine Bar, deren Beschläge aus Metall helle Lichtflecken an die Wände reflektierten.

„Unsere VIP Lounge. Was kann ich euch zu trinken anbieten?"

„Etwas ohne Alkohol …?" Maria musterte die Whisky- und Cognacflaschen in der Vitrine und Nord erklärte ernst: „Wasser. Wir erwarten nämlich ein Kind."

Baba grinste und schenkte ein Glas mit Mineralwasser voll, zwei andere mit Cognac. "Bravo! Und wann ist es soweit?"

„Wir haben Halbzeit."

„Frisch verheiratet und schon Zuwachs, na, einen schöneren Grund zum Feiern gibt es ja gar nicht. Junge oder Mädchen?"

„Da haben wir uns noch nicht entschieden."

Baba wechselte das Thema und erzählte von den aktuellsten Fetischevents. Nord gab sich mässig interessiert. Schliesslich fragte sie Maria direkt:

„Gefallen dir meine Sachen?"

Maria rutschte auf ihrem Stuhl hin und her. „Sie sind … wie soll ich sagen … aussergewöhnlich."

Baba warf einen fragenden Blick in Nords Richtung. Der zuckte die Schultern. „Du hast also noch nie sowas getragen? Viele Kleider sind Einzelstücke. Ich fertige das meiste nach Mass an, und ab und zu kommt mir eine neue Idee."

Sie stand auf, verschwand im Laden und kam mit zwei Korsagen zurück. „Fass mal an", forderte sie Maria auf, als ginge es lediglich um den Stoff für ein Ballkleid. „Latex oder Leder – was fühlt sich für dich besser an?"

Aus dem Laden raus und weit wegrennen? dachte Maria und tippte auf das Leder. „Magst du mal anprobieren?"

„Und wie hat mein Bauch in sowas Winzigem Platz?"

„Komm' ich zeig's dir …"

Maria konnte sich nicht einmal Spitzenunterwäsche auf ihrem Körper vorstellen, und ganz sicher keine Fetischkleider, egal ob Leder oder Latex. Aber was sollte Nord von ihr denken? Sie wollte ihn nicht schon wieder zurückweisen. Also nickte sie nur entschuldigend und folgte Baba zur Garderobe. Auf dem Weg mied sie tunlichst den Blick in einen Spiegel. Habe ich nicht vorhin nach Robert gerufen? Hoffentlich hat er mich nicht gehört. Ach, Blödsinn! Das waren doch nur Spiegelungen im Schaufenster. Schwangere Frauen neigen eben manchmal zu Hysterie. Dennoch - das hier sollte er wohl lieber nicht sehen …

Qualvoll schlichen die Minuten dahin, während Baba ihr die Korsage schnürte und von der jährlichen Modeschau erzählte. Wie gemischt das Publikum sei und dass nicht jeder, der Fetischmode mag, auch gleich seine Rolle im BDSM spiele. „Manche sind halt eben nur an den Materialien interessiert. Sehen und gesehen werden, weisst du? Ein ganz dezentes

Rollenspiel. Warte, ich schnür hier nicht zu fest. Sieht aber auch toll aus, findest du nicht?"

Maria starrte angestrengt zu Boden und verdrängte Robert aus ihren Gedanken. Doch je mehr sie sich bemühte, desto stärker fühlte sie sich beobachtet. Er war so real, dass sie meinte, die Körperwärme im Rücken zu spüren. Sie schämte sich. Als Baba sie jetzt aufforderte, in den Spiegel zu schauen, erwartete sie angstvoll Roberts strafenden Blick und erschrak. Dicht hinter ihr stand Nord.

Als sie den Laden verliessen, lag die Lederkorsage sorgsam verpackt neben anderen Kleidungsstücken in einer Tüte, und Nord war nach dem zweiten Cognac ganz aufgeräumter Stimmung. Maria schwante Böses.

Doch nichts geschah. Die folgende Woche war Nord selten zuhause. Die Tüte stand in einer Wohnzimmerecke am selben Fleck. Maria verbrachte viel Zeit liegend auf der Couch, träumte von der kleinen Kira, schonte ihr Knie und las. Sie schrieb Franziska eine letzte Mail und bedankte sich für den schönen Abschluss, liess allen noch eine gute Zeit und Andreas eine steile Karriere wünschen. Dass sie dem Schleimer auch gleich wünschte, er würde von derselben Leiter fallen und sich dabei das Genick brechen, verschwieg sie. Die Adressen der Tänzer löschte sie danach aus der Kartei, allen voran jene von Leon. Nur Franzi blieb vorerst. Für den Fall, dass die Versicherung noch etwas zum Unfallhergang wissen wollte. Sie schloss mit der Vergangenheit ab und machte sich auf den Weg in eine neue Zukunft, ohne zu ahnen, dass sie in eine Sackgasse eingebogen war. Roberts Stimme trat in den Hintergrund, zusammen mit den Erinnerungen an die Schulzeit, doch ganz weg war sie nie.

Am Dienstag stand ein Glas Gummibärchen auf der Fussmatte, biologisch-vegane, als sie eben von der Post zurückkam. Darauf lag eine Karte: Gute Besserung! Herzlich, Karin& Hans. PS: Den Fisch servieren wir euch bei uns zuhause.

Sie stellte die Gummibärchen auf den Küchentisch und betrachtete die Karte eine ganze Weile. Das Ziehen im Bauch war seit dem Besuch der Schwiegereltern kaum mehr zu spüren und dank der Pillen schlief sie ruhiger. Sie hatte Blutspuren auf dem Toilettenpapier entdeckt, aber nur morgens, und bis zum Mittag waren sie vorbei und vergessen. Es konnte nichts mehr passieren, wenn sie sich jetzt ein bisschen schonte. Wirklich bedrohlich wirkte nur noch dieser Plastiksack aus Babas Laden. Die Illustrierte war noch drin. Aber immer, wenn sie den Impuls verspürte hineinzugreifen, so war das Buch, das sie grade in den Händen hielt eben doch zu spannend, oder dann rief der Abwasch sie in die Küche, und es war vielleicht besser so.

Am Donnerstag lag noch ein Päckchen vor der Tür. Auf der Karte strahlte ihr ein Babygesicht mit Blumenkäppchen mitten aus einem Feld reifer Sonnenblumen entgegen. „Ein Vorbote", stand darauf, unterschrieben von Karin und Maria dachte: Gut geraten Grosspapa - und es wird ein Mädchen! Sie legte das Geschenk auf Nords Platz am Esstisch und stellte die Karte dazu. Das Telefon schellte, sie sah die Nummer von Karin und Hans und liess es durchläuten. Nord konnte seine Mutter immer noch am Abend zurückrufen. Sie mochte sich jetzt keinen Vortrag über das Wunder des neuen Lebens anhören, das Grossmama schon bald in ihren Armen in den Schlaf wiegen würde. Süss, dachte sie. Wir werden die liebe Oma bald täglich in unserer Wohnung haben!

Dann fiel ihr die Illustrierte wieder ein. Vorsichtig spähte sie zur Tüte hinüber und wägte ab. Nein, sie wollte nicht wissen, was drin war. Sie wollte nur wissen, wie es Kira mit ihrer Karriere ergangen, und was wenige Wochen nach diesem durchschlagenden Erfolg passiert war. Ja, sie spielte sogar mit dem Gedanken, wieder mit ihrer Schulfreundin Kontakt aufzunehmen. Jetzt, wo sie doch bald eine Patin für ihr Mädchen brauchen würde! Also zwang sie sich, hineinzufassen, tastete blind nach dem Heft, stiess mit den Fingern auf klebriges Latex und zog angeekelt die Hand zurück. Beim zweiten Anlauf klappte es. Die Illustrierte in der Hand ging sie in die Küche, goss sich ein Glas Wasser ein, schaute auf die Uhr und vergewisserte sich, dass noch genügend Zeit übrig war, bis Nord von der Arbeit zurück war. Dann blätterte sie die Seiten um. Sie fand das Bild und suchte nach der Stelle, an der er sie beim Lesen unterbrochen hatte.

Nord fluchte währenddessen leise, während er die Tastatur seines Computers bearbeitete. Er spielte noch immer mit dem Gedanken, seine Frau zu Ingrids Nachfolgerin zu machen und war dennoch verunsichert, solange das Kind noch nicht auf der Welt war. Also klopfte er bei Ingrid an. Sie reagierte aber nicht auf seine Nachrichten.

Er schnaubte wütend und hieb mit der Faust auf den Schreibtisch, verfehlte die Tastatur nur um Haaresbreite und registrierte, dass er sie vor kurzem erst ersetzt hatte. Zwischen ihr und ihm hatten besondere Abmachungen bestanden, die ihr mehr Freiraum verschafften als für Sklavinnen üblich war, doch Ingrid hatte sie nie eingefordert. Sie hatte nie darum gebeten, unbeobachtete Zeit für sich allein zu haben. Zeit, in der sie für ihn nicht einmal erreichbar war.

„Nimm dir nicht zu viel heraus," drohte er also dem

Bildschirm, „sonst wirst du es bereuen!"

Der Plan, den er nun entwarf, und der ihn sichtlich erregte, hatte nichts mehr mit der kunstvollen Bondage im Club gemein. Er wollte Ingrid vermieten. Sollte sie die Miete doch selbst verdienen, die sie ihn kostete, während er sich anderweitig vergnügte. Er schloss die Augen, genoss die Vorstellung. Ingrid fremdvögeln lassen. Ein hämisches Grinsen erschien auf seinem Gesicht, und hätte er es sehen können, so hätte es ihm womöglich widerstrebt.

Bis in die frühen Morgenstunden arbeitete er an der Choreografie. Endlich schrieb er ihr eine letzte Nachricht: Samstagabend, 19 Uhr, bei mir. Der letzte Auftrag. Unbedingt. Dann ging er nach Hause. Immer nur dieselben Rollen spielen, das machte einen doch krank!

Maria sass wie versteinert. Kira war nach einem Volontariat als Jüngste zur Ausbildung als Maskenbildnerin aufgenommen worden. Ihr Traumberuf, behauptete der Text neben ein paar Bildern von gesichtslosen Gipsskulpturen, denen sie verschiedene selbst entworfene Larven aufsetzen konnte. Die Hexendarstellungen nachempfunden Masken standen aufgereiht daneben und erinnerten Maria an die Poster in Kiras Teenagerzimmer. Der Begriff „Larven" war in einem kleinen Rechteck separat erklärt.

Es begab sich, kurz vor Beginn ihrer Karriere als Model, dass ein Galerist Kira für eine Ausstellung anfragte. Die Entwicklung eines neuen Frauenbilds wollte er in ganz verschiedenen Aspekten präsentieren, und dazu hatte er Kiras Konzept der Gesichtslosen aufgegriffen. Einer der ausstellenden Künstler, ein Maler, lud Kira als Model für ein Akt-Bodypainting ein. Bald erschien dieses Bild auf der Titelseite der Wochenillustrierten.

Doch wo Erfolg herrschte, gab es auch Neider. Es wurden Gerüchte laut, sie würden ihr Geld mit dem Handel selbstgezüchteter Drogen verdienen und mit halluzinogenen Substanzen experimentieren. Nur wenige Wochen nach ihrem durchschlagenden Erfolg erlag Kira gemäss dem Bericht den Folgen eines solchen Experiments.

Maria hatte die Stelle mehrmals lesen müssen, bis sie endlich den Zusammenhang der Worte verstand. Das Zimmer begann, sich vor ihren Augen zu drehen, sie taumelte, griff nach einem Halt und griff ins Leere. Wie in Zeitlupe sackte sie zu Boden.

Sie fand sich im Chemieraum in der Schule wieder, den Rücken an die Wand gelehnt und Kiras Stimme klang beschwörend:

„Nur ein kleiner Gefallen, bitte. Nur bis der Groll sich wieder beruhigt hat. Ich kann mir jetzt keinen Rausschmiss leisten. Und Du brauchst sie auch nicht für immer aufzubewahren, bi-te …"

Kiras Stimme wurde leiser, verebbte. Der Chemieraum verschwamm.

Maria erkannte schemenhaft das Relief an der Wohnzimmerdecke wieder und stellte fest, dass sie auf dem Rücken lag. Behutsam zog sie sich am Sofa hoch und rollte sich auf das Polster. Etwas war schiefgegangen bei Kira, dachte sie und starrte an die Decke. Vielleicht mit diesem Experiment. Irgendwie hatten sie beide vergessen, die Gläser zurückzugeben, und jetzt war es zu spät. Der Bauch drückte leicht. Sie drehte sich, um eine bequemere Stellung zu finden, entschied sich für die Seitenlage und schlief ein.

13

SACKGASSE

Zum Frühstück assen sie belegte Brötchen. Nord war aufgeräumter Stimmung und erzählte er von der Arbeit, was er sonst nie tat, und dass er möglicher Weise am Samstag nach dem Geschäftsessen noch Besuch mit nach Hause bringen würde. Nichts, wofür sie etwas vorbereiten müsse, aber es wäre schön, seine Frau zuhause zu wissen. (Als hätte sie es je gewagt, ohne seine Erlaubnis auszugehen!) Ob das denn in Ordnung wäre, wollte er wissen.

Maria bejahte. Selbstverständlich. Sie könne sich ruhig schlafen legen, meinte er, am besten mit einer Tablette, denn spät würde es werden, das wäre sicher. Ab und zu summte sein Handy, er ignorierte es.

Dass er im Anschluss an das Essen gleich in seinem Arbeitszimmer verschwand, kam Maria gelegen. Die Ohnmacht am vergangenen Abend hatte sie entkräftet. Sie hörte, wie er den Schlüssel im Schloss drehte, räumte ab und entsorgte die Illustrierte ganz unten im Altpapier. Nur den Artikel über Kira riss sie vorher heraus und versorgte ihn in ihrer Schatzkiste.

Dann kam der Samstag.

Wo bleibt sie nur … wo ist sie denn, diese … diese …

„Verdammte KUH!" brüllte Nord und seine Faust knallte auf den Küchentisch, riss Maria aus dem Schlaf. Ihre Hand fuhr zum Gesicht, sie wollte die Schlafmaske abnehmen, die sie vor dem Einschlafen aufgesetzt hatte, aber ein Ruck an ihrem Handgelenk hielt sie zurück.

„Nord?" fragte sie ins Dunkel.

„Ich bin gleich bei dir, Liebes", rief er aus der Küche. Er rieb die schmerzende Stelle an seiner Hand, bevor er zum letzten Mal Ingrids Nummer wählte. Ohne Erfolg. Dann Mila. Nichts. Er kochte vor Wut.

„Du verdammte Schlampe. Du Verräterin …", flüsterte er. „So hast du keine Schonung verdient." Er warf trotzig der Kopf in den Nacken und ging zum Schlafzimmer.

Maria dämmerte vor sich hin. Ihr Körper fühlte sich an wie aufgedunsen, der Kopf war leicht wie ein Ballon, das Zimmer um sie schwebte im dunklen Nichts der Nacht. Verschwommen hörte sie Nords Schritte.

„Was ist mit meinen … Hän… den …?" murmelte sie noch, und versank dann wieder in bleiernen Schlaf. Von den Seilen, die ihre Fussfesseln mit den Bettpfosten verbanden, spürte sie nichts. Nord schaute auf sie hinunter. Seine Augen funkelten immer noch vor Zorn. Er begann, die Kerzen anzuzünden.

Ingrid stand rauchend im Wohnzimmer. Ihre Hand zitterte, als sie die Zigarette zum Mund führte und gierig daran sog. Sie trug nichts ausser ihrem Halsband und den High-Heels und las immer wieder Nords Order. Sie verweigerte den Gehorsam. Noch war sie seine Sklavin, trotzdem konnte sie sich nicht überwinden, die Anweisung befolgen. Die Entscheidung war gefallen.

Die Türglocke schellte, sie zuckte zusammen. War ihre Bitte um Hilfe angekommen? Sie schlich zum Eingang, spähte durch den Türspion, aber niemand stand draussen. Nord! Durchfuhr sie der Gedanke an ihren Meister. Es war unmöglich, dass er hier war. Er hatte doch einen Gast eingeladen! Ihren ersten Dienst an einem Fremden, dessen war sie sich gewiss …

Kaum hatte sie sich umgedreht und war ein paar Schritte von der Türe entfernt, erschrak sie erneut ob dem Schrillen der Glocke. Ihr Gesicht hellte sich auf, das Zittern wurde von einem Moment zum anderen lustvoll. Dieses Spiel kannte sie doch!

Rosenduft kam zuerst, dann der Geschmack von Schokolade in ihrem Mund, Zucker ... Kirsch. Sie versuchte, die schweren Augenlider zu öffnen. Warmes Kerzenlicht stahl sich unter ihre Wimpern, dann kam wieder Dunkel. Sie träumte. Nords Stimme war ganz nah an ihrem Ohr:

"Ich habe eine Überraschung für dich, Liebes. Hoffentlich gefällt sie dir." Etwas stach wie Nadeln in ihre Haut, dort, wo sie am verletzlichsten war. Eis kühlte den Schmerz. Nord holte tief Luft und liess sie langsam durch die leicht geöffneten Zähne ausströmen. Seine warmen Hände streiften das Bettlaken über ihr Gesicht, wanderten über das Becken abwärts, öffneten ihre Schenkel. Dann straffte er sie Seile an den Bettpfosten.

Ingrids Blick streifte verträumt die Metallringe im Holzbalken. Sanft umschloss Nappaleder ihre Handgelenke. Sie vergass zu zählen, schrie auf, als die Peitsche auf ihr Gesäss niedersauste und zählte wieder laut und deutlich: „Einundzwanzig."

Rosenduft. Zärtliche Hände auf der heissen Haut. Mila kühlte den brennenden Schmerz mit Eis. Sie umfasste ihre Sklavin von hinten, drückte sie fast liebevoll an sich und flüsterte:

„Ingrid, du kommst zu mir zurück. Wir brauchen dich, Andreas und ich." Ihre Stimme klang zärtlich. Dann ein Kuss, der Geschmack von Schokolade in ihrem Mund, Zucker und Kirsch. Ingrid nickte, nicht nur aus Gehorsam. Lady M. würde den Vertrag mit Nord lösen. Sie fühlte sich in Sicherheit.

Es war gegen zwei Uhr morgens, als Maria aus ihrem unruhigen Schlaf erwachte. Ihre Fesseln waren weg, neben sich hörte sie Nords regelmässige Atemzüge. Nur an ihrer Vagina brannte die verletzte Haut. An den inneren Schamlippen prangten zwei kleine, ringförmige Piercings und ein Schloss.

Schon bald würde sie seinen Kaffee aufgiessen und mit ihm frühstücken. Er würde lächeln, mit dem Lächeln eines Mannes, der Geld und Macht besass - und er würde sie fragen, wie sie geschlafen hatte. Sie würde antworten: „Gut, danke", eine Antwort, die sie fortan immer geben würde, wenn er sie nach durchwachten Nächten fragte, wie sie geschlafen hatte. Dann würden sie schweigend essen, sie würde Kaffee nachschenken und weiter schweigen. Die Einstichstellen an den Piercings würden verheilen, das Schloss nicht wirklich vonnöten sein und die Ringe ihre Scham als Schmuck zieren. Und sie würde niemandem davon erzählen.

Der Bauch tat weh. An der Schnittstelle, zwischen dem Ungeborenen und dem Uterus seiner Mutter, begann die Ablösung. Sie hätte sich wehren können. Nur wozu? Das Kind wollte nicht in diese Welt geboren werden. Oder war es sie, die ihr Kind nicht mehr in eine solche Welt hinausschicken wollte? Sie weinte leise, damit Nord nichts merkte, spürte, wie feuchtwarmes Blut auf das Laken sickerte. Es dauerte lange, bis sie wieder einschlief. *Tränen sind wie Perlen,* flüsterte Robert im Schlaf.

Teil III

«Aschenbrödel, Aschenbrödel –
du hast ein Herz aus Glas!»

(Nord)

«Himmel oder Hölle – wohin fahren wir
eigentlich?»

(Maria Elektra)

Blut

FINALE
(Track 10)

Die Lämpchen der Strassenmarkierung sahen aus wie die Leuchtzeichen auf dem Flughafenareal, das Auto rollte über die Strasse wie ein Flugzeug über die Startpiste. Es war nicht wichtig, ob Maria weisse Linien ins abendliche Himmelblau zeichnete oder den Spuren einer Autobahn folgte, sie wollte nur weg hier. Weg aus dem Jetzt, weg aus diesem Leben.

Nicht dass sie daran gedacht hätte, Schluss zu machen. So einfach war das nicht. Sie blieb dran, auch wenn in ihrem Leben etwas aus dem Ruder lief. Sie ging einfach eine Weile mit, dann fand sich schon ein Weg, eine gute Lösung - wenn man von der Ehe mit Nord absah.

Da war dieser Typ im Tram gewesen, mit seinem beigen Trenchcoat, und er hatte gelächelt. Hätte er nur nicht gelächelt, sie wäre nicht ausgestiegen und hinterhergelaufen, aber sie hatte ihn wiedererkannt, sie hatte sein Lächeln wiedererkannt. Die dunklen Haare, die schon früh graue Strähnen zeigten, waren lichter an der Stirne, sein Teint war noch immer blass.

Doch sein Lächeln ... Ein Lächeln konnte nicht alt werden. Sie war hinter ihm hergegangen, und er hatte nichts bemerkt. Manche Menschen erkennt man überall wieder, dachte sie, andere nur an Orten, an denen man ihnen schon einmal begegnet ist. Auf der Strasse sind sie einem fremd. Das Auto hinter ihr hupte, sie zuckte zusammen. Sie war wohl etwas von der Spur abgekommen. „Arschloch!" entfuhr es ihr, dann war der Schreck auch schon vorbei. Maria kramte in ihrer Tasche nach einem Gummibärchen und entschied sich für Blau. *Ein besonderes Bärchen für einen besonderen Anlass* ... „Ja, Robert", flüsterte sie, lächelte und konzentrierte sich wieder auf die Strasse.

Dunkle Gewitterwolken, umrandet von gleissendem Sonnenlicht, türmten sich machtvoll zu einem Amboss. Es würde regnen, später ...

Maria drückte aufs Gas. Bis zum Regen wollte sie schon weit genug weg sein. Ich habe geliebt, dachte sie. Ganz bestimmt...

Du hast an ihm gehangen. Du hast geglaubt, du wärst sein Mädchen, aber du hast vergessen, zu schweigen ...

„Oh doch, ich habe ihn geliebt", konterte sie mit lauter Stimme. „Und ja, ich habe es jedes Mal gespürt, wenn ich hätte schweigen sollen!" Hätte er nur nicht gelächelt.

Sie kramte nach einem neuen Gummibärchen und entschied sich für Rot. Rot war die Liebe, rot war das Blut. Er hatte das Lächeln eines Mannes, der Geld und Macht besass. Leichte Übelkeit und der Geschmack von Schokolade breiteten sich bei diesem Gedanken in ihrem Mund aus. Das verschwommene Bild einer Schatulle tauchte auf. Sie konnte nicht umhin, einen Blick auf den Beifahrersitz zu werfen. Sie sah die Falten im weissen Stoff von Nathalies Hochzeitskleid und wusste im selben Moment, dass sie nicht real sein konnten. Schöne, schwangere Mama …

Sie blinzelte, um die Halluzination wegzudrücken, als wäre sie ein Foto auf dem Bildschirm einer Kinderkamera. Es ist meine Schuld, hatte sie damals zu Nord gesagt, dass die kleine Kira nicht zur Welt gekommen ist. Aber Nord wollte ja nicht hören. Das war Jahre her. Weshalb also musste sie gerade jetzt daran denken?

Maria fuhr am Limit. „Allein meine Schuld", murmelte sie vor sich hin. Fast hätte sie den Laster auf der Spur nebenan gerammt. Sie riss das Steuer herum und touchierte das Gebüsch am Mittelstreifen, glich hastig aus, mahnte sich zur Ruhe und hatte wieder alles im Griff. Der Lastwagenfahrer zeigte ihr den Mittelfinger. Sie fasste nach dem Duftflakon an der Lüftung. Wildrose. Herzklopfen …

Konzentrier dich! Oder willst du die Polizei auf dich aufmerksam machen?

(Ja, Robert. Und wenn schon? Was täte es zur Sache?) Maria lachte auf und schaute dann artig wieder auf die Strasse. Noch war sie nicht müde, zu stark trieben sie die Eindrücke des Erlebten vorwärts, aber sie wusste, sie würde rasten müssen.

Wenige Minuten später flitzten grüne Sträucher an ihr vorbei, wurde das Motorengeräusch immer langsamer, passierte sie die öffentlichen Toiletten und parkte endlich vor einem beleuchteten Kiosk. Sie hatte Durst.

Die Verkäuferin füllte ein Gestell mit kleinen Süssigkeiten in Schachteln auf. Maria ging zum Kühler, schnappte sich ein Tonic und zählte noch im Rayon die Münzen ab. Das Kleingeld in der Hand ging sie nach vorne. Die Verkäuferin stellte die restlichen Schachteln auf ein Regal und schlenderte ebenfalls zur Kasse. Sie nannte den Preis, verzog die grellrot geschminkten Lippen zu einem selbstgefälligen Lächeln, und ihr Blick taxierte neugierig die Kundin. Maria begann zu schwitzen. Die Dame grinste und zählte sorgsam das Kleingeld nach, hob noch einmal den Blick, als müsste sie sichergehen, dass die Kundin noch da war und den Laden nicht um einen Zehner prellte. Stück für Stück liess sie so gemächlich über die Thekenkante in ihre Hand fallen.

„Ich muss weg hier," dachte Maria. Sie hatte den Gedanken laut ausgesprochen.

„Wie bitte?"

„Nichts. Ich bin nur etwas unter Zeitdruck."

„Immer mit der Ruhe, Lady. Nur keinen Stress. Ich habe ja auch noch Arbeit im Regal."

Ein herausfordernder Blick über den Rand der auffällig grossen Brille begleitete ihre Worte.

Dann mach' doch endlich hinne, du Schlampe!

Maria biss die Zähne zusammen, dass die Kiefermuskeln schmerzten. Endlich kam vorwurfsvoll die Quittung auf den Ladentisch geknallt. Maria schnappte danach, stiess sich dabei das Handgelenk an der Thekenkante und hastete, ohne sich umzudrehen, zum Parkplatz. Dort hechtete sie wie ein gehetztes Tier in ihren Wagen, rammte die Petflasche in den Getränkehalter, zwang sich, durchzuatmen, drehte den Zündschlüssel und fuhr rückwärts. Auf dem Boden vor dem Beifahrersitz kippte ihre Tasche vor und wieder zurück. Die Kirschstangen raschelten.

14
ALTE BEKANNTE

Francis schmiegte sich eng an Nathalies Schienbein und schnurrte. Der gingerfarbene Kater bestand auf seinem Mittagessen zur gewohnten Zeit wie Grossvater auf seiner abendlichen Pfeife, damals, als sie Moma noch in Tigerfinken und Strumpfhosen besuchte.

Sie wohnte jetzt in der Oltener Altstadt, nahe der Aare. Moma war Vergangenheit, genauso wie das Tagebuch von Senna, das auf unerklärliche Weise verschwunden war, und die unfruchtbare Ehe mit Robert. Manchmal spielte sie mit dem Gedanken, er hätte es doch gefunden und gelesen, und sich deswegen nicht mehr zuhause blicken lassen, aber generell gab sie sich damit zufrieden, ihn aus ihrem Leben ausgesperrt zu haben. Ein für alle Mal. Aus ihrem und aus Mias Leben. Sie hatte keine Ahnung, was aus ihrer Tochter geworden war, und obwohl sie immer wieder zur Überzeugung kam, dass Maria ihr ein Enkelkind vorenthielt, war es zwischen ihnen nie zu einer Aussprache gekommen. Alles, was sie noch mit ihrer Tochter verband, waren Erinnerungen und die Abende mit Leon.

Francis wurde ungeduldig. Er strich nun nicht mehr um ihre Beine, sondern schmiegte sich an den Türrahmen, und Nathalie ahnte, was unvermeidlich kam. Er drehte sein Hinterteil provokativ der Küchenkombination entgegen und ein leichter Schauder durch seinen seidenen Katzenschwanz zeigte an, dass er die Kästchentür markierte. Sie füllte sein Töpfchen und grapschte nach dem Putzlappen, als die Türglocke läutete.

Leon klopfte und trat ein. In einer Hand trug er eine Tüte mit Suppengemüse und Kartoffeln, die andere streckte er

Nathalie entgegen.

"So förmlich heute?", zwinkerte sie ihm zu und nahm ihm die Tüte ab.

"Keineswegs", lachte er und umarmte sie herzlich.

"Hast du an die Kaisersemmeln gedacht?"

"Wollte ich denn auf selbstgemachte Semmelknödel verzichten?"

"Wer weiss, vielleicht bist du ja das ewig gleiche Rezept langsam leid?" Sie grinste breit.

Er kramte in der mitgebrachten Tüte und zog einen Zettel hervor, den er demonstrativ auf den Küchentisch legte.

"Du die Suppe, ich die Knödel. Gleiche Zeremonie wie letztes Mal?"

"Gleiche Zeremonie wie jedes Mal, Leon", bestätigte sie mit majestätischem Ernst und begann lachend, das Suppengemüse vorzubereiten.

"Du solltest wirklich für den Gemeinderat kandidieren, Nathalie. Ich finde, Du erfüllst zwei wichtige Voraussetzungen: Einmal können Dich Wiederholungen nicht langweilen, und dazu bist Du auch noch eine überzeugende Schauspielerin."

Nathalie hob nur die Augenbrauen und schwieg.

Seit sie sich zum ersten Mal bei ihm gemeldet und nach Maria gefragt hatte, war er oft bei ihr gewesen, hatte Wein getrunken und vom Arbeitsalltag erzählt. Sie hörten zusammen Musik aus den Siebzigern, Schallplatten in bester Analogqualität, oder schauten sich Kultfilme an. Sie debattierten über sozialpolitische Themen und Nathalie regte sich regelmässig über die Engstirnigkeit jener Politiker auf, deren einziges Ziel darin zu bestehen schien, den selbständigen Mittelstand mittels immer strengerer Gesetzesauflagen zu schikanieren, und die Schikanen auch noch aus den Steuern berappen zu lassen, die genau dieser wertschöpfende Mittelstand bezahlte. Kurzum: Leon und sie waren Freunde. Mehr als Freunde. Nathalie liess ihn regelmässig wissen, wen sie als Schwiegersohn vorgezogen hätte ...

Eddie Mennings Büro hatte zwei Fensterfronten. Von der einen sah er hinaus auf eine belebte Gasse nahe der Zürcher Altstadt, die andere gab den Blick frei auf die gemütlichen Lounge-Sessel in seinem japanischen Garten. Eddie betrachtete versonnen das Schattenspiel der hochgewachsenen Bambusgräser in der Mittagssonne. Seit zwei Jahren war er hier Geschäftsführer und es sah aus, als könnte er in absehbarer Zeit den Laden übernehmen. Wahrscheinlich hatte es ihn seine Ehe gekostet, dass er neben einem IT-Job auch noch jeden Abend in diesem Sushi-Restaurant gesessen hatte, aber es lohnte sich. Die Gäste kannten und mochten ihn. Sie scherzten, sie lachten, sie fühlten sich wohl in seiner Lounge, zwischen den klassisch rot-schwarzen Möbeln mit den hellen Kirschblütenmotiven und bei japanischem Tee. Und sie kamen wieder.

Hier erwachten seine Ideen zum Leben. Nach dem Abschluss als Elektroingenieur hatte er zuerst nur die Webseite für das Restaurant gestaltet. Dabei war ihm seine Liebe zu Japan und sein Flair für asiatische Raumgestaltung zu Hilfe gekommen, und dank seiner umgänglichen Art hatte sich aus dem geschäftlichen Kontakt eine gute Bekanntschaft entwickelt. Dann, vor zwei Jahren, während seiner Ehekrise, wobei es in seiner Ehe seit vielen Jahren keine Phase ohne Krise mehr gegeben hatte, da war er als Geschäftsführer eingestiegen. Worauf die Ehe endete. Oder vielleicht hatte sie auch einfach zu früh geheiratet, gestand er sich in seltenen Momenten ein. Sein Büro war zugleich Wohn- und Schlafzimmer geworden, die Nächte auf dem Sofa zur liebgewonnenen Gewohnheit und eine Durchgangstür führte in einen separaten Raum. Das Klappbett dort drin war für Sybille reserviert, wenn sie die Wochenenden bei ihm verbrachte.

Auf dem Pult stand ein elektronischer Fotorahmen. Die Bilder wechselten in ruhigem Rhythmus von Familienportraits über asiatische Stillleben zu Landschaftsbildern. An der Wand hingen ein paar Auszeichnungen, daneben gerahmt ein leicht zerknittertes Bild mit drei Tanzpaaren. Die Überschrift war handgeschrieben: „Abschlussball". Sechs Unterschriften zierten das Parkett zu Füssen der ordentlich aufgestellten Tänzer.

Leon ...! Eddie checkte noch einmal die Nachrichten in seiner Mailbox. Er hatte sich noch nicht entscheiden können, seinem Freund für heute Nacht das kleine Zimmer anzubieten. Es war kein Besuchswochenende, und sie beide würden sicher bis spät in die Nacht arbeiten und Sake trinken. Da war es wohl angesagt, dass sein Freund nicht mehr nach Hause fuhr. Doch vielleicht schaute Sybille ja trotzdem vorbei, wenn sie hörte, dass ihr Patenonkel hier war, und dann war das kleine Zimmer besetzt. Auf jeden Fall, fand Eddie, sollte sie ihr Bett frei vorfinden, wenn sie auftauchte.

Sybille und er hatten es gerade nicht einfach miteinander. Es brauchte einiges an Geschick, seinem Teenager klar zu machen, dass ihre Idee schlicht nicht durchführbar war, dass er seine gemütliche Lounge nicht in einen Tanztempel verwandeln würde. Es war sein Lokal. Hier bestimmte er. Andererseits – sie war auch seine Tochter.

Er schob die Entscheidung noch auf und schrieb Leon zurück:

„Neun Uhr heute Abend passt. Bitte ruf mich vorher an. Ich gebe dir den Wegbeschrieb zu meinem persönlichen Parkplatz. Eddie." Die Sache mit der Übernachtung würde sich finden.

Mit einem Seufzer packte er Schlüssel, Portemonnaie und Handy und legte als Reminder Leons Visitenkarte auf die Tastatur. Dann ging er zum Mittagessen mit Franziska.

Er schlenderte über die Gemüsebrücke, seinen beigen Trenchcoat locker über dem Arm, und genoss die Aussicht. Das Wasser funkelte im Sonnenlicht. Noch waren die wenigen Gewitterwolken im Himmelblau nicht ernst zu nehmen, doch das konnte sich bis zum Abend ändern. Dann wurde das Wasser bleigrau. Eddie liebte diese Stadt. Bei Nebel wirkte der See auf ihn wie eine schlanke, geheimnisvolle Bucht, deren Zugang zum offenen Meer durch die weisse Wand verborgen war, oder wie ein Tor in die unendliche Weite einer anderen Welt. Bei klarem Wetter hingegen meinte er, mitten in den Bergen zu stehen.

Seine Kindheit in Süddeutschland war in keiner Weise so spannend und lebhaft verlaufen wie die Studienjahre in Zürich, und nach der Trennung von Alice hatte er sogar heimlich wieder angefangen zu tanzen. Mit Franziska. Franzi, die hatte tatsächlich Bio-Chemie studiert und arbeitete ganz in der Nähe, in einem Labor der Uni. Sie lebte mit ihrer Partnerin und deren Tochter zusammen, war eine einfühlsame und konsequente Stiefmutter, und wie seit jeher konnte sie alles, was sie entschied und folglich in die Tat umsetzte, klar begründen. Er bewunderte sie. Doch die Leute tratschten, und Franziska musste sich manche Gehässigkeit gefallen lassen. Die Suppen aus der Gerüchteküche kamen manchmal lau daher und wurden immer heisser, je mehr Leute sich davon schöpfen, stellte Eddie fest, während er die Stufen zum

Lindenhof hinaufstieg. Seine Schritte knirschten auf dem Kies.

Franziska sass auf der Mauer und liess ihren Blick über die Böschung hinunter zur Limmat schweifen. Am gegenüberliegenden Hang klebte ein bunter Haufen Häuser mit roten Dachziegeln, zwischendrin pastellfarben die grünen Dächer vom Hauptgebäude der Universität. Irgendwie erinnerte die Farbe an Grünspan. Franziska schmunzelte. Weiter links davon, wo der Zürichberg schon ins sonnige Höngger Weingebiet überging, verbarg sich ihr Arbeitsplatz. Ohne sich umzudrehen fragte sie laut:

„Eddie ...? Glaubst du an Zufälle?"

Eddie trat näher, legte seine Hand auf ihre Schulter.

„Hallo Franziska," sagte er. „Nein, ich glaube an präzise Planung und feste Absichten. Zum Beispiel daran, dass es gleich ein leckeres Mittagessen für uns beide gibt. Weshalb fragst du?"

Sie drehte mit einem gespielten Seufzer den Kopf. Unter ihren Augen prangten dunkle Ringe, doch sie lächelte. „Ich auch nicht. Hast du Lust auf Fleisch? Da unten gibt es ein Steakrestaurant."

Eddie nickte und streckte ihr die Hand entgegen. Mit einem eleganten Heber lüpfte er sie von der Mauer. Franziska klopfte den Staub von ihren Hosen.

„Pläne und feste Absichten ...", murmelte sie. "Sag mal, erinnerst du dich an Maria? Die Tanzpartnerin von Leon damals ..."

„... die unsere Gruppe verlassen hat, kurz vor dem Abschluss? Der Anfang vom Ende unserer brillanten Showtanzkarriere?"

„Genau die. Sie hatten uns noch einen letzten Drink ausgegeben, Maria und ihr frisch Vermählter, bevor wir uns in alle Winde zerstreuten. Champagner und belegte Brötchen im Astoria … Apropos, lass uns jetzt runtergehen, mein Magen knurrt und das Steak ruft. Es gibt da nämlich eine Vorgeschichte."

Eddie grinste. „Eine Vorgeschichte … wozu denn? Zum Steak oder zu Maria?"

Franziska blieb ernst. „Der Humor steht dir gut. Den kannst du gleich brauchen." Sie nahm zwei Steinstufen auf einmal und wartete dann grinsend, bis Eddie ebenfalls unten war. "Eine junge Frau stirbt. Sie hat eben eine Karriere gestartet, und mit ihrer Idee von Akt-Bodypainting erregt sie ziemlich viel Aufmerksamkeit in den Medien."

„Ach so! Eine blutige Vorgeschichte zum Steak also? Ich erinnere mich daran. Ja, Alice hatte das auch mitverfolgt. Sie war damals ganz wild auf all die Stories drumherum." Er dachte an die Gerüchtesuppe. „Du hast ihnen doch nicht etwa die Version mit dem Mord abgekauft?"

Franziskas Grinse wurde breiter. „Ich dachte, deine Frau wäre wild auf die Stories gewesen, nicht du? Hattest du dich etwa auch eingelesen?"

Über Eddies Gesicht legte sich ein Schatten. „Ich habe eine Bitte, Franzi. Ich will die Vergangenheit ruhen lassen. Lass uns also nicht mehr über Alice reden, ok?" Dann kam der Schalk in seine Augen zurück. „Die Klatschspalten verkauften diese Geschichten wohl nur der schönen Aktbilder wegen. Hat der Auflage bestimmt gutgetan."

„Abzüglich des Marktwertes einer Story und der Fantasie gewisser Journalisten bleibt aber immer noch ein wahrer Kern. Ich wurde hellhörig. Vor allem -" Franziska machte eine bedeutungsvolle Pause, während sie Eduard die Tür zum Steakhouse aufhielt. „Vor allem kannte ich den Maler."

„Arsen und Spitzenhäubchen also. Und du kennst den Täter, ganz zufällig, ja?" Franziska schaute ihm mit fast unheimlicher Ruhe in die Augen.

„Maler. Ganz zufällig," wiederholte sie und zog dabei jedes Wort in die Länge. „Und deswegen konnte ich auch mehr über die Hintergründe erfahren."

Sie setzten sich an einen Tisch, der Kellner kam sofort, und sie kümmerten sich schleunigst um die Bestellung und ein Glas passenden Wein. Die Speisekarte bot bereits herbstliche Pilzvariationen und Eddie liess sich vom Ruf der Steaks verführen, während Franziska schliesslich ein vegetarisches Menü wählte.

„Kein Fleisch? Du könntest etwas Kräftigeres als Gemüse vertragen, finde ich. Du hast etwas Augenringe. Oder vielleicht müsstest du deine Bettlektüre wechseln. Liest du immer noch Krimis vor dem Einschlafen?"

„Ich hatte nicht gerade lange Nächte in den vergangenen Wochen. Ehrlich gesagt waren unsere Trainingsstunden die einzige Auflockerung. Eddie …? Die Sache mit Alice. Ich bin froh, dass du langsam über sie hinwegkommst. Ehrlich gesagt habe ich mir seit einiger Zeit Sorgen um dich gemacht. Unnötig, nicht wahr?" Ihr Blick wanderte suchend durch das Restaurant und Eddie bemerkte, wie tief ihre Augenringe tatsächlich waren. Er versuchte, sie zu beruhigen.

„Ich habe meine Bar, ich habe Bille. Du brauchst dich nicht zu sorgen. Und ich habe Freunde."

Franziska nickte abwesend. „Danke. Das beruhigt mich. Die Todesursache damals wurde nie ganz geklärt, so stand es jedenfalls in den Medien", fuhr sie weiter. "Die Polizei zog

Suizid in Betracht, die Zeitungen setzten auf Mord aus Eifersucht, aber keiner nannte Namen. Das hast du wohl alles mitbekommen. Eine der Illustrierten brachte sogar eine ziemlich glaubhafte Verschwörungstheorie. Naja, der Kunstmaler jedenfalls sagte, er könne auch beschwören, nämlich dass niemand eifersüchtig auf Kira gewesen sei. Er nannte sie umgänglich und lebensfroh."

„Und? Hat er gelogen?" Eddie grinste. „Entschuldige. Das war wohl nicht die Information, die du haben wolltest, stimmt's? Wie ich dich kenne, hast du aber etwas herausgefunden."

„In gewisser Weise. Er zeigte mir Kiras Zimmer. Da stand ein wahres Herbarium aus mehr oder weniger giftigen Pflanzen, Mörser, alkoholische Auszüge in Fläschchen. Er sagte, sie hätte mit vielem herumexperimentiert. Sich morgens am liebsten Eibenbeerenmarmelade aufs Brot gestrichen und solche Sachen. Selbst gemachte natürlich. Aber das Beste kommt noch. Möchtest du vielleicht …?" Franziska zeigte bedeutungsvoll auf die gemischten Pilze, die dekorativ neben dem Clubsteak auf Eddies Teller prangten.

Eddie lachte und spiesste einen Pilzschirm auf. „Was meinst du, sollte ich vorher noch mit dem Koch reden? Vielleicht gibt es noch Marmelade …?"

„Keine Sorge. Ich habe dem Küchenchef versichert, dass wir beste Freunde sind. Sind wir doch, oder?" Sie zwinkerte Eddie zu und er kaute genüsslich. Dann hob er sein Glas.

„Ganz bestimmt. Auf unsere Freundschaft."

Der warme Klang der bauchigen Kelche hallte lange nach und Franziska schwenkte nachdenklich den Rotwein im Glas, bevor sie trank.

„Hey. Du hast doch meine Mail wegen der Klassenzusammenkunft bekommen, ja? Ich habe nämlich nicht nur die Leute von unseren Jahrgängen angeschrieben, weil ich zuerst die Klassenliste vervollständigen musste. Was meinst du, wer sich bei mir gemeldet hat? Und ich meine jemand ganz Bestimmten."

Eddie schüttelte den Kopf. „Kein Schimmer. Aber möchtest du nicht fertig erzählen?"

„Du erinnerst dich nicht mehr an meine erste Frage? Maria. Sie bat mich um einen Gefallen. Eigentlich um mehrere. Um die Telefonnummern unserer Tanzgruppe."

„Na sowas! Will sie auch wieder tanzen? Ich könnte heute Abend ja einmal abtasten, wie Leon dazu steht. Es ist nie zu spät ..."

„Nein. Sie sagte nichts von Tanzen. Sie wollte aber wissen, ob ich noch Kontakt zu Leon habe."

„Naja ..." Eddie spiesste noch einen Riesenchampignon auf und betrachtete ihn von allen Seiten. „Ich meine, wir hatten reelle Chancen auf weitere Auftritte ... Ihr Abgang hat genau genommen schon mein Ego verletzt. Andererseits ... Ich könnte nicht einmal mehr sagen, wie sie aussieht."

Er stopfte sich den ganzen Champignon in den Mund und verdrehte die Augen beim Kauen, als würde er gleich sterben. Franziska nickte mit gewichtiger Miene. Nein, da war kaum mehr Ähnlichkeit mit der Maria von damals gewesen. Aber Eddie war so gar nicht ernsthaft heute. Nur wenn das Thema auf Alice zu sprechen kam ...

„Wie schmeckt dein gegrillter Pilz?" fragte sie.

„Lecker. Und vollkommen ungiftig." Eddie hob sein Rotweinglas. Franziska tat dasselbe.

„Zum Wohl, Eduard. Auf unsere Karriere als Amateurtänzer! Also, was genau ist dein Problem mit Sybille?"

Den Nachmittag verbrachte Eddie in der Stadt. Er brauchte Zeit, um sich auf das bevorstehende Gespräch mit seiner Tochter vorzubereiten. Er würde mit sich reden lassen, so wie es Franzi vorgeschlagen hatte, vorausgesetzt, Sybille kam zu ihm. Nachlaufen würde er ihr nicht.

15
ABFLUG

Es war schon weit nach Mittag, als Nord sich einen Kaffee machte und die Reste seines Essens im Müll entsorgte. Er kochte vor Wut.

Stand nicht auf der Notiz, sie wäre um zwölf Uhr zurück, überlegte er. Was fiel ihr ein, ihn nicht zu informieren, wer weiss wohin zu gehen und ihn jetzt auch noch warten zu lassen?

Seine Hand zitterte, als er die Sahne eingoss. Er nahm das persönlich. Er empfand es als Zurückweisung, als Provokation. Seine Frau wurde dreist und ihm schien, dass es wieder einmal Zeit für ein Exempel war. Vor ein paar Tagen schon, da hatte er sie beim Frühstück rügen müssen. Sie hatte zuerst gezögert, hatte dann doch die Augen niedergeschlagen, und dieses Zögern, so dachte er, genau dieser Anflug trotzigen Widerstands zeigte an, dass sie sich ihm insgeheim widersetzte. Als sie wieder aufschaute, sah er die gewohnte Mischung aus Respekt und Schüchternheit in ihren Augen. Sie spielte also mit ihm. Sie machte ihn an. Und sie wusste das.

Seit jenem Spaziergang in der Altstadt hatte er sie

regelmässig gerügt. Nur zur Erinnerung, denn im Grossen und Ganzen stellte er fest, dass sie sich bemühte, ihm zu gefallen. Solche Szenen wie neulich beim Frühstück gab es regelmässig, jedoch selten. Sie kamen und gingen wie die Periode beim weiblichen Geschlecht eben kam und ging, auch Frauen bedurften regelmässigem Sex. Hinter der prüden Haltung, so dachte Nord, verbarg sich ein lüsternes Wesen, das sich geradezu nach Züchtigung sehnte, damit es wieder Ruhe fand. Er war die starke Hand, die seine Frau brauchte, damit sie sich der Lust hingeben konnte. Manchmal war er sogar versucht, sie nach den Regeln des Shibari zu binden, wennschon die Bondage ausschliesslich Sache zwischen ihm und Ingrid war. Fixiert in den Seilen würde sie keine Fehler machen können, und die absolute Hingabe würde unvermeidbar sein. Manchmal hatte er den Eindruck, dass er Maria nicht ganz genügte, und manchmal dachte er, dass er sie nur härter anfassen müsste. Mochten andere urteilen, wie sie wollten, es gab nun einmal Menschen, denen der Zugang zu erfülltem Sex ohne Unterstützung verwehrt blieb. In gewisser Weise diente er also seiner Frau, nicht umgekehrt.

Das Display leuchtete auf. Ingrid schrieb: *Bin ab Mitternacht verfügbar.* Er warf lachend den Kopf in den Nacken. Dann klickte er die Nachricht weg. Selbstverständlich kannte er die Verfügbarkeit seiner Geliebten, und natürlich hatte er erwartet, dass sie sich ihm für diese freien Tage anbieten würde, für alle freien Tage, genau genommen. Jetzt schlich sich der Gedanke ein, sie könnte noch etwas anderes am Laufen haben, gerade jetzt, wo Maria ihn versetzte. Nord fragte sich, ob denn keiner von beiden mehr zu trauen war und schrieb eine Nachricht an seine Frau. Er liebte es gar nicht, über das, was sie in ihrer Freizeit tat, was sozusagen hinter seinem Rücken lief, im

Unklaren zu sein.

Bei seinen Treffen mit Mila machte es ihm Spass, zu den Eingeweihten zu gehören, die hinter die Kulissen der sorgfältig choreografierten Sessions mit ihrer Sklavin sah. Und seine Aufgabe des Zeremonienmeisters liebte er geradezu. Überhaupt hatte er mit Mila ein gutes, vertrauensvolles Verhältnis unter Gleichgesinnten.

Mit Maria pflegte er hingegen ein ganz eigenes Spiel zu spielen. Seine Faust sauste mit Wucht gegen den Küchenschrank, er trank den letzten Schluck Kaffee, liess die Tasse stehen, wo sie war und checkte das Handy. Nichts. Gut. Wenn sie es so wollte, sollte sie ihre Strafe bekommen.

Er würde sie buchen lassen. Er konnte das Date ja jederzeit widerrufen. Der Gedanke gefiel ihm. Nord grinste. Wenn Maria wüsste ...!

Kirschblüte auf neun Uhr, schrieb er also. *Das volle Programm.* Dann schickte er die Nachricht von einem zweiten Telefon ab und begann, seinen Handkoffer zu packen. Er durchsuchte die Schränke nach einer Tasche und pfiff leise vor sich hin. Im Entree wurde er fündig. Unten auf dem Schrankboden stand sein dunkelblauer Rollkoffer, oben auf der Ablage hatte seine Frau ihren alten Koffer versorgt, mit dem sie vor fast zehn Jahren bei ihm eingezogen war. Am Einlegebrett verrieten Kratzspuren, dass sie ihn manchmal herunternahm. Doch nicht nur sie.

„Wollen wir doch mal sehen, ob deine Schätze noch im Kästchen sind, Aschenbrödel," murmelte er.

Maria hatte ihr lange nachgesehen, ihre Hände tief in den Manteltaschen vergraben. Die eine Hand umfasste das Fläschchen, das sie von ihr zurückbekommen hatte, die andere das Telefon. Sie hatten geredet und später hatte sie Leons Nummer gespeichert. Da war es kurz nach elf gewesen. Sie hatten noch etwas weitergeredet, sie wusste nicht mehr worüber, und etwa halb zwölf war Franziska zwischen den Häuserzeilen verschwunden. Dann hatte sie dagestanden und die Zeit vergessen, bis sie ein regelmässiges Summen an ihrer Handfläche spürte. Sie hatte einen Blick darauf geworfen, Nords Namen auf dem Display gesehen und sich erinnert, dass er zuhause auf sie wartete. Sie würde zurückrufen, gleich, das hatte sie sich vorgenommen. Vielleicht in einer Minute. Und jetzt war es weit nach Mittag, und sie stand immer noch am selben Fleck, umklammerte das Fläschchen und das Handy. Sie hatte Angst.

Robert war streng gewesen, aber manchmal auch lieb, und Nord hatte nicht annähernd diese Nachsicht, die sie bei ihrem Stiefvater zwischendurch erlebt hatte, wenn er sie „Mia" und „Mein Mädchen" nannte, wenn er sie tröstete. Nord kannte nicht einmal dann Nachsicht, wenn sie offensichtlich keine Schuld traf.

Zu Beginn der Ehe hatte sie einmal eine Verspätung mit dem Unfall auf einer Busstrecke erklärt. Nord hielt ihr entgegen, dass diese Erklärung die Sorge nicht aufhob, die er in dieser Zeit des Wartens empfunden hatte. Zwanzig Minuten! Doch in gewisser Weise musste sie ihm ja Recht geben. Keine Erklärung konnte wieder wettmachen, was man selber an Vertrauen verlor, während der andere aus unerfindlichen Gründen nicht da und nicht erreichbar war. Kurz darauf erzählte ihr Nord diese Geschichte von Ingrid und Dominik, dem «Dom».

Einmal, so erzählte er, zu Beginn ihrer Verbindung, war seine Sklavin sehr ungehorsam gewesen. Sie hatte sich in ihrer freien

Zeit mit jemand anderem getroffen, mit wem oder weshalb erachtete sie wohl als nebensächlich, denn sie hatte ihrem Meister nichts davon erzählt. Er hatte es auf Umwegen erfahren. Von da an war er sich nicht mehr sicher, ob er ihr vertrauen konnte. Und ihr vertrauen, das musste er unbedingt, das war doch die Basis einer jeden Beziehung. Nur wie, wenn sie ihm keinen Anlass dazu gab? Also musste er schweren Herzens eine Entscheidung treffen. Sie musste lernen, loyal zu ihrem Meister zu sein. Er beschloss also schweren Herzens, sie zu Dominik in die Schule zu schicken. Der "Dom" liess sie ein paar Wochen unter fremden Herren dienen, unter solchen und solchen, die nicht immer so fair und achtsam mit ihrem Besitz umgingen. Danach war sie jedoch eine vorbildliche Sklavin. Das sagte er mit einer solchen Wärme und fast liebevoller Anerkennung, dass Maria sich wünschte, sie wäre an Ingrids Stelle.

Darüber, wo dieser "Dom" seine Schule hatte, schwieg Nord sich aus, und er verriet auch nicht, was er alles über dessen Erziehungsmethoden wusste, doch der drohende Unterton in seiner Stimme, als er anfügte, wie sehr er es bedauern würde, ihr nicht vertrauen zu können, liess Maria ahnen, dass er sie ausliefern würde. Der «Dom» und er mussten wohl Freude sein. Er sagte, er würde sie jetzt nicht bestrafen, aber eine Verspätung in dieser Art könne er nicht mehr tolerieren. Maria hatte geglaubt, dass sie seine Wertschätzung verdienen konnte, wenn sie sich wirklich darum bemühte. Und jetzt hatte sie alles verspielt.

Die Kanten ihres Handys gruben Kerben in ihre Hand-flächen, ihre Lippen bewegten sich lautlos und hastig, sie merkte es nicht. *Ich bin nur noch sein Besitz. Er kann tun und lassen, was er will. Ich bin immer da, wenn er nach Hause kommt, da, wenn er geht. Da, wenn er vögeln will. Nur heute nicht, heute sitzt er allein in seiner Wohnung …*

Sie starrte vor sich hin.

„Aber er würde es nicht schätzen, wenn ich mein Leben mit ihm in Zweifel zöge", sagte sie laut.

Das Telefon summte zweimal kurz. Sie zog es aus der Tasche, wie eine heisse Kartoffel aus dem Feuer, und wagte einen Blick auf Nords erste Worte:

„Wo bist …"

Es summte wieder und sie erschrak. Auf dem Display leuchtete ein anderer Name: «Dom». Panik erfasste sie und sie schaltete ihr Telefon auf Flugzeugmodus.

Späterer Nachmittag. Die Sandwiches in der Bäckerei Steiner waren immer noch die besten im ganzen Areal. Andreas kaufte sich eines mit Lachs, Mila mit Schinken und Ei, Ingrid verzichtete dankend. Sie hatte keinen Hunger. Die Tabelle zeigte an, dass das Boarding begann. Mila nahm ihr Handgepäck entgegen.

"Du darfst dein Halsband tragen, bis ich zurück bin," gestattete sie, und Ingrid senkte dankbar den Kopf.

"Habt einen guten Flug," wünschte Andreas.

"Danke mein Lieber. Und vergiss nicht, wer Dir die Beichte abnimmt, wenn ich zurück bin."

"Ja, Herrin." Er sah sich als Strohwitwer während ihrer Abwesenheit und quittierte ihren Klaps auf seinen Po mit einem freudigen Lächeln. Er diente Mila. Er liebte sie. Er vergötterte sie als Sklave, und er hatte bis zu diesem Tag nie unter einer anderen Herrin gedient. Das Business, für das Mila jetzt unterwegs war, hatten sie gemeinsam aufgebaut. Nachdem Mila hinter der Barriere der Passkontrolle verschwunden war, kehrte also Ingrid in ihre Wohnung zurück, um auf die Rückkehr ihrer Herrin zu warten. Seit Nord sie entlassen hatte, war es nicht mehr dasselbe zwischen ihm und ihr. Sie konnte vergeben, aber nicht vergessen. Der Geruch seines Körpers, wenn er sie schweigend band, die Berührung seiner Hände brachten ihr Blut in Wallung, doch ihre Hingabe, ihre Liebe gehörte Lady Mila.

Und Andreas stand der Sinn nach einem nächtlichen Abenteuer.

Die Lämpchen über den Sitzen erloschen. Mila schnallte sich los, streckte ihre langen Beine, hob das Becken an und liess sich zurück in den engen Sitz gleiten. Das Flugpersonal war schon auf halber Höhe. Sie klappte das Tischchen herunter und wartete.

„Ein Bier." - „Der Herr?" - „Etwas Rotwein." - „Nur Wasser, bitte." - „Danke." - „Was darf ich Ihnen …?" Die Stimmen verblassten, während ihr Blick über die Gewitterwolken in die Ferne schweifte.

„Du musst wissen", begann sie mit ruhiger Stimme, „es ist nicht ungefährlich. Trotzdem können wir beide nicht ohne sein."

Eine Minute verging, im Flugzeug war es kühl. Es würde regnen, bald. Weit unter ihnen. Aber bis dahin würden sie schon in München sein und im Spa genüsslich eine Runde schwimmen.

„Du hast dich verändert", begann sie vorsichtig. „Wir haben uns verändert." Ein tiefer Atemzug. Ein Seufzer. Mehr zu sich selber fuhr Mila fort:

„Man trägt viel Verantwortung. Legst du ihr ein Halsband um, gibt sie ihre Selbstbestimmung ab. Dann schliesst du ihre

Handschellen, und während sie einrasten, übergibt sie dir ihre Freiheit. Du bindest sie, und du bindest sie an dich, und sie wird nur noch dann reden, wenn du sie etwas fragst. Sie ist Hingabe, geht an ihre Grenzen und manchmal darüber hinaus. Aber was denkt sie, während sie schweigt?"

Ihr Sitznachbar schwieg. Milas Gesicht wurde hart. „Woher weisst du, was eine Sklavin fühlt, wenn du sie züchtigst? Ist es nur Strafe für sie? Bringt es ihr Lust?"

Nun wurde Nord unruhig. „Ich kann doch ihre Körpersprache lesen", warf er unwirsch ein.

„Ach so. Kannst du auch ihre Gedanken lesen? Sei ehrlich zu dir: Schaust du hin, wenn du sie bestrafst? Oder schaust du über sie hinweg?" Mila wandte sich um und schaute ihn an. „Nord. Sie ist keine „Ô". Sie wird ihr Leben nicht aufgeben für ihren Meister. Sie kann es nicht, bei allem Gehorsam. Du bist dir sicher, dass sie dich liebt, nicht wahr?" Milas Blick durchbohrte ihn schier, doch Nord hielt stand. Er dachte an Ingrid, ihr Angebot vor ein paar Stunden.

„Ja, du siehst es richtig. Ingrid hat Gefühle für mich. Hat sie denn irgendetwas gesagt …?"

Mila hob die Augenbrauen. „Ich rede nicht von Ingrid. Ich rede von deiner Frau." Ein Gedanke durchfuhr ihn wie ein Blitz: Dominik. Hatte er die Nachricht abgeschickt?

16
KIRSCHBLÜTEN

Die lähmende Angst liess nach. Endlich kam Bewegung in ihren Körper und Maria stieg zwischen grossen, moosbedeckten und mit Farn bewachsenen Mauern ein paar Stufen bergan. Sie lehnte sich an einen feuchten Stein und wog das Telefon in ihrer Hand, als könnte sie die Schwere der Strafe abwägen, die sie erwartete. Dann wandte sie hastig den Kopf. Ob sie jemand beobachtete? „Kirschblüte auf neun Uhr. Das volle Programm." Die Order des "Dom" war knapp und emotionslos. Maria verdrängte das Gelesene. Dann öffnete sie Nords Nachricht: „Wo bist du? Ich warte. Besorgst du Kirschstangen, bitte? N."

„Wie ich Schokolade hasse!" formten ihre Lippen. *Wie ich Schokolade hasse* … wiederholten ihre Gedanken wie ein Mantra. Ihre Finger tasteten nach dem Fläschchen. Ein Pilzextrakt, hatte Franziska gesagt. Tödlich? Nein. Im schlimmsten Fall kam es zu Schwindel und Müdigkeit, möglicher Weise zu Taubheit in den Gliedern, wenn man ihn mit Alkohol mischte.

War da jemand? Sie schaute sich hastig um. Niemand.

Es fühlt sich nur so an … so an …

Ein kühler Wind zog landeinwärts über die Seepromenade, und Eddie stellte den Kragen von seinem Trenchcoat hoch. Der Nachmittag wurde zum Abend. Spaziergänger und Mütter mit ihren kleinen Kindern gingen nach Hause, Geschäftsleute aus dem Seefeld lockerten ihre Krawatten oder tauschten Lederpumps gegen bequeme Latschen ein und setzten sich ans Ufer. Alice war nicht dabei. Eddie wusste, sie arbeitete hier irgendwo und manchmal hatte er Glück und beobachtete, wie sie mit ihren Arbeitskolleginnen am Kiosk ein Sandwich kaufte und sie sich in den Schatten der alten Weide setzten. Ciabatta mit Käse. Er erinnerte sich genau. Warum wartete er eigentlich darauf, dass sie ihm zufällig über den Weg lief, und warum traute er sich dann nicht, sie anzusprechen? Was band ihn an seine Vergangenheit?

Er hatte lange auf diesem Stein gehockt, ein Bier getrunken, auf den See gestiert und an die gescheiterte Ehe gedacht, an Sybille, und daran, was alles nicht aus den gemeinsamen Plänen geworden war. Jetzt stand er auf und rieb sich die steifen Glieder. Er musste zurück ins Büro.

Fünf Uhr. Maria stand vor der St. Peter Kirche und betrachtete nachdenklich das riesige Zifferblatt. Wo war sie die letzten Stunden gewesen? Sie konnte sich nur vage erinnern. *(Erinnern ... erinnern ...)*

Sie war mechanisch durch die Stadt gegangen, hatte Schaufenster betrachtet und nichts gesehen, was ihr gefallen hatte. Das Echo in ihrem Kopf hatte sich in einen Dialog gewandelt.

Nord goutiert es nicht, wenn du ohne seine Begleitung shoppen gehst ...
(Ja, Robert.)
Also sei ein gutes Mädchen ...

In Bruchstücken kehrte die Erinnerung zurück. Sie war irgendwo am Stadtrand gewesen, irgendwo in der Nähe von den Tramschienen hatte sie vor einer Flashbox gestanden. Irre! Sie hatte an die Kirschstangen gedacht, *(Wie ich Schokolade hasse ... hasse ...)* und hatte sie kaufen müssen. Vorne, beim Bahnhof, in der Konditorei.

Sie war durch die Strassen gehastet bis zum Fluss. *Die mit dem Zucker drin ...* Herzklopfen, hetzen, Herzrasen – tief durchatmen.

Sie war wie eine Besessene durch die Pflastersteingassen geflüchtet, die Kirschstangen in der Tasche, die Handtasche an sich gepresst, um Dominiks Leuten zu entkommen. Sie durfte sich jetzt nicht erwischen lassen. Plötzlich ergab alles Sinn. Doch sie standen an allen Ecken, sassen in den Cafés, und ihre Blicke verfolgten jeden ihrer Schritte. Nur in der Nähe der Kirche fand sie etwas Ruhe.

Hier sind sie gebannt, Seine Kraft ist zu stark für sie. Aber du musst dich wehren, Mia, mein Mädchen, hatte Robert gesagt. *Und du musst dich beruhigen, klarwerden, sonst wirst du den Dom nicht erkennen.*

Wie soll ich ihn denn erkennen? Er schreibt mir nur diese Nachrichten! Der Gedanke, dass jedermann überall der Dom sein könnte, ist unerträglich.

Lass dir keine Angst anmerken, Mia. Vertrau mir. Ich sage Dir schon, wie du dich wehren kannst, nur tun musst du es alleine …

Es war ein bisschen wie damals, nach der Sache mit dem Wildkirschenbaum. Und Robert war da, um zu trösten.

Sie straffte die Schultern und ging über die Limmat, setzte sich ins nächste Tram. Sie tastete nach den Kirschstangen in ihrer Handtasche und stockte, als sie die verpackte Kanüle aus der Flashbox spürte. Dann lächelte sie. Der Wagen rollte an. Eine Mutter schimpfte auf Spanisch mit ihren Kindern, eines weinte. Sie verbiss sich eine ärgerliche Bemerkung über verwöhnte Rotznasen. Ein Afrikaner mit Dreadlocks setzte sich hinter sie.

Ich mag keine Fremden … (Ja, Robert.)

Die Mutter stieg aus. Eine ältere Frau kam herein und setzte sich neben sie. Das Tram fuhr seine Runde, wendete an der Endstation und fuhr wieder zurück. Die Frau stieg aus. Ein paar Schüler stiegen ein. Und Eddie. Er stellte sich ganz hinten ans Fenster und liess den Blick über die Köpfe der Leute schweifen. Er dachte an die Gäste heute Abend und dass er die einen Trennwände doch noch mit Tapete überziehen wollte …

Der Wagen rollte weiter.

Ich mag keine Fremden. Setz dich woanders hin, Mia!

Maria stand auf. „Entschuldigung, darf ich …?"

Der Rasta liess sie passieren. Wohin? Sie schaute sich um. Eddie lächelte versonnen. Dieses Lächeln … (Robert …?) Er hatte in Gedanken ein paar Sujets ausprobiert und war doch wieder bei seinem Lieblingsmuster angekommen.

„Kirschblüten", formten seine Lippen lautlos. Maria starrte ihn an. Herzklopfen. Herzrasen. Die Angst nicht anmerken lassen! Sie schaute schnell zu Boden.

Du erkennst ihn wieder, nicht wahr? Nun bleib in seiner Nähe! Ich sage dir, was zu tun ist.

Der Rasta stieg aus. Ein paar Schüler auch. Und Eddie. Maria schlüpfte gerade noch zwischen den sich schliessenden Türen nach draussen. Eddie Mennings überquerte den Platz und ging zu seinem Restaurant.

Mila und Nord sassen bei Weisswurst und Brezen. Nach ihrer Ankunft am Flughafen waren sie mit dem Taxi zum Hotel gefahren, hatten die Koffer stehen lassen und beschlossen, das schöne Wetter in der Münchner Innenstadt zu geniessen. In diesen wenigen Tagen besuchten sie mehr Restaurants als zuhause in einem ganzen Monat. Die Gänge waren nie wirklich üppig, und die Lokale selten nach Milas Geschmack, aber Verträge schlossen sich nun mal leichter bei einem guten Glas Wein. Und Nord kannte sich nicht nur mit Wein gut aus, er wählte den richtigen Umgangston genauso sicher wie das Bier, was sie von ihrem Ehemann nicht immer behaupten konnte. Geschäftsreisen mit Nord waren perfekt und es war ein Segen, dass Andreas keine Eifersucht kannte.

„Zuhause wird es schon regnen," nahm Mila das Gespräch wieder auf. „Ich bin ganz froh, dass wir dem noch ein wenig entfliehen können."

„Da muss ich dir beipflichten."

„Und damit es wieder mal gesagt ist: Ich schätze deine Begleitung, vielen Dank."

Nord lächelte, schwieg und wartete ab.

„Ingrid liebt dich übrigens, mach dir da nicht unnötig Gedanken."

Er nickte selbstgefällig.

Mila schaute ihn strafend an. „Was nicht heisst, dass du es verdient hättest. Auch ein Meister kann lernen. Erinnerst du dich an den ersten Abend, als der «Dom» zu mir nach Hause kam? Ingrid hatte Fragen, das sah ich ihr an der Nasespitze an, aber ich habe geschwiegen. Und das wirkt. Es kommt nicht darauf an, was sie weiss, es kommt darauf an, was sie denkt, was in ihrer Fantasie abgeht."

Nord fühlte sich plötzlich unbehaglich. Der Kellner kam, sie bestellten Kaffee und Mila legte sich die Jacke über ihre Knie. Es zog kühle Luft vom Eingang herein.

„Der "Dom" - unter seiner Maske könnte jeder sein, nicht wahr? Ich überlege, ob ich mir auch eine Maske zulegen sollte. Oh! Wolltest du mir nicht schon lange erzählen, wer dieser Dominik wirklich ist?"

Der Kellner brachte den Kaffee und entfernte sich wieder. Mila rührte Zucker ein und schaute Nord erwartungsvoll an. „Norbert. Es ist Zeit für deine Beichte. Wie kann ich dir behilflich sein?" Nord schwieg verlegen.

Es klopfte an Eduard Mennings Büro. Er speicherte die Mail an Leon ein zweites Mal und ging zur Tür, fragte sich, weshalb ihm niemand den Besuch angemeldet hatte und machte auf.

Vor ihm stand eine Frau, er schätzte sie auf knapp dreissig, und betrachtete verlegen ihre Schuhspitzen. Irgendwie schien sie ihm vertraut.

„Ja, bitte?" fragte er höflich. Sie überlegte, was sie entgegnen sollte.

„Kennen wir uns?" hakte er nach.

"Nun, nicht direkt…" wich sie aus.

Etwas an dieser Frau reizte ihn. Er wollte wissen, wer sie war.

„Vielleicht kennen Sie meine Frau …?"

Marias Körperhaltung straffte sich etwas. „Genau genommen ist es schon eine ganze Weile her. Damals …"

Er lügt. Er trägt keinen Ring am Finger …

(Ja, Robert.) Sie schluckte die Worte, die ihr noch auf der Zunge lagen, und hielt den Riemen ihrer Handtasche fest. Die Luft schmeckte plötzlich nach Schokolade und Kirsch.

Nun lächelte Eddie. Er hatte ihren Blick auf seine Hände bemerkt. „Meine Frau und ich sind schon länger nicht mehr zusammen. Aber ich möchte lieber nicht über diese Zeit reden."

(Bestimmt nicht, Dominik.)

Gut, Mia. Er hat dich Kirschblüte genannt. Du musst dich jetzt wehren! Du weisst, wozu er fähig ist …

(Ja, Robert.) Mit einem Ruck richtete sie sich auf. „So eine Scheidung hinterlässt Spuren, nicht wahr? Aber dürfte ich kurz … austreten, bitte? Danach erzähle ich dir etwas von der Kirschblüte, ok?"

Seine Stimme sagte wie von weitem: „Natürlich. Im Gang

die dritte Türe rechts."

Maria schlug kokett die Augen nieder und verliess das Büro, als würde sie traumwandeln.

Eddie trank einen Becher Sake in einem Zug leer, wie er es immer tat, wenn er vor schwierigen Entscheidungen stand, und schenkte sich noch einmal nach. Der Alkohol wirkte, eine leichte Erregung pulsierte durch seine Adern. Neugier, Abenteuer und ein Schuss Unsicherheit, das war doch ein guter Cocktail für einen Wendepunkt im Leben, nicht wahr? dachte er. Genauso hatte er empfunden, als er den Vertrag für die Geschäftsführung der Bar unterschrieben hatte. Nur, dass es damals ohne Alkohol gegangen war. Und jetzt war wieder Zeit für eine Wende. Er ging zur Tür und drehte das Schild unter seinem Namen auf "Besetzt". Vom Restaurant tönten die Stimmen der ersten Gäste bis ins Treppenhaus und er wusste, dass jetzt das Rollband mit kunstvoll gestalteten Häppchen seine Runden lief. Eddie glaubte nicht an Zufälle. Er wollte seine Ex-Frau vergessen.

Während Maria ihrer Handtasche die Spritze entnahm, die Kanüle aufsteckte und etwas von der Flüssigkeit aus Kiras Fläschchen aufzog, sprach sie leise: "Ich habe ein Geschenk für den Dom. Ein Geschenk seiner Kirschblüte. Eine Belohnung. Magst du Schokolade?"

Sie zögerte. Doch - jedes Kind mochte Schokolade. Dann spritzte sie den Inhalt in ein paar Kirschstangen und knöpfte die Bluse etwas weiter auf.

Das ist mein Mädchen.

(Ja, Robert.)

17
BILLE

Mit dreizehn will man Partys feiern und chatten. Am liebsten den ganzen Tag. Seine Eltern findet man engstirnig und unflexibel. Mit leichten Schritten durchquerte Sybille jetzt das Restaurant ihres Vaters, wo sich die ersten Gäste am Laufband kleine Sushi-Arrangements zum Abendessen auswählten. Auf einigen Tischen glänzten Sakebecher und Teekannen zwischen roten Tischsets. Ein Pärchen hob den Kopf, als sie vorbeiging, eine Frau nickte ihr grüssend zu. Die Dreizehnjährige setzte sich an die Bar. Tom, der Barkeeper, war dabei, Gläser trocken zu reiben.

„Ist Papa da?" fragte sie, nachdem sie ihm eine Weile zugeschaut hatte.

„Ich denke schon. Ist bei dir alles im grünen Bereich, Bille?" Sie nickte. „Wie ist er gerade drauf?"

„Dein Papa hat Besuch. Ich denke, es geht ihm gut." Tom zwinkerte ihr zu.

„Okay … Stimmt. Da war irgendwas … Wollte er sich nicht mit Onkel Leon treffen?"

„Dein Pate ist es ganz bestimmt nicht." Tom grinste amüsiert. „Der trägt keinen Lippenstift."

Sybille prustete los. „Was? Das meinst du nicht im Ernst. Papa hat Damenbesuch? Seine romantischen Seiten sind doch mit Mama ausgezogen!"

Tom begann leise, ein Liedchen zu pfeifen.

Sybille betrachtete ihre Schuhspitzen. „Schon ok. Ist ja sein Leben. Du, Tom … Weisst du noch, wie ich mit Papa über die Idee einer Tanzfläche geredet habe?"

„Die, die er nicht haben will?"

„Ja. Na ja, ich hab schon ein paar Kollegen versprochen, dass sie die Hütte dann mal für eine Party mieten können. Die lassen mir keine Ruhe mehr. Ein 18. Geburtstag … Mensch! Sowas hat doch mehr Stil mit Sushi und Japandeko und so als in einem öden Freizeitschuppen. Dass mein Alter sich so querstellen muss! Echt, Tom, das nervt."

„Du könntest es ja heute noch einmal versuchen. Für solche Ideen muss man in der richtigen Stimmung sein." Tom schaute sie bedeutungsvoll an. „Wer weiss, vielleicht hat der Besuch deinen Vater ja gnädig gestimmt."

Sybille schürzte nachdenklich die Lippen. Dann drehte sie sich kommentarlos um und marschierte zum Treppenhaus.

Die Lähmung hatte schnell eingesetzt. Maria war zur Tür gegangen, hatte leise abgeschlossen und Eddies Pulsader mit einem Einwegskalpell eröffnet. Jetzt lag er da und schaute sie mit grossen Augen an, zu schwach, um sich zu erheben.

„Ich bin Kirschblüte, deine gehorsame Sklavin. Ich weiss, dass du mich kennst, und du kannst mir nichts vorwerfen. Gefällt dir mein Geschenk? Es liegt nur an dir, Dominik, nur an dir. Warum hast du mir nicht zugehört …?"

Die Worte perlten monoton von ihren Lippen. Eddie war zu schwach, um etwas zu entgegnen, und während das Blut auf den Teppich sickerte, tastete sich ihre Hand hinunter zu den Lenden. Nein, sie würde nicht unter fremden Herren dienen, unter solchen und anderen, die sie nicht respektvoll behandelten, sie nicht. Sie nahm wie durch einen Schleier wahr, wie das Licht in seinen Augen brach, die Atmung versiegte, während sie ihren angefangenen Dienst gehorsam zu Ende brachte.

Du solltest ihn jetzt allein lassen.

(Ja, Robert.)

Sie schaute fragend auf das Blut an ihren Händen. Rot war eine gute Farbe. Aber sie gehörte hier nicht hin.

Du solltest ein Kleenex benutzen, Mia.

Sie zupfte mit den Fingerspitzen ein paar Blätter aus einer Schachtel. Dann verliess sie eilig das Büro, wischte zur Sicherheit die Türklinke sauber und ging noch einmal zur Toilette. Im Spiegel sah sie Roberts lächelndes Gesicht.

Das ist mein Mädchen!

Sybille spürte jede Unebenheit im Handlauf des Geländers, den Schweiss an ihren Händen und spürte, wie jeder Schritt ihr von neuem Mut abverlangte. Der Respekt vor ihrem Vater grenzte an Angst. Sie hörte, wie oben die Toilettentür ging, erkannte sie am Knall des etwas zu hart eingestellten Türhammers, erschrak und atmete durch, zwang sich, weiterzugehen, während sie sich überlegte, was sie ihrem Vater sagen sollte, wenn sie ihm gegenüberstand. Sie brauchte gute Argumente. Eddie hatte das Tanzen an den Nagel gehängt, weil er abends für sie und Alice da sein wollte, und danach nie mehr das Bedürfnis verspürt wieder anzufangen. Das hatte er ihr jedenfalls erzählt. Mama erzählte die Geschichte etwas anders. Nach Alice war Eduard im Herzen ein Künstler und ein guter Tänzer, aber nicht gut genug fürs Showbusiness. Sie sagte, dass er immer auf der Suche nach sich selber war, es aber nicht wahrhaben wollte. Wenn sie ihm nun sagte, dass sie selber ganz seriös mit Tanzen anfangen wollte, liess Papa sich womöglich auf einen Deal ein …

Mit diesem Gedanken liess sie den Handlauf im zweiten Stock los und steuerte auf Eddies Büro zu. Die Tür zur Damentoilette öffnete sich einen winzigen Spalt breit. Sibylle horchte auf, doch im Büro war es totenstill. Sie atmete tief durch und legte die Hand an die Türklinke, da fiel ihr Blick auf das Schild: „Besetzt". Innert Millisekunden verliess sie der Mut. Sie drehte sich fluchtartig um und rannte zum Lift.

Maria lächelte still. Sie hörte, wie sich die Tür vom Aufzug schloss. Wie im Traum trat sie heraus, ging lautlos die Treppenstufen hinunter, zur Hintertür und auf das Trottoir und suchte nach einem Punkt, auf den sie ihren Blick ruhen lassen konnte. Langsam klärte sich ihre Wahrnehmung wieder. Sie fühlte sich müde, fröstelte und suchte nach Orientierung in einer plötzlich fremden Stadt. Ihr Herz hämmerte, als wollte es zerbersten. Sie tastete nach dem Handy in ihrer Tasche, blickte auf Nords Nachricht. Nein, sie wollte ihm heute nicht mehr begegnen. Sie wollte nur weg hier!

Vorne an der Bar war endlich etwas weniger los. Sybille schaute zu, wie Tom den Geschirrspüler füllte und wieder nach dem Trockentuch grapschte, um Gläser zu polieren.

„Und? Bist du dem Herrn Papa ordentlich auf den Schlips getreten?"

„Nein. Er war noch besetzt," gab sie zu.

„Wie denn …?"

„Na hey! Hast du ihn mal richtig losdonnern gehört?" Die angestaute Spannung entlud sich in Wut. Ein paar Leute drehten den Kopf. Sybille biss sich auf die Lippen. „Scheisse. Hab mich nicht hinein getraut. Ich dachte mir … Vielleicht ist ja diese Dame noch drin, und sie sind gerade – na, du weisst schon …"

Nein, dachte Tom, sie ist eben gegangen. Er beugte sich zu Sybille vor, als wollte er ihr ein Geheimnis anvertrauen: „Wenn du willst, Bille, dann red' ich nach Dienstschluss mit ihm. Unter Männern. Ich weiss doch, was er am liebsten trinkt." Er zwinkerte ihr zu.

Ein Gast wurde ungeduldig. „Könnte ich jetzt bitte mein Bier haben?"

„Aber sicher." Tom zog den Zapfhahn nach unten und liess das Bier langsam aufschäumen. „Mit perfekter Haube. Bitte sehr."

18
GUMMIBÄRCHEN

Der Motor von ihrem dunkelblauen Mercedes vibrierte beruhigend. Die Temperatur der Klimaanlage war auf angenehme einundzwanzig ein halb Grad eingestellt, das Duftflakon an der Lüftung verströmte seinen falschen Rosenduft.

Das Volk ist so leicht zu täuschen nicht wahr?

(Ja, Robert.)

Sie hatte sich an seine Stimme gewöhnt. In den schlimmsten Monaten ihres Lebens war er der einzige gewesen, der mit ihr geredet hatte. In den Nächten gleich nach dem Abort, vermeinte sie ein Flüstern im Gluckern der Heizung zu hören, im Rumor auf der Strasse, im Dröhnen in ihrem Kopf. Sie versuchte, mit Nord zu reden, aber der hörte ihr nicht zu. Sie kam sogar auf die Idee, sie könnte ihn im Traum ansprechen, wenn sie die Sätze nur laut genug dachte. Sie hätte nicht viel erzählt, nur das mit ihrem kleinen Mädchen. Dass es ihre Schuld war, weil sie es weggeschickt hatte, weil sie sich manchmal als Mutter und Hausfrau wie in einem Gefängnis empfunden und nach einem Weg für einen Ausbruch gesucht hatte. Aber nach diesen Gedanken fühlte sie sich nur noch schuldiger. Sie schwieg, und nachdem sie das Schweigen lange genug geübt hatte, fiel es ihr viel leichter als das Reden. Dann war wieder so ein Tag gekommen, - was hatte sie nur gesagt? – an dem Nord die Sachen aus Babas Laden für sie bereitlegte. Und Kirschstangen. Sie hatte die Session ertragen und spät in der Nacht alleine geweint, und endlich hatte Robert sie getröstet. Sie erzählte auch ihm nicht alles, doch irgendwie wusste Robert immer, wie es in ihr aussah.

Maria streckte ein Knie, bewegte die Zehen im Schuh, der von kleinen roten Tupfen wie von Farbspritzern übersäht war, und liess das Auto auf der rechten Spur dahinrollen. Warum hatte die Frau an der Tankstelle sie so seltsam angeschaut? Dominiks Leute waren wirklich überall.

Du musst dich wehren. Ich kann es nicht für dich tun …

Sie fuhr wie in Trance, während sie den ersten Schluck Tonic trank, las die Ziffern auf den Nummernschildern der vorbeifahrenden Autos und wiederholte sie rhythmisch.

Siebensechs-fünfvier-siebensechs. Ein Audi.

Siebensechs-fünfvier-siebensechs. Vorbei.

Siebendrei-fünfsieben-siebenacht, ein Saab.

Siebendrei-fünfsieben-siebenacht. Vorbei.

Dreiacht-fünfneun-nullzwei, Chachacha.

Siebendrei-fünfsieben-siebenacht …

Aus dem Rhythmus wurde ein Takt. Der Takt wurde zum Anfang eines Liedes. Das Lied führte sie in die Vergangenheit. Sie träumte. Sie tanzte wieder mit Leon. Ingrid sass im Publikum und war schwanger. Der Stuhl neben ihr war leer. Etwas war passiert. Ein Unfall … Dann riss Roberts Stimme sie aus der Trance.

Pass auf! Die Strasse! Verdammt!

(Ja, Robert.) Gerade noch rechtzeitig trat sie auf die Bremse.

Du bringst uns noch um, wenn du so fährst!

(Nein.)

Wir sind noch nicht am Ziel -

(Ich weiss, Robert.)

Dann halt den Wagen auf der Strasse, verdammt nochmal!

"Ja!" (Gewiss, Robert.)

Chica - boum-boum-boum ... In ihrem Kopf spielte die Musik weiter. Unter sich spürte sie die Vibration des Motors. Ingrid war schwanger, und Nord hatte gelogen. Wobei hatte er gelogen?

Maria trank noch einen Schluck. „Wann wirkt dieses Scheisszeug endlich!" fluchte sie laut und knallte die offene Petflasche zurück in den Getränkehalter. Das Plastik knirschte. Tonic schwappte heraus.

„Gottverdammte KACKE!" Sie hämmerte auf die Hupe. Wer auch immer im Wagen vor ihr sass, tippte auf die Bremsen. Maria überholte. Lichthupen. Sie lachte hysterisch, als sie im Rückspiegel sah, wie die Tussi am Steuer tobte. „Brich dir mal nicht den Mittelfinger, Püppchen!" Dann lehnte sie sich zurück und schaltete das Radio ein.

„Ja, Robert. Ich bin nervös ..."

(Track 11)

Wo sollte sie heute Nacht schlafen? Sie langte nach ihrem Handy und zappte die wenigen Kontakte durch, die sie gespeichert hatte. Altstadt Hausverwaltung. Sie lächelte, drückte auf "Bearbeiten" und "Löschen", kickte bei der Gelegenheit auch gleich den Elektriker raus, den Sanitär und den Schreiner, wechselte den Fokus zwischen roten Rücklichtern und dem Telefon, fuhr zu nahe auf, bremste wieder ab. Es blieben noch Franzi, Karin, Nord - und der Dom.

Behalt ihn für die Ruferkennung ...

Dann gab es ein paar unbekannte Nummern. Die an sechster Stelle gehörte Leon, privat.

„Danke Franzi ...", murmelte sie. Sie spürte Schmerzen im linken Knie. Alles fügte sich zusammen.

Leon legte den Hörer auf und wandte sich wieder den Plänen auf dem Bildschirm zu. Ein anspruchsvoller Kunde, ein altes Gebäude. Vieles an dem neuen Projekt war unklar und etwas Abwechslung heute Abend käme ihm gelegen, nur konnte er Eddie nicht erreichen. Am Nachmittag war nur die Combox gekommen, jetzt läutete es durch.

Er stand auf, ging in die Küche, machte sich Kaffee. Er langte nach einer Packung Kekse und warf sie ungeöffnet zurück auf den Küchentisch. Er rief noch ein letztes Mal bei Eddie an, diesmal vom Handy aus, und liess zweimal durchläuten. Der Kaffee kochte. Das Gerät in seiner Hand summte. Nachricht von einer unbekannten Nummer. Das konnte er auch später noch lesen, entschied er. Er stellte auf Flugmodus, lehnte am Türrahmen und betrachtete den Auftrag lange aus Distanz, den Kaffee in seiner Hand, bis er nur noch Luft schlürfte. Erstaunt schaute er auf die Krümel in der leeren Tasse. „Da wird wohl nichts mehr draus heute", seufzte er.

Er hat dich nicht gehalten ...

(Ich war abgelenkt.)

Morgen wird es besser sein, nicht wahr?

195

(Ja, Robert, ich weiss.)

Hatte die Gruppe mit den Auftritten weitergemacht? Sie hatte vergessen, Franziska danach zu fragen. Unter einem anderen Namen, vielleicht.

Sie hatten es ver…

(Robert, bitte!)

Leon. Sie versuchte, sich abzulenken. Seine Augen? Braun. Wahrscheinlich. Die Form seiner Lippen? Sie schüttelte sich beim Gedanken an einen Kuss. Nie wieder. Die Hände? Warm. Und seine Stimme? Sie suchte nach einer Erinnerung. Egal. Gross war er. Und sportlich. Bestimmt hatte er weitergetanzt. Verheiratet? Franzi hatte nichts gesagt. Sie hatte auch nicht danach gefragt. Aber irgendwo musste sie ja heute Nacht schlafen. Also schrieb sie, während sie fuhr:

Lieber Leon – Weisst du noch, der Abdchief in Aszoria? Scheisse! Sie drosselte das Tempo. Noch einmal: Weisst du noch, … Blick auf die Strasse - Blick zurück zum Display … der Abschied … im … Astoria? … Bin … in der … Nähe. Maria.

Ob er verstand, was sie von ihm wollte? Senden. Durchatmen.

… versprochen, aber sie haben nichts davon gehalten.

Maria seufzte kommentarlos und konzentrierte sich auf das Fahren. Manchmal brachte sie Roberts Stimme mit Ignorieren zum Schweigen. Für ein paar Minuten jedenfalls. Was mochte aus Mila und Andreas geworden sein, überlegte sie. Und Eddie? Beim Gedanken an Eddie beschlich sie ein fast unheimliches Gefühl. Sein Gesicht? Sie konnte sich auch an ihn nicht erinnern.

Eddie geht es gut, flüsterte Robert, und das Flüstern widerhallte wie ein Echo in ihrem Kopf.

Der Song war vorbei, im Radio kam Gequatsche und Maria schaute wohl zum zwanzigsten Mal auf das Display. Warum reagierte Leon nicht?

Er lässt dich wieder sitzen.

(Ich bin damals gegangen.)

Du hast ihm geglaubt, und er hat dich belogen.

(Belogen?)

Dir ist doch klar, was er von Anfang an wollte?

(Unser Kind ...)

Mia, Mädchen! Er wollte nur seinen Spass haben.

(Nein. Er hat mich geliebt.)

Ruf ihn doch an.

(Natürlich! Ich kann nicht erwarten, dass er pausenlos sein Handy beobachtet.)

Sie wählte seine Nummer, lauschte, doch der Teilnehmer war zurzeit nicht erreichbar. Roberts Stimme schwieg siegessicher.

Leon hängte die Trainerjacke an die Garderobe und streifte sich die Turnschuhe von den Füssen. Der kurze Lauf hatte seinen Kopf wieder freigemacht, und nun hatte er etwas Hunger. Einen leichten Imbiss in der Stadt, entschied er, dann wollte er noch einmal arbeiten. Oder einen Besuch bei Nathalie machen. Vielleicht war noch etwas von der Suppe übrig. Er wog das Handy in der Hand, klickte den Flugmodus raus und suchte eben nach ihrer Nummer, als es wieder summte.

„Hallo ...?"

„Leon ...? Ich bin es, Maria."

„Maria ..." Er schien zu überlegen.

„Wir haben zusammen getanzt."

„Ach, Maria! Wie schön von dir zu hören. Wie geht es dir?"

Sie versuchte an seiner Stimme zu erkennen, ob er sich freute. Vielleicht …

Er hat dich vergessen, soviel warst du ihm wert!

Roberts Stimme klang eisig. Hast du meine Nachricht gelesen? lag ihr auf der Zunge, zu fragen. Stattdessen sagte sie: „Ich bin in einer halben Stunde ganz in deiner Nähe und dachte …"

„Ja …?"

„Hast du vielleicht Lust auf ein Update?"

„Gerne. Ich wollte eben etwas essen gehen …"

Bleib dran, Mia!

„Weisst du was? Dann bin ich in einer Viertelstunde im Astoria. Haben die noch diese Brötchen von damals? Für Dich ist es ja nur ein Katzensprung. Oder bist du umgezogen?"

Verlegenes Lachen. „Weshalb sollte ich denn?"

Sie lachte mit. „Ich will mich dir nicht aufdrängen. Wenn du schon verabredet bist …?"

„Nein, nein. Ich wollte essen gehen. Ich muss mich nur noch umziehen."

Herzklopfen. Sie legte auf, ohne noch einmal zu antworten.

Leon gönnte sich eine kurze Dusche, bevor er wieder hinaus in die Altstadt ging. Er mäanderte noch etwas durch die Gassen. Hinter der Kirche räumte der Buchhändler die letzten Tische zusammen, auf der Mauer gegenüber tummelten sich die ersten Penner und riefen ihren Hunden. Es zog ihn zu einer Querstrasse nahe bei der Holzbrücke. Zart nieselte der erste Regen durch die kühle Abendluft und er stellte sich bei einem Hauseingang unter. Nicht weit von ihm rückte ein Mann in Schale seine Krawatte zurecht. Die frisch polierten Lederschuhe glänzten im Licht der Strassenlampe.

Im zweiten Stock bei Nathalie brannte Licht. Sie rührte in einem Kochtopf, schenkte sich ein Glas von irgendeinem Wein ein und öffnete das Fenster. Warmer Dampf stieg zum Himmel auf. Sie drehte den Kopf und spähte in die Gassen, rief halblaut nach Francis.

Leon trat einen Schritt zurück. Er war gerade unschlüssig, ob er Nathalie grüssen sollte. Ihr Humor vermochte ihn auch an besonders anstrengenden Tagen aufzuheitern. An Tagen, wie heute. Dennoch hielt ihn jetzt etwas davon ab, ihr von seinem Date zu erzählen. Es war noch zu früh, zuerst einmal wollte er Maria selbst begegnen.

Nathalie schloss das Fenster wieder und Leon öffnete die Eingangstür einen Spalt breit für den grossen, roten Kater, der ihm jetzt schnurrend um die Beine strich. „Guten Appetit, Francis," sagte er leise. Dann huschte er über die Pflasterstein-gasse und verschwand zwischen den Häusern in Richtung Astoria. Hätte er sich umgewandt, so hätte er den Mann ge-sehen, der sich nun ebenfalls in Bewegung setzte und ihm in einiger Entfernung folgte.

19
BLIND DATE

Maria fror. Wie lange sass sie schon hier? Eine Viertelstunde vielleicht? Es ging gegen sieben Uhr. Er kommt, dachte sie und fixierte die Eingangstür.

Dieses Gefühl, von Dom und seinen Leuten beobachtet zu werden! Sie wusste genau, dass sie jede ihrer Bewegungen registrierten, ohne auch nur die Köpfe zu heben! Maria kämpfte gegen den Drang, quer durch die Bar zu flüchten. Sie drehte sich wieder um und tat, als schaute sie aus dem Fenster. Robert, bist du da? fragte sie. Robert schwieg.

Draussen glänzten nasse Hausdächer im Dunkeln, Lichter strahlten hell in den Häusern, aber sie erkannte keine Menschen. Stattdessen sah sie Kerzen, viele Kerzen in den Wohnungen scheinen. Zwanzig, dreissig Stück standen in jedem Zimmer, erhellten es wie einen Palast. Kerzen? überlegte sie.

Ja, auf den Tischen.

(Auf welchen Tischen?)

Neben den Betten. Siehst du nicht die Kinderbetten?

Maria schauderte. Nun zog ein besonders helles Zimmer ihren Blick magisch an. Darin stand ein Büchergestell, so wie es früher in ihrem Kinderzimmer gestanden hatte, davor ein Bett, dahinter ein Schreibtisch.

(Wie kann ich hinter den Schreibetisch sehen?)

Dort sass ihr Teddy. Er sass auf einem Stuhl am Fenster und schaute zu ihr herüber. Und auf dem Nachttisch zwischen den Kerzen lag Schokolade. Sie sah die gewölbte Bettdecke und sie sah Robert am Fussende sitzen. Sein Lächeln wirkte verzerrt.

„Wie schön, dich zu sehen." Leons Stimme holte sie warm, fast zärtlich aus ihrer Trance, und die Kerzenflammen im Kinderzimmer erloschen. Er lächelte, hängte sein Jackett an den freien Stuhl, schaltete demonstrativ sein Handy aus und versorgte es in der Innentasche. „Nun braucht mich niemand mehr zu erreichen. Maria. Wie geht es dir?"

Dieses Lächeln ... flüsterte Robert.

(Ja, dieses Lächeln ...)

„Gut", hörte sie sich sagen, und rang sich ebenfalls ein

Lächeln ab. Er schaute sie mit väterlicher Strenge an.

„Du scheinst müde zu sein. Magst du etwas trinken?"

„Wasser …?" Sie zuckte mit den Schultern.

„Gerne. Mit oder ohne?"

Diese Frage überforderte sie gerade, und Leon entschied: „Ok, ich bringe einfach beides."

Er war weg, bevor sie „Danke" sagen konnte und kam kurz darauf mit zwei Flaschen und Gläsern wieder. „Darf ich dir das Wasser reichen?" fragte er, und sie fragte sich, ob er wohl auch zu Doms Leuten gehörte.

„Wenn du das kannst…?" Ihr Lächeln kam jetzt leichter über die Lippen, wenn auch noch etwas unbeholfen. Dann hätte das alles schon viel früher angefangen, vor vielen Jahren. Das wäre …

… *unglaublich*, ergänzte Robert.

Leon füllte die Gläser.

„Nun erzähl mal. Was hast du in all den Jahren gemacht?"

„Oh. Da gibt es nicht so viel zu erzählen", antwortete Maria. Die Probleme mit Nord? Davon hätte sie ihm zuletzt erzählt! *Mit ihm hat doch alles angefangen …*

„Ich lebe in einer ganz normalen Ehe," begann sie, „so, wie man sich eben eine Ehe vorstellt. Mit gemeinsamem Abendessen nach der Arbeit, mit einem Haushalt, der viel zu tun gibt und so weiter."

Und Leon fragte, wie gross denn das Haus wäre, in dem sie wohnten, ob sie Kinder hätten und ob sie wüsste, wie es ihrer Mutter Nathalie ging.

Oh, meinte Maria, das Haus sei ganz bestimmt zu gross für nur sie zwei, aber mit den Kindern wollte es noch nicht so recht klappen. Sie müssten halt noch etwas üben. Und ihre Mutter? Ja, die würde sie regelmässig besuchen. Aber es wäre

201

eben so, dass sie Nathalie jetzt pflegen musste, weil die Mutter sich – wie war das noch? – der Realität immer mehr entfremdete und möglicher Weise, nein mit ziemlicher Sicherheit, an einer Demenz litt. Diese Sache sei sehr traurig, meinte Maria, weil Nathalie nun langsam die Orientierung in der eigenen Wohnung verliere, in der sie so viele Jahre, ja Jahrzehnte verbracht hätte.

Leon nickte verständnisvoll und dachte an Kater Francis, an eine demente Gemeinderatskandidatin und an die kurze Zeit mit Maria. Es war schon damals nicht einfach gewesen, ihren Geschichten Glauben zu schenken.

Immer öfter, so schmückte Maria die Erzählung weiter aus, würde sie in die falsche Richtung gehen, würde das Bad in der Küche suchen und unlängst, gerade vor wenigen Tagen (oder war es gestern gewesen?), da wollte ihre Mutter die Wäsche in der Spüle auswaschen!

Maria redete sich in Fluss. Sie erzählte von einer kranken Nathalie, als wäre es ein Fallbeispiel in einem Studienlehrgang für medizinische Pfleger. Schliesslich hatte sie selber Psychologie studiert, oder hätte, wenn …

Leon hörte geduldig jeden Satz, während er Maria aufmerksam beobachtete. Etwas stimmte ganz offensichtlich nicht, doch er kam dem Geheimnis nicht auf die Spur.

Genau, sagte er, er erinnere sich gut an Nathalie, mit ihrem hennaroten Haar und der Affinität für die Achtundsechziger, die sie nie richtig verbergen konnte. Ob sie manchmal auch diesen alten Sound zusammen hörten? Und wie lange sie denn noch im Supermarkt hätte arbeiten können? Ach so, bis vor zwei Jahren oder so. Ja, schlimm, so eine Demenz …

Er fühlte sich immer mehr zu Maria hingezogen, auch wenn sie so offen Seemannsgarn spann und bot ihr jede Möglichkeit, mehr von sich zu erzählen. Ihm kam der Gedanke, dass die Beziehung zu ihrer Mutter nicht die einzige Geschichte war, die sie so fantasievoll ausschmückte. Je mehr Maria ihm erzählte, desto mehr wollte er wissen, was sie dazu bewogen hatte, gerade ihn anzurufen.

„Es muss schrecklich sein, wenn einem das Leben jeden Tag fremder wird. Andererseits – werden wir uns nicht alle in manchen Zeiten selber fremd, und müssen uns dann wieder von neuem finden?"

Maria schluckte leer. „Ja. Da hast du wohl recht. Manchmal kenne ich mich selbst nicht mehr wieder", sagte sie vorsichtig.

Du hast ihm vertraut und er hat dich belogen.

(Ja, Robert.)

Sie lächelte beim Gedanken, dass sie gerade die Absichten ihres Feindes durchschaute.

„Aber etwas ganz Besonderes in deinem Gesicht erkenne ich immer wieder …"

„Ein Lächeln kann nicht alt werden," sagte sie und ihr Blick war liebevoll und undurchsichtig wie das Milchglas einer alten Scheibe.

„Ja, lächle nochmal", forderte er sie auf. „Dann weiss ich es wieder ganz genau."

Sie schaute verlegen zu Boden und schwieg. Da erschien eine weitere Figur an der Türe. Seine schwarz glänzenden Schuhe bewegten sich mit grossen Schritten geradewegs auf ihren Tisch zu. Flinke braune Augen funkelten und untermalten ein unverholenes Grinsen auf einem rundlichen Gesicht. Mit der einen Hand richtete er die Krawatte, die andere schlug kumpelhaft auf Leons rechte Schulter.

„Guten Abend, die Dame. Guten Abend der Herr. Wie ist die Welt doch klein! Da hatte ich mit dir die Schulbank gedrückt, vor langer, langer Zeit, und dann merkst du nicht einmal, dass ich dir folge! Zum Detektiv bist du ja nicht berufen. Oder sollte ich mich derart verändert haben, dass du mich nicht mehr kennst? Dann hoffentlich nur zu meinem besten …"

"Guten Abend, Andreas", unterbrach Leon den Redefluss mit einem belustigten Seitenblick. Maria schien ihn nicht zu bemerken.

Ein Spitzel also. Überall sind sie, wie die Geier.

(Ja, Robert. Ich sollte nett zu diesen Herren sein.)

„Sie sehen nicht aus, als würden Sie einer Veränderung bedürfen", bemerkte sie in einem galanten Tonfall und stellte sich als Tanja vor. Leon amüsierte sich köstlich, als Andreas sich mit einer Verbeugung bei Tanja bedankte, schmunzelte und schon waren sie zu dritt - für den Rest des Abends.

Doch dann dachte er an Eddie. „Entschuldigt ihr mich für einen Moment?" Er griff nach seinem Handy. „Ich muss noch ein Telefon machen."

„Kann ich dir was bestellen?" fragte Andreas.

„Campari, danke."

Andreas erwischte den Blick der Serviererin und bestellte noch ein Wasser und zwei Campari Soda, und während er auf die Getränke wartete, liess er seine Augen durch den Raum schweifen. Für Singles war hier nicht gerade viel los. Ausser einer Gruppe junger Frauen am anderen Ende der kleinen Tanzfläche, von denen die eine Blumen im Haar trug wie eine Märchenfee auf dem Weg nach San Franzisco, waren nur Männer und Paare anwesend. Andreas betrachtete Maria von der Seite. Der Abend würde wohl langweilig werden, wenn er diese Frau nicht für sich gewinnen konnte.

„Tanja, sagtest du, nicht? Kennen wir uns von irgendwo?"

Schweigen.

„Kannst du tanzen?"

Schulterzucken. Schweigen.

„Was red' ich denn! Alle Frauen können tanzen, nicht wahr?" (Ja. Und alle Kinder lieben Schokolade.)

„Seid ihr befreundet?"

Höfliches Schweigen.

„Leon und du, meine ich."

Eisiges Schweigen, und Annie Lennox sang «Sweet Dreams».

„Ich will meinem Freund ja nicht den Rang ablaufen, verstehst du?"

Sie verstand. Und endlich kam Leon zurück. Sie erhoben die Gläser, tranken einander zu, die Männer mit Campari, Maria mit Wasser. Nord und Andreas tauschten sich über den Gang ihrer Geschäfte aus, während Maria von einem zum anderen schaute und dabei nur mit halbem Ohr hinhörte. Die DJane widmete den Mädels vom Polterabend ihren nächsten Song und rief gleich alle Singles auf die Tanzfläche, um mit der glücklichen Braut mitzufeiern. Der Sound einer elektrischen Gitarre schnitt wie ein Messer durch den Raum.

„Käfigfleisch", konstatierte Andreas verächtlich. „Mit denen könnte ich nie im Leben etwas anfangen. Ich mag Frauen mit etwas mehr Erfahrung." Er liess seinen Blick wohlwollend auf "Tanja" ruhen und Maria spürte, wie sich Schweiss auf ihrer Stirne bildete. Herzklopfen. Panik stieg auf. Sie flüchtete auf die Tanzfläche.

(Track 12)

Ein paar Tänzerinnen formten einen Kreis, in der Mitte tanzte die junge Frau mit den Blumen im Haar. Sie tanzte, als

205

tanzte sie um ihr Leben, und in gewisser Weise war es vielleicht so. Noch war sie die Königin, noch wurde sie von allen Freundinnen gefeiert. Und sie selbst feierte das Leben. Sie nahm vom letzten Tag ihrer Freiheit alles mit, was er zu bieten hatte. Die Männer traten einer nach dem anderen in den Kreis und versuchten, sich mit der ungestümen Kraft der Braut zu messen und sie zugleich für sich zu gewinnen. Aber immer, wenn es so aussah, als würde sich ein Paartanz entwickeln, liess sie den Bewerber wieder abblitzen und er gesellte sich als Zuschauer zu den Brautjungfern, von wo aus er versuchte, sich an der Niederlage seines nächsten Konkurrenten wieder aufzubauen. Es schien, als würde die junge Frau an Ausdauer gewinnen, je mehr Männer sie herausforderten.

Ein paar Damen schauten ganz entspannt von den Tischen aus zu, eine Handvoll tanzte dezent im Hintergrund, von der ganzen Szene unberührt. Maria tanzte allein. In ihren Augen wirkte der Battle wie eine Hetzjagd auf die Braut und sie konnte an der ausgelassenen Stimmung nur ein Gefühl von Verzweiflung erkennen. Trotzdem war es angenehmer, hier zu tanzen, als neben dem Schleimer am Tisch zu sitzen.

Andreas tanzte auch. Er hielt sogar recht lange mit der Braut mit, und dem Spott der Umstehenden stand. Als er ganz offensichtlich bei niemandem mehr punkten konnte, verliess er lachend den Ring, und lief geradewegs Maria in die Arme. „Hoppla! Da bist du also," grinste er sie an. Maria machte erschrocken einen Schritt rückwärts, rempelte dabei eine junge Frau an und zuckte zusammen. Mit einer gemurmelten Entschuldigung hastete sie an Andreas vorbei zur Toilette.

Andreas seufzt e, während er sich wieder neben Leon in die Polster fallen liess.

„Na?" meinte dieser. „Sie ist nicht wirklich scharf darauf,

eine Nacht mit dir zu verbringen, sehe ich das richtig?"
„Sie wird ja auch morgen heiraten", entgegnete er. Dann
ging ihm auf, worauf Leon hinauswollte. „Ach so, Tanja? Ich
gebe nicht so schnell auf. Stehst du auf sie?"
Leon schüttelte mit nachsichtiger Miene den Kopf. „Immer
noch auf Abenteuer aus? Du hast dich nicht geändert."
Andreas steckte ein. „Ab und zu klappt es aber auch. Ich
glaube an mich. Bin übrigens mit Mila verheiratet. Und du?"
„Ich bin schon lange nicht mehr neben einer Frau auf-
gewacht."
„Na, siehst du. Auch du hast dich nicht verändert." Andreas
grinste breit.
„Will ich auch nicht. Dein Leben scheint mir ganz schön
anstrengend. Aber glaub mir, ich kann dir schon zeigen, wie
man es richtigmacht." Lachend stand er auf und ging hinüber
zum DJ Pult.

In der Toilette angekommen, stützte Maria erst einmal die
Hände auf den Porzellanrand der Waschschüssel und atmete
tief durch. Sie war auf alles gefasst, schlimmstenfalls auch auf
eine Ohnmacht oder darauf, dass plötzlich Mila herein-
kommen und sie am Boden liegend finden würde. Mila ...?
Auf einmal war ihr klar, woher Andreas sie zu kennen glaubte.
Und etwas anderes wurde ihr jetzt auch bewusst: Sie mussten
es schon lange auf sie abgesehen haben, die Spitzel des Dom.
Herzklopfen, Herzrasen. Sie hörte ihren Atem in der Kehle
rasseln. Sie öffnete den Mund, krallte sich am Lavabo fest und
zwang ihren Körper zur Ruhe. Es funktionierte. Allmählich
konnte sie ihren Herzschlag kontrollieren. Sie strich sich eine
verschwitze Haarsträhne aus dem Gesicht und schaute mit
grossen Augen ihr Spiegelbild an. Nein, hässlich war sie nicht.

Robert, hast du sie tanzen gesehen? dachte sie laut. Immer, wenn wir Frauen beginnen zu tanzen, kommt irgendein Mann und fragt, ob wir mit ihm nach Hause gehen, nicht wahr? So fängt alles an.

Ist das mein Mädchen? hörte sie Robert. Sein Gesicht erschien verschwommen hinter ihr im Spiegel und sein Lächeln war schön. Sofort entspannte sich ihr Griff um den Granit und sie lächelte zurück, die Lippen leicht geöffnet. *So gefällst du mir. Sie tanzt gut, nicht wahr?* (Die Braut ...? Ja, es hätte etwas aus ihr werden können.) *Sie ist schön, so wie du damals. Ich weiss, wie schön du warst, bis der Tänzer kam. Du hast gelebt, gelacht! Mia, mein Mädchen ...*

Roberts Spiegelung verblasste plötzlich und hinter ihr stand die junge Braut. Bin ich denn tot? schrie sie ihrem Stiefvater wortlos hinterher. Er hatte recht. Sie war gefangen, und es gab nur einen Weg hinaus.

„Bist du verheiratet?" Die Frage klang unsicher.

Maria schlug die Augen nieder, liess ein liebliches Lächeln auf ihren Lippen erscheinen und drehte sich um.

„Glücklich?" fragte die Braut.

Sie entgegnete: „Ist dir bange vor dem grossen Tag?"

Das Mädchen erstarrte für eine Sekunde, dann rückte sie nervös den Blumenkranz in ihrem Haar zurecht. Maria fühlte Mitleid mit ihrem unvermeidlichen Schicksal und wurde selbst an die Tage vor ihrer Hochzeit erinnert. Sie liess ihren Blick auf dem sportlich flachen Bauch der jungen Frau ruhen. Schwanger war sie nicht. Ob sie vielleicht noch Jungfrau war? Damals, mit Kira in ihrem Schoss, hatte sie sich keine Zweifel an der Richtigkeit ihrer Entscheidung erlaubt.

„Ist ganz normal, dass du Angst hast. Das gehört dazu," sagte sie. „Tanzt dein Bräutigam?"

Kopfschütteln. „Warum?"

„Er sollte es auch nicht lernen. Es ist besser für euch beide." Maria drehte sich um und überliess die Braut sich selbst.

Leon sass wieder am Platz. Er stand sogleich auf, als er Maria kommen sah, und offerierte ihr seinen Arm.

„Darf ich dich zum Tanz auffordern?"

„Im Ernst? Zu dieser Musik?"

„Nein." Sein verschmitzter Gesichtsausdruck liess Maria Böses ahnen. *Du weisst genau, was er will,* hörte sie Robert. Sie liess sich nichts anmerken und hängte ein. „Es ist mir eine Ehre."

Leon nickte der DJane zu, während sie die Stufen hinunterschritten und sie kündigte einen nächsten Musikwunsch an. Maria erkannte die Melodie wieder, und jetzt gab es keinen Zweifel mehr, worauf er hinauswollte. Es war nicht ihr Lächeln, das ihm unvergesslich geblieben war, es war dieser Tanz. Hatte er es nicht offen gesagt? Ein Flirt. Ein ewiges Kommen und Gehen. Wie hatte sie nur an Liebe glauben können!

(Es ist die Nacht, Robert, in der er mich besessen hat. Aber er wird mich nicht noch einmal bekommen.) Ihre Nasenflügel vibrierten. Sie standen nahe beim Fenster, und Maria warf sich selber einen Blick zu. Für eine Millisekunde entdeckte sie Hass in ihren Augen. Dann lächelte sie wieder. "Babe now go ..." flüsterte sie.

Leon begann mit einfachen Figuren, bis sie sich wieder aneinander gewöhnt hatten und sich harmonisch bewegten. Sie spürte seine Wärme, sie spürte förmlich jeden seiner Muskeln, wie sie sich geliebt hatten, und sie hasste ihn dafür.

Wie konnte das Wort "Liebe" nur so irreführend benutzt werden? Es war eben nur ein Wort.

Dann liess er Schritt für Schritt die alte Show wiederaufleben. Um sie herum scharten sich die ersten Leute. Maria lachte, flirtete, provozierte wie damals am Ball, und die Luft knisterte zwischen ihnen, wie Leon es schon lange nicht mehr erlebt hatte. Wer sie tanzen sah, musste unweigerlich daran denken, was geschehen würde, wenn sie heute Abend die Wohnungstür hinter sich schlossen. Doch innen war Maria eiskalt. Der "Dom" war hier, sie tanzte vor den Augen seines Gefolges. Ich hasse dich, dachte sie. Es gibt nur diesen einen Weg.

Als sie an ihren Tisch zurückkamen, erhob sich Andreas und klatschte in die Hände, dass sich die Tischnachbarn zu ihnen umdrehten. „Brillant! Man merkt dir die Jahre kein bisschen an. Wenn man die ersten grauen Haare übersieht, versteht sich. Darauf müssen wir anstossen! Kinder, mir ist, als wäre ich wieder an der Abschlussfeier, nur diesmal im Zuschauerraum."

Da gehörst du auch hin, verkniff sich Maria zu sagen, und Leon konterte streng: „Du hattest dich da auch lange genug herumgetrieben, wenn ich bemerken darf."

Andres machte eine Geste, als wollte er Leon vor einer imaginären Gemeinde präsentieren. „Höret den Meister! Aber du hast Recht, bestrafe mich. Ich habe es nicht anders verdient." Er setzte sich lachend und bestellte Champagner, zur Wiedergutmachung, wie er sagte. Dann erzählte er, wie er sein Verkaufstalent mit einem "Geschäftspartner" fusioniert hatte und schob Leon stolz seine Visitenkarte zu, als wäre das Business sein alleiniger Verdienst. Ab und an vergewisserte er sich, dass er Tanja mit seinen Erzählungen beeindrucken konnte. Maria und Leon warfen sich heimlich erstaunte Blicke zu, doch sie spielten mit. Wenn er nach dieser Choreografie nichts gemerkt hatte, war Andreas wohl nicht mehr zu helfen. Galant, aber erkennbar, liess Leon seinem vermeintlichen Konkurrenten den Vortritt. Keiner erwähnte Marias richtigen Namen auch nur mit einem Wort, und die Perlage schimmerte golden in den Kelchen.

Nord hatte geschwiegen, bis seine Tasse leergetrunken war, und sich dann einen Irish Coffee bestellt. Mila hatte die Pläne der nächsten Tage mit ihm besprochen, die Rechnung beglichen, und sie waren schliesslich durch die Altstadt zurück zum Hotel geschlendert. Die Kirchturmuhr zeigte fünf vor zwölf, und Mila bemerkte, sie wäre froh, dass diese Uhrzeit nur für den Kirchturm gälte und nicht für andere Dinge in ihrem Leben. Nord konnte die Frage nach der realen Existenz des "Dom" förmlich zwischen den Zeilen greifen.

„Dominik", begann er endlich, als sie im Hotel waren, „ist ein Freund und ein Bruder. Er und ich sind eins. Und es gibt ihn wirklich."

„Aber sicher, Nord." Milas Stimme klang, als redete sie mit einem fünfjährigen Kind. „Er ist dein Freund, wie Tony in "Shining" der beste Freund von Danny Torrance ist. Und er ist genauso real. Sagt er dir auch Dinge über die Zukunft voraus?"

Nord lachte gezwungen. „Mach mir keine Angst!"

„Ein bisschen Respekt steht dir gar nicht schlecht."

„Dominik hat seine Sache bisher ganz gut gemacht. Er kennt Marias Nummer und ist zuverlässig in ihrem Handy gespeichert. Ab und zu schickt er ihr eine Nachricht…"

„Dominik."

„Ja. Der Dom. Herrgott nochmal! Maria braucht mehr Respekt vor mir! Wo wir schon von Respekt reden. Ich lasse sie ja bloss etwas zappeln, danach widerrufe ich diese Aufträge wieder. Normalerweise."

Mila nickte. „Du bist also der Dom, und sie denkt, es gibt ihn wirklich. Sowas habe ich mir gedacht."

„Ja und nein. Für Maria braucht er nicht real aufzutauchen. Ich habe ihr eine Geschichte über ihn erzählt, von einer Schule zur Erziehung von Sklavinnen, und ehrlich gesagt bin ich froh, ist es nur eine Geschichte. Mir fürchtete selber vor so einem Typen. Er kann aber, wie du weisst ..." Nords Augen funkelten jetzt vor Vergnügen „... zum Beispiel als Zeremonienmeister agieren, oder als Besucher nachts auf einem Friedhof stehen. Davon hat Ingrid dir sicher erzählt, stimmt's? Hat sie je erraten, wer der Mann mit der Kapuze war?"

Mila schenkte Nord ein mildes Lächeln. „Wer war es denn? Doktor Jekyll oder Mister Hyde?"

„Ich nicht. Ich hatte mich gut versteckt. Der pure Zufall war's! Und Ingrids rege Fantasie. Von mir waren nur die Unterschrift auf der Karte und der Blumenstrauss."

„So gesehen spielte dir der Zufall einen realen Dom in die Hände ..."

„Ich sagte doch, Dominik ist real. Einer bin ich unter der Maske, ok. Einer war diese Unterschrift für einen Fremden, den mir der Zufall schickte. Aber damals, noch bevor ich Maria kannte, da begegnete ich Dominik einmal spät abends in Ralphs Bar." Nord schenkte sich einen kleinen Whisky aus der Minibar ein. „Viva. Hier beginnt also meine Beichte, Lady M. Dominik war weder ein Zuhälter noch Sadist. Er sagte, er wäre Seelsorger, und er war nicht mehr ganz nüchtern. Er wartete in jener Bar auf einen Mann, der vielleicht gar nie mehr auftauchte, ein Mann, so sagte er, besessen von der Idee, seine Stieftochter würde ihn verführen. Einen ganzen Abend lang hatte der Mann ihm seine Geschichte erzählt, und ob sie Wahrheit oder Lüge gewesen war, das konnte er beim besten Willen nicht mehr sagen. Geblieben war dem Pfarrer nur dessen offensichtliche seelische Not, und so hoffte er, dass der Mann wieder einmal auftauchte. Er wollte ihn nach seiner Tochter fragen."

Nord nippte nachdenklich an seinem Glas, bevor er fortfuhr: „Viva. Noch einmal. Du trinkst nichts? Mir schien, als redete der Geistliche, wenn es denn wirklich einer gewesen war, mehr von einem Gespenst, das ihn selbst verfolgte, als von einem realen Vater, und nach einer Weile diskutierten wir dann über die Kraft des Glaubens und über die Trugbilder des Geistes bis in die frühen Morgenstunden. Übrigens schien er tatsächlich Stammgast bei Ralph zu sein, soviel zur Wahrheit, denn der olle Barkeeper liess sogar den Schlüssel da. Manche Fantasien, so sagte Dominik noch, bevor wir uns trennten, bedeuteten für die Seele eines Menschen Rettung, während andere in seelische Abgründe führten. Mir ist noch immer nicht klar, welcher Fantasie sein abtrünniges Schaf nun entsprungen war, vielleicht braucht ein Schäfer seine Tierchen so sehr wie sie ihn, und die Hoffnung, eine Seele zu retten, rettete nur seine eigene, doch brachte mir die Begegnung mit Dominik eine wichtige Erkenntnis:

Der Glaube an die Existenz eines Menschen kann die Grenzen zwischen Realität und Vorstellung überwinden oder anders: Die Wahrheit ist immer das, wovon du überzeugt bist."

„Langer Rede kurzer Sinn, danke. Und ich weiss noch immer nicht, wie der Dom entstand."

„Zu Beginn, als ich um Maria warb, fühlte ich mich gespalten. Nicht krank, Mila, nein - dein Lächeln spricht gerade Bände … - nur gespalten. Denn einerseits dachte ich mir für Ingrid diese Aufträge aus, und auf der anderen Seite wollte ich ein verantwortungsvoller Vater werden. Das passte nicht so ganz zusammen. Damit ich beiden Rollen gerecht werde konnte, erschuf ich mir also ein zweites Ich und nannte es dem Pfarrer zu Ehren Dominik oder den Dom."

Mila nickte bedächtig.

Die Stimmung im Astoria war angenehm. Maria trank nur Wasser und Saft, ohne dass die beiden Männer etwas merkten, und hörte ihren Erzählungen aus der Geschäftswelt zu. Es war vor allem Andreas, der redete. Im Hintergrund tönte Roberts Stimme leise wie ein Singsang in ihrem Kopf:

Glaubst du immer noch an Liebe? Mia, mein Mädchen … Sieh, was sie getan haben … Du musst dich wehren! Es gibt solche und solche, die nicht immer nett sind … Einer von ihnen wird es wieder tun. Glaubst du immer noch an Liebe? …

Sie ignorierte die Worte, so gut es ging, lächelte und schwieg, und als Andreas sie fast schon drängte, die Nacht bei ihm oder mit ihm zu verbringen, nahm sie sein Angebot an. Er half ihr in die Jacke und begleitete sie hinaus.

20
ROT

„Da war noch etwas," nahm Mila den Gesprächsfaden auf. „Du sagtest, normalerweise würdest du die Order des Dom widerrufen?"

Nord zögerte. Dann holte er das zweite Handy heraus und öffnete die letzte Nachricht an Maria. Er streckte Mila das Display entgegen. „Hier." *Straferlass. Dein Meister lässt Gnade walten,* stand da. Darunter ein Vermerk: Nicht zugestellt.

„Kirschblüte auf neun Uhr. Das volle Programm", wiederholte Mila. „Woraus besteht denn dieses volle Programm?"

„So genau habe ich das nie definiert," antwortete Nord. „Ich habe nur durchblicken lassen, dass der Dom seine Sklavinnen vermietet, an nette und weniger nette Meister."

Mila schüttelte den Kopf und seufzte. „Da kann sie sich ja vieles darunter vorstellen. Bist du dir sicher, dass sie sowas mag? Fremde Meister? Ich hatte Maria eher zurückhaltend in Erinnerung."

„Zurückhaltender als du ist sie bestimmt. Scheisse nochmal, sie soll es doch gar nicht mögen! Sie hat mich versetzt, und sowas kann ich ihr nicht durchgegen lassen! Ok, vielleicht weiss ich nicht, was sie denkt, wenn sie schweigt, aber ich weiss, was sich gehört. Und sie hat sich nie über den Sex beklagt."

Mila seufzte. Sie nahm sich ihrerseits ein Glas von der Theke und schenkte sich den zweiten Whisky ein. „Ich habe kein gutes Gefühl."

„Komm schon, der Dom ist nicht real. Was kann denn passieren?"

„Da gibt es eine Szene, die ich nie mehr vergessen habe, damals im Astoria, gleich nach der Show. Am Anfang dachte ich, Leon und Maria wären vielleicht mehr als nur Tanzpartner. Aber dann seid ihr ein Paar geworden und ich verwarf diesen Gedanken. Dennoch machte sie an jenem Abend einen seltsam verstörten Eindruck, gleich nachdem ich Leon zum

Tanzen holte, und ich folgte ihr aufs Klo." Mila kippte einen grossen Schluck Chivas herunter und schüttelte sich. „Dieses Bild. Dieser Anblick, als sie da vor dem Spiegel stand ... ich hatte Alpträume."

Jetzt packte Nord sie so hart bei der Schulter, dass Mila aufschrie. „Was für ein Bild, Mila? Was hast du da gesehen?" Sie schlug Nords Hand weg und fauchte ihn an: „Hab ich dir erlaubt, mich anzufassen? Maria war leichenblass. Und sie hat geredet, aber da war keiner. Ich weiss nur, dass sie wollte, dass er weggeht. Sie war richtig panisch. Robert ... Ja, ich glaube, sie sagte Robert. War das nicht der Name ihres ..."

„Stiefvaters." Nord drehte sich blitzartig um und rannte so schnell er konnte zur Toilette. Eine ganze Weile hörte Mila ihn würgen. Dann endlich kam die Erlösung wie ein Wasserfall.

Nachdenklich stand sie vor der Minibar, den Blick auf Nords Handy gerichtet. Da erinnerte sie sich, dass sie ihr eigenes Telefon in der Aufregung noch gar nicht aus der Tasche geholt hatte. Sie kramte es hervor und sah, dass schon eine ganze Menge Leute versucht hatte, sie zu erreichen. Sie interessierte vor allem eine Nachricht, ein Zeichen von Andreas. Sie hatten sich angewöhnt, einander Gutenacht zu schreiben, wenn sie getrennt unterwegs waren, und da es bereits nach Mitternacht war, hatte ihr Mann schon seine Grüsse hinterlassen. Allerdings per Sprachnachricht:

Hallo, meine Süsse. Habe heute Abend einen Jugendfreund getroffen, den du auch kennst. Rate mal! Ich sag nur so viel: Er kann tanzen ... Ja, er kann es immer noch! Und er ist immer noch konsequenter Single. Seine Begleitung habe jedenfalls ich mit nach Hause genommen. Also sei mir nicht böse, mein Schatz, wenn ich heute von verbotenen Früchten nasche. Du bist immer noch meine Beste, und das bleibt so. Tanja heisst sie übrigens, aber sie sagt, ich soll sie Kirschblüte nennen. Und sie nennt mich

Dom, was mir ironisch scheint.
Milas Gesicht bekam die Farbe von frischem Schnee.

Leon blieb noch eine Weile sitzen. Es war nach Mitternacht und die DJane kündigte die endgültig letzte Runde an. Das Blumenmädchen war der Star der übriggebliebenen Gäste. Sie ist jung, dachte Leon, so jung wie wir damals ... Er drückte auf die Tasten seines Touchscreens und wartete. Er erwartete nicht wirklich, Eddie zu erreichen, aber da war so ein Gefühl, dass sein Freund ganz unmittelbar in der Nähe stand und einfach so "Hallo Eddie" ins Nichts hinauszurufen schien. Dies schien ihm nun doch eine saublöde Idee. Wie erwartet ging niemand ans Telefon. Das Gefühl von Eddies Präsenz aber blieb.

Im Geiste sah er die Wege vor sich, auf denen sie sich in den letzten Jahren wie über eine unsichtbare Landkarte durch das Leben bewegt hatten, wie sie sich kreuzten und wieder trennten. Als letztes auf ihrem Weg schien da eine Gabelung zu sein. Er sinnierte über den Grund, der ihn in die eine und Eddie die andere Richtung gehen, ihn die eine und Eddie die andere Entscheidung fällen liess. Das Display wurde dunkel, Eddies Nummer verschwand. Gedankenverloren öffnete Leon den Bilderordner und streifte durch die Sammlung bis ganz zum Anfang. Das älteste Foto zeigte sie alle auf der Bühne. Franzi mit Eddie, Mila, Andreas, Maria und ihn, das zweitletzte aber nur ihn und Maria. Es war ein Ausschnitt aus dem Gruppenfoto, und er kopierte dieses Bild auf jedes neue Telefon.

Die junge Blumenbraut liess noch einmal den Korken knallen, unter Lachen und Jubelrufen füllten sie ihre Gläser zum letzten Mal. Eine der Brautjungfern brachte auch ihm ein Glas

Champagner. „Auf die junge Braut!" rief sie und Leon rief zurück:

„Auf die beste Tänzerin!" Er dachte an Maria.

Sie luden ihn ein, an ihren Tisch zu sitzen, doch er lehnte dankend ab, nahm noch einen Schluck Champagner und bestellte die Rechnung. Er hatte plötzlich den Drang, nach Hause zu gehen. Der Gedanke an seine Jugendliebe liess ihn nicht mehr los. Draussen war es nasskalt, und er lief schnell. Er hatte nicht geheiratet. Irgendwie fehlte es ihm an Mut. Wie man vor der Ehe war, so war man nachher nicht mehr. Er hatte erlebt, wie sich gute Freunde in das Ebenbild ihrer Väter und Frauen in das ihrer Mütter verwandelten, und wie sie einander auf dieselbe Art auf die Nerven gingen, wie schon ihre Eltern eine Generation zuvor, als gäbe es in dieser Hinsicht keine Evolution. Es musste sich auf magische Weise heimelig anfühlen. Er hatte genügend Häuser entworfen, die dann später wegen Scheidung zum Verkauf standen. Auf diese Art von Magie mochte er gerne verzichten. Es sei denn, es wäre ein Kind da gewesen.

Eddie. War er glücklich mit seiner Bar? Die Musik lief ab Programm, tagsüber asiatische Klänge, abends, weil Sibylle es so wollte, tanzbare Musik. Er liebte sein Kind, seine Gäste, und er konnte seine Frau nicht loslassen. Oh, es war keine Sache, nicht über Alice zu sprechen und den Fokus beim Zusammensein konsequent auf Sybille und das Geschäft zu halten.

„Eine gescheiterte Ehe, ein rebellierender Teenie, das sind aber keine Gründe, um einen Freund zu versetzen", murmelte er, während er seine Jacke in die Garderobe hängte. Dann machte er sich für die Nacht bereit. Bevor er sich schlafen legte, checkte er noch ein letztes Mal sein Handy. Zwei Anrufversuche. Um zwölf Franziska, vor einer Minute eine Nummer mit Zürcher Vorwahl.

Andreas wohnte in einem Altbau mit nur drei Wohnungen. Die Holztreppen knarrten, als er Maria voran die Stufen zum ersten Stock hochstieg. Ihre Hand glitt über den blankpolierten Handlauf.

„Und wer wohnt sonst noch hier?" fragte sie. Er blieb stehen und drehte sich zu ihr um.

„Unten die alten Hausbesitzer. Seit sie im Frühjahr die Liegenschaft ihrem Sohn übergeben haben, ist aber kaum mehr jemand zuhause. Die Alten sind immer auf Kreuzfahrt. Na ja..." Andreas lachte. „Ich möchte auch nicht zuhause sitzen und Trübsal blasen, bis ich die Radieschen von unten sehe!"

„Mhm..." Maria nickte. Seine Alkoholfahne wehte ihr entgegen. Sie war zufrieden. Andreas hatte den Blazer aufgeknöpft, das verschwitzte Hemd hing ihm über den Ledergurt. Ihr Blick blieb am leicht ausgebeulten Schritt seiner Hose hängen. „Und oben?" fragte sie.

„Oh. Da wird gerade renoviert. Die alten Mieter müssen dort ziemlich gewütet haben. Wir haben das Häuschen also für uns allein, Tanja-Maus. Niemand wird uns stören. Oder andersrum: Wir werden auch keinen stören."

Maria lächelte. „Nenn mich nicht mehr Tanja. Nenn mich lieber Kirschblüte. Und ich nenn' dich Dominik, den Dom." Andreas drehte den Schlüssel und schob die Tür vor ihr auf. „So tritt ein, holde Dolde und nimm Platz. Verzieh mir diesen linkischen Reim. Kirschblüte klingt wirklich romantisch. Magst du Tee oder Kaffee?"

Maria lehnte dankend ab. Er legte Musik auf, Italo-Schnulzen aus den Achtzigern, und Maria machte es sich auf dem Sofa gemütlich und summte mit. Die Wohnung gefiel ihr. Eine klassische Wohnwand in Mahagoni stand da, so eine, wie Nathalie sie nie wollte, ein alter Wurzelholztisch vor der Polstergruppe, ein dicker chinesischer Teppich darunter, ein massiver Kerzenleuchter drauf. Alles war handfest und von einer bürgerlichen Eleganz, wie es sich für einen Geschäftsmann wohl gehörte. Wärmer als bei Nord, dachte sie. Ich werde nicht mehr nach Hause gehen.

„Welche Farbe möchtest du für dein Leintuch?" rief Andreas aus dem Besucherzimmer. „Liegst du gut auf Rot?"

Ja. Rot war eine gute Farbe. Kurz darauf erschien sein Gesicht wieder im Türrahmen. Er streckte ihr ein Stoffstück entgegen. „Ich habe einen Bezug mit Rosen für dich gefunden, Bella Donna. Leider keine Kirschblüten. Ich hoffe, du magst Rosen auch? Sie stechen auch ganz sicher nicht!"

Maria liess ihn schwatzen und Andreas stellte, ohne die Antwort auf die letzte Frage abzuwarten seine nächste, während er die Kerzen im Wohnzimmer anzündete. Durch das Zimmer schwebte eine zarte Note von Rosenduft.

„Magst du vielleicht einen Schlummertrunk?"

„Hast du etwas ohne Alkohol?"

„Oh! Ich habe alles, was du willst. Und das in jeder Hinsicht" Er grinste verführerisch und Maria spürte einen leichten Druck im Magen.

„Eine Cola würde mir schon reichen, danke."

„Kommt sofort. Wow! Ihr zwei habt ja heiss ausgesehen beim Tanzen. Wo hast du das gelernt?" Er verschwand noch einmal, diesmal in der Küche, und kam mit einem grossen Glas Cola zurück.

„Hast du was dagegen, wenn ich mir noch einen Whisky

nehme?"

„Weshalb sollte ich? Kann ich meine Tasche in mein Schlafzimmer stellen?"

„Klar, entschuldige. Komm, ich zeig dir wo."

Das Gästezimmer war gleich neben der Eingangstüre, der Toilette gegenüber, und Maria entschuldigte sich für ein paar Minuten, sie wolle sich frisch machen. Sorgsam zog sie die Türe hinter sich zu und atmete tief durch.

(Robert, bist du da?)

Herzklopfen. Stille. Sie tastete in ihrer Handtasche nach den Kirschstangen. Sie waren weich von der Wärme, aber die Zuckerkruste war stabil. Vorsichtig zog sie eine heraus und befühlte die Schokolade. Für einen Moment meinte sie am Fenster Roberts Gesicht zu sehen. „Das ist dein Mädchen", murmelte sie. Die Nadelspitze durchdrang geschmeidig das farblose Zellophan. Liebevoll betrachtete sie die Kirschstangen in ihrer Hand, stellte ihre Tasche in eine Ecke hinter der Tür und ging zurück ins Wohnzimmer.

„Da kommt ja der Nachtisch gleich zweimal", empfing Andreas sie. Seine Alkoholfahne schwängerte die Luft mit einem Gemisch aus Whiskey, Champagner und verschiedenem Beigeschmack. Maria atmete flach.

Siehst du schon doppelt? dachte sie zynisch und lächelte Andreas an. Campari, Champagner, Whiskey … Gleich kotzt er hier den Teppich voll …

Keine Sorge, er ist geeicht. Mia, mein Mädchen. Komm, sag ihm etwas Nettes.

„Das Bett mit den Rosen ist ja gemütlich. Darin schlafe ich sicher traumhaft."

„Oh! So ein Bett gibt auch nur eines in diesem ganzen

Loft." Andreas machte eine ausschweifende Bewegung, die nicht mehr ganz koordiniert wirkte. „Aber da gibt es noch ein anderes Bett, das noch attraktiver ist. Möchtest du vielleicht wissen, welches ich meine?"

„Wenn du es mir partout zeigen willst ..."

Er schwankte leicht, als er sich erhob, und hielt sich an der Lehne des Sofas fest. Sie lächelte angewidert. Er ging bis zur letzten Tür ganz hinten im Gang und öffnete sie ausladend. „Das ist unsere Spielwiese," präsentierte er das Schlafzimmer. „Positiv überrascht, hoffe ich?"

Ein Himmelbett stand frei im Raum, inmitten von Spiegeln, und war ganz mit roter Satinbettwäsche bezogen. Der Geruch von Latex lag in der Luft. Maria entdeckte Gleitcreme, ganz unauffällig auf dem Nachttisch, Ketten um jeden Bettpfosten, die irgendwo unter der Matratze zu verschwinden schienen. Eine Schwanzpeitsche hing harmlos über dem Bett. Überall standen Kerzen in Ständern und Leuchtern und Andreas begann wie selbstverständlich sie anzuzünden. Zarter Rosenduft breitete sich aus. Herzklopfen. Das Zimmer schwankte leicht.

(Robert ...?)

Ich bin da, Mia. Dir wird nichts passieren.

(Ich bin nervös.)

Andreas lächelte und versuchte, ihrem Blick zu begegnen. „Tanja? Kirschblüte? Geht es dir gut?"

Sie hielt die Augenlider gesenkt, umklammerte den Türrahmen. Ihre Fingernägel kratzten über das Holz, doch sie hatte sich unter Kontrolle. Sie spürte, das kleine Mädchen in ihr hatte Angst vor der Dunkelheit, vor den Spiegelungen fremder Gesichter im Kerzenschein. Die erwachse Frau aber traute sich nicht, ihrem Ehemann zuwider zu reden. Wer war sie jetzt, in diesem Moment? Mädchen oder Frau? Das Knie schmerzte.

„Bindest du hier nachts deine Hunde ans Bett?" versuchte sie einen Scherz. Er drang nicht zu Andreas durch. Sie ging auf den ersten Bettpfosten zu und zog an der Kette. Eine weiche, lederne Manschette kam zum Vorschein und sie befühlte neugierig die Schnallen. Dann legte sie die Manschette an ihr Handgelenk. „So ein Band reicht ja kaum für einen Chihuahua." Sie lächelte etwas verkrampft und tastete den nächsten Pfosten ab. Dann streckte sie Andreas eine zweite Manschette entgegen: „Machst du mir vor, wie man sowas trägt?"

Andreas zögerte. Sein Blick schweifte hinüber zum Handy auf dem Nachttisch. Der kleine Bildschirm zeigte noch keine Nachricht von Mila. „Normaler Weise lass ich mich lieber selber von den Frauen gefangen nehmen. Das heisst ... Genau genommen diene ich nur einer Herrin ..."

Sie erinnerte sich an einen Satz, den sie oft von Nord gehört hatte. Ihre Stimme wurde sanft und weich: „Ich weiss doch, dass du es willst. Ich sehe es an deinen Augen. Siehst du? Du lächelst."

Nun senkte Andreas verlegen den Blick. Sie sagte etwas schärfer: „Genau. So direkt in die Augen schauen darfst du mir nicht mehr, hast du mich verstanden ...? Und du sprichst nur, wenn ich dich dazu auffordere."

Das reichte. Jetzt liess er sich darauf ein. Maria begann schweigend, ihren Sklaven festzubinden. Sie triumphierte. Jetzt hatte sie den Dom in ihrer Hand. Jetzt war es an ihm, unter fremden Herrinnen zu dienen, solchen und anderen, die nicht so nett mit ihm umgingen. Sie wollte ihn schon lehren. „Gut so?" fragte sie.

„Angenehm, danke."

„Wie bitte?"

„Danke, Herrin." Kein Zweifel, er kannte die Spielregeln. Sie kannte sie auch. „Weisst du Dom, du bekommst schon bald den zweifachen Nachtisch, auf den du dich so freust. In perfekter Mischung. Aber erst muss ich dich etwas warten lassen, das musst du verstehen. Man kann nicht alles sofort bekommen, was man sich wünscht. Du freust dich doch, nicht wahr?"

„Ja, meine Herrin." Seine Antwort wurde von einem genüsslichen Lächeln begleitet. Maria zog die Peitsche aus der Halterung und liess die ledernen Streifen über seinem Körper pendeln, so dass er nur den Hauch einer Berührung spürte. Dann holte sie plötzlich aus und zog durch. Einmal, zweimal, heftig. Er zuckte zusammen, schrie leicht auf und zählte mit, klar und deutlich. Ja, sie begann, den Dom zu verstehen. Sie hatte die Macht, und ihr Sklave musste gehorchen. Der Gedanke war erfrischend, diese Position noch etwas auszukosten. Vielleicht konnte sie daran tatsächlich Gefallen finden. (Wenn er mein Sklave bliebe ...)

Was dann, mein Mädchen?

(Ich könnte ihm sein Leben schenken, solange er mir gehorcht.)

Möchtest du das denn? Sein Leben gehört jetzt dir, Mia.

(Ja, Robert. Das möchte ich.)

21
ERWACHEN

Leon hatte unruhig geschlafen, und das Schrillen der Hausglocke hatte ihn kaum überrascht. Nun stand er zwei uniformierten Beamten gegenüber. Sie musterten sich gegenseitig. „Kantonspolizei, guten Abend."

„Ja, bitte?" fragte er interessiert.

„Wir würden ihnen gerne ein paar Fragen stellen. Hätten Sie etwas Zeit für uns?"

„Natürlich. Worum handelt es sich denn?"

„Das können wir Ihnen erst sagen, wenn wir auf dem Posten sind. Wäre Sie so freundlich und würden Sie mit uns mitkommen?"

Er konnte dem Blick der Ordnungshüter entnehmen, dass ein Nein jetzt nicht gut ankommen würde. Also bat er um eine Minute Zeit, zog sich eilig an und folgte den Beamten. Ein Blick zurück zum Haus aus dem Fenster des Streifenwagens, und er war froh, dass die Nachbarn um diese Zeit alle schliefen. Sie fuhren schweigend zum Posten.

Die Stimmung war freundlich. Nachdem er seine Personalien bestätigt hatte, leitete der diensthabende Beamte die Befragung mit den Worten ein: „Über Ihr Recht, die Aussage zu verweigern, werden Sie hiermit in Kenntnis gesetzt. Sie müssen keine Fragen beantworten, die Sie oder Ihre Verwandten in irgendeiner Weise belasten."

Leon unterschrieb schweigend das Informationsblatt. Ihm wurde mulmig und er schaute auf die Uhr an der Rückwand des Büros. Es war ein Uhr.

„Darf ich Sie bitten, die folgenden Fragen wahrheitsgemäss

zu beantworten?" Der Beamte schob eine Visitenkarte über den Tisch. „Das ist ihre, nicht wahr?"

Leon nickte.

„Sagt Ihnen der Name Eduard Mennings etwas?"

„Eduard Mennings? Ja, ich kenne ihn."

„In welcher Art Beziehung stehen sie zu ihm? Sind Sie befreundet, bekannt, verwandt?"

„Er ist ein Studienfreund. Zurzeit bearbeiten wir gemeinsam eine Website."

„Danke. Wann haben Sie ihn zum letzten Mal gesehen oder gehört?"

„Gestern Mittag. Wir hatten telefonisch Kontakt. Darf ich fragen, weshalb? "

„Tut mir leid, nein. Sie wollten sich treffen?"

„Wir wollten uns am Abend treffen. Herr Mennings hat sich aber nicht mehr bei mir gemeldet."

„Sie sind ihm also begegnet?"

„Nein, wir sind uns nicht begegnet. Ich habe umsonst auf seinen Rückruf gewartet."

„Verstehe. Wissen Sie zufällig, wo er gestern Nachmittag war?"

„Er hatte erwähnt, dass er mit einer Freundin zu Mittag essen wollte."

„Kennen Sie diese Freundin?"

Leon nickte. Plötzlich dachte er an Franzis Anruf. Vielleicht hätte er zurückrufen sollen … Er versuchte, Zeit zu gewinnen.

„Dürfte ich jetzt vielleicht wissen, weshalb ich mitten in der Nacht befragt werde?"

„Darauf werde ich Ihnen später gerne antworten. Wie sagten Sie heisst die Dame?"

Er nannte seufzend Franzis Namen, erklärte, woher sie sich

kannten und der Polizeibeamte machte sich Notizen. „Und wo lebt die Dame jetzt? In Zürich, sagten sie?"

„Sie arbeitet und wohnt in Zürich. Soviel mir bekannt ist. Entschuldigung, aber dürfte ich jetzt einen Anhaltspunkt haben, worum es geht?"

„Selbstverständlich." Der Beamte nickte. „Darf ich Sie noch fragen, was Sie arbeiten?"

Leon zog eine frische Visitenkarte aus seinem Portemonnaie und schob sie neben die andere vor den Beamten hin. Dann machte er Anstalten aufzustehen. Sein Gegenüber verglich die beiden Karten, nickte Leon zu und erhob sich ebenfalls, um ihn hinauszubegleiten. „Vielen Dank für Ihre Auskunft, wir werden uns wieder bei Ihnen melden."

Mila stiess einen wütenden Schrei aus. „Komm da endlich raus, du verfluchtes Weichei!" Ihre Fäuste donnerten gegen die Toilettentüre. Langsam bewegte sich die Türklinke nach unten und Nords käsiges Gesicht kam zum Vorschein.

„Was willst du denn tun?" fragte er matt. „Wir können Maria jetzt nicht suchen gehen."

„Ich weiss, wo sie ist. Deine Kirschblüte verbringt die Nacht mit meinem Ehemann. Und sie nennt ihn den Dom!"

„Heilige Scheisse." Nord hatte schon wieder das Bedürfnis den kaum mehr vorhandenen Mageninhalt dem edlen Villeroy& Boch Porzellan zu übergeben.

Andreas stöhnte vor Lust, und kleine Bluttropfen erschienen wie Perlen aus Rubinen auf seinem Po. Er ertrug eine ganze Menge Schmerz, und mehr noch jetzt, da Kirschblüte ihn mit jedem Schlag an seinen Verrat erinnerte. Er diente einer fremden Herrin und sie hatten beide daran Gefallen gefunden.

227

Sein Handy summte schon zum zweiten Mal. „"Lady M."
versucht dringend, ihren Sklaven zu erreichen," bemerkte
Maria zynisch. „Das wird Ärger geben."

Er winkte ab, mit einer Mischung aus Hingabe und
ehrfürchtigem Respekt vor den zu erwartenden Konse-
quenzen. Maria bemerkte, er würde ja die Strafe für sein
Fremdgehen jetzt schon erhalten. Das Summen hörte kurz
auf, dann begann es erneut. Es wurde störend.
Maria hielt inne, drehte ihren Sklaven auf den Rücken, fasste
nach einem Kleidungsstück und stopfte ihm den Mund mit
weissen Tennissocken. Dann zurrte sie die Seile fest. Sie
bedeutete ihm, mucksmäuschenstill zu sein und nahm den
Anruf mit Lauthörtaste entgegen.

„Andreas?" fragte eine atemlose Stimme. „Ist bei dir alles in
Ordnung?" Maria legte ihre Hand drohend an seine Kehle.
„Andreas!" rief die Stimme aus dem Telefon eindringlich und
Maria drückte mit der Hand leicht zu. Lust glänzte in seinen
Augen. „Ich bin es, Mila!"

Sie hielten den Atem an.

„Liebster, bitte, wenn du mich hörst ..."

...dann hör mir bitte genau zu. Du musst auf der Hut sein, hörst du?
Deine Kirschblüte heisst Maria. Maria Elektra. Sie ist Leons
Tanzpartnerin vom Maturaball. Woher ich das weiss ist nicht wichtig,
aber glaube mir bitte, es ist so. Du hast doch gesagt, dass er so gut mit ihr
tanzen konnte! Deswegen konnte er es. Wenn sie sich Kirschblüte und
dich den Dom nennt, will sie sich womöglich an dir rächen, für
irgendetwas, wovon du keine Ahnung hast. Ich auch nicht, aber ...
Scheisse! Es tönt verrückt, ich weiss. Ich kann es dir später erklären.
Nur für jetzt, bitte, lass nicht zu, dass sie dir etwas antut. Aber
vielleicht ... Vielleicht ist sie auch nur etwas verstört ...

(Robert ... ?)

228

Wie in Trance hatte Maria Milas Worten zugehört. Jetzt beendete sie das Gespräch mit einem Tastendruck. So war das also. Solche Organisationen waren ja gross, das wusste sie. Weit verzweigte Hierarchien, möglicherweise bis über die Landesgrenzen hinaus. Nein, sicher sogar. Wie hatte sie nur denken können, der Dom wäre der einzige! (Ich muss mich wehren …)

Mit einem Schlag wich die Freude an der Macht wieder ihrer tiefen Angst vor dem geheimen Bund. Auch Mila stand also auf der Seite des Feindes. Vielleicht war sie gar so etwas wie ein Boss. Wer noch? Und was war zu tun?

(Robert …? Bist du da? Bitte!)

Mia, mein Mädchen, es tut mir so leid für dich.

„Könnten Sie mir Ihren vollen Namen noch einmal nennen? Vielen Dank. Nur für das Protokoll. Sie können Aussagen verweigern, die Sie oder verwandte Personen …" Franziska starrte auf den Bildschirm. Kurz vor zwei hatte die Polizei sie aus dem Schlaf gerissen, doch die folgende Stunde der Befragung auf dem Posten entfaltete erst jetzt ihre Wirkung. Als hätten sie die Fragen an eine andere Person gerichtet, an eine, die nichts mit ihrem Leben zu tun hatte, hatte sie der Kapo geantwortet. Es gab noch mehr verheiratete Männer mit dem Namen Eduard, hatte sie sich eingeredet. Aber nur einen Eduard Mennings. Gab's … Oder hatte es gegeben. Durfte man sowas denken? Die Art und Weise, wie die Beamten ein Geheimnis nicht preisgaben, das Mitleid in ihrem Blick, dieses Gefühl, nicht auf einer Polizeiwache, sondern auf einer Beerdigung zu sein, verriet, wie schlimm die Nachricht hinter dem Schweigen wirklich war.

Sie hatte der Polizei nicht mehr erzählt, als wonach man sie fragte, und war gleich nach dem Verhör zu Eddie gefahren. Die Notiz an der Tür informierte seine lieben Gäste über Abwesenheit aus persönlichen Gründen. Sie hatte angerufen, natürlich umsonst, und sich dann erinnert, dass er noch dieses eine Date am Abend hatte. Sie musste mit Leon reden. Seit sie Maria in den Gassen der Altstadt den Rücken gekehrt hatte, war ein seltsames Gefühl da. Ein Missklang, als wäre eine einzige Violine in einem Orchester verstimmt, und dabei eine einzige Saite nur, doch Leon konnte ihr womöglich auf die Spur helfen, welche Saite das war. Sie wählte noch einmal seine Nummer.

Leon war noch immer angezogen. Er hatte gerade mal die Schuhe vor der Türe abgestreift und den Computer aufgestartet, doch ans arbeiten war nach diesem Erlebnis nicht mehr zu denken. Er stand auf, legte eine CD ein, eine Rockballade, und drückte «Repeat». Er versuchte, sich zu entspannen. Doch die Musik, die ihn sonst beruhigte, konnte seine Nervosität nicht vertreiben. In einem Zustand zwischen Wachsein und Schlaf brach das Gefühl, dass Eddie ihm physisch nahe war, durch die geschlossenen Lider in seine Realität ein. Er konnte das Rasierwasser riechen, dasselbe, das Eduard schon damals am Abschlussball - und Gott weiss weshalb - benutzt hatte. Es war beängstigend. Er glaubte nicht an Geister. Andererseits ... dieser Geruch!

"Hatte er nicht abends mit dir abgemacht... An Alice hängt er nun schon so viele Jahre ... Man sieht es den Menschen nicht immer an! ... die alten Zeiten aufgewärmt ... nur in Verbindung mit Alkohol ... "
Gesprächsfetzen aus dem Telefonat mit Franzi tauchten in seinen Gedanken auf und verschwanden wieder. Eddie hatte angefangen zu trinken. Seine Bar, sein Baby waren ihm

wichtiger geworden als seine Liebe zu Alice, war wichtiger als die Wünsche seiner Tochter. Und plötzlich sind sie weg, erst Alice, dann Bille. Er erhob sich, ging zum Schreibtisch und fuhr den Rechner herunter. Loslassen war nicht so einfach wie Franziska sich dachte. Er drehte Andreas' Visitenkarte zwischen den Fingern. „Aber du hast vielleicht recht, Franzi. Etwas hast du übersehen", sagte er mehr zu sich selber und zog seine Schuhe wieder an. Sein Entschluss stand jetzt fest. Er musste zu Maria. Die Musik liess er laufen.

„Aschenbrödel, Aschenbrödel, du hast ein Herz aus rotem Glas," sang Nord leise. Er sass auf dem Doppelbett und rieb sich mit beiden Händen das Gesicht, um etwas wacher zu werden. Gut hörte Mila dieses wirre Zeug nicht, das er von sich gab. Er hätte es ihr womöglich noch erklären müssen.

„Weisst du eigentlich, wer der Vater war?" rief sie aus dem Bad. Sie hatte geweint, immer wieder versucht, ihren Mann zu erreichen und schliesslich aufgegeben. Vielleicht hatte Andreas bloss ungenügenden Empfang, da wo er war, hatte Nord sie getröstet und ihre Angst, dass ihm etwas passiert war, damit beiseitegeschoben. Jetzt kühlte sie ihr vom Weinen verschwollenes Gesicht mit Wasser.

„Der Vater? Denkst du, ich hätte sowas wissen wollen? Wie hätte ich meinem Kind denn gerufen? Komm mal zum Nicht-dein-Papa? Und was, wenn ich den Vater gar kannte? Ich kenne eine Menge Leute."

Sie kam zurück ins Zimmer, setze sich auf das französische Bett und betrachtete Nords Haltung im Spiegelschrank.

„Was hast du mir verschwiegen?"

„Was?"

„Weil du dich leicht abwendest, mich nicht direkt anschaust.

Eben gerade so, als würdest du ein Geheimnis hüten."

„Aschenbrödel, Aschenbrödel, du hast ein Herz aus Glas," wiederholte er und glotzte sie an wie ein Irrer.

„Wie bitte?"

„Vielleicht, ja. Vielleicht gibt es eins. Ein Geheimnis, wie du sagst. Maria hatte ein Kästchen in ihrem Koffer versteckt, als sie bei mir einzog. Da dachte ich mir erst, es wäre Schmuck drin. Aber sie meinte, sie besässe nichts Kostbares und sie hätte eh keinen Schlüssel mehr dazu."

„Aha ...?"

„Ich habe ihn aber gefunden, den Schlüssel. Kein Schmuck. Ein paar Zettel liegen in dem Kästchen. Das Bild aus einer Illustrierten, die ich ihr mal gekauft hatte. Von einer Schulfreundin. Ein rotes Herz aus Glas und ein paar dunkle Reagenzgläser. Lagen zumindest drin."

„Ein rotes Herz aus Glas?"

„Sagte ich doch."

„Stimmt. Was stand denn auf den Zetteln?"

„Eine Geschichte von einem kleinen Mädchen. Der Wildkirschenbaum oder so heisst die Überschrift. Ist nur ein paar Seiten lang."

„Hat sie Talent?"

„Bin ich Verleger? Ich dachte beim Lesen mehr an erotische Fantasien. Keine Ahnung wozu, aber ich hab die Blätter mit."

„Dann lass sie mich lesen. Alles ist besser, als mir jetzt den Kopf zu zerbrechen."

Leon manövrierte mit zitternden Händen seinen Smart aus der engen Parklücke. „Verdammt! Nicht jedes Auto mag mit Fremden kuscheln!" entfuhr es ihm, dann war er auf der Strasse und drückte aufs Gas. Die Räder drehten sich schnell, und es ging ihm doch nicht schnell genug. Er musste zu Maria. Ich traue dir nicht, murmelte er vor sich hin. Andreas, ich traue dir nicht.

Er hatte Maria damals gefragt, ob sie sich Kinder mit ihm wünschte und sie hatten ausgerechnet, wie alt sie nach dem Studium sein würden. Danach erste Erfahrungen auf dem Arbeitsmarkt sammeln, Geld verdienen, ein eigenes Geschäft gründen - nur nicht das von seinem Vater ...

Mist! Eben hatte er die Abzweigung verpasst!

Er war ganz froh gewesen, als sie zu ihm sagte, sie wolle vielleicht lieber keine Kinder. Gar keine? hatte er gefragt. Und sie hatte geantwortet, sie könnte ihnen wohl keine gute Mutter sein. Sieh mich an. Kann ich dir das glauben? Er hatte sie gefragt, hatte ihr Gesicht mit beiden Händen umfasst und sie geküsst. Sie hatte angefangen zu weinen und er liess sie den Kopf nicht wegdrehen. Sie weinte, als wollte sie ein ganzes Meer aus Tränen um sich erschaffen und darin untergehen. Dazwischen wirre Sätze. Dann hatten sie sich geliebt. Ein einziges Mal. Und er hatte sich wirklich ein Kind gewünscht. Aber dann kam Nord und war schneller. Er musste zu ihr. Noch einmal wollte er Maria nicht einem anderen überlassen.

Andreas lag noch immer aufgespannt auf seinem Himmelbett wie Da Vincis vitruvianischer Mensch in seinem Kreis. Schweiss glänzte auf seiner Stirn. Er versuchte, nicht zu schlucken. Die Flüssigkeit, die Maria aus der Schokolade in seinen Mund tröpfeln liess, sammelte er fast vollständig unter der Zunge, mehr konnte er gerade nicht tun. Maria betrachtete ihn mit zärtlichem Blick. „Brav schlucken, dann tut ich dir auch nicht weh. Ich will alles für dich gut machen, aber es liegt in deiner Hand, Andreas Dominik, ob du dein Dessert geniessen kannst. Eben noch hatten wir doch Spass, nicht wahr? Ich könnte es mir wirklich vorstellen mit dir. Nur wir zwei. Nicht nur für so kurz, verstehst du?"

Ganz langsam spürte Andreas, wie sich ein taubes Gefühl unter seiner Zunge ausbreitete. Er fühlte sich bleischwer, während ihm langsam die Kontrolle über seinen Körper entglitt und es dunkler wurde. Sein Handy summte nicht mehr. Er hätte so gerne danach gegriffen …

Mila versuchte, sich zu entspannen, sich in den Schlaf sinken zu lassen, rollte endlose Felswände hinunter und stolperte über Türschwellen, schreckte auf und lies sich wieder sinken. Doch immer, wenn sie nahe am Einschlafen war, holten sie seltsame Bilder ein. Dann sah sie Kerzenlicht, sah, wie sie Andreas am Bett festband, sah den Abend ihrer ersten Session und sie roch Rosenduft. Es fühlte sich so wirklich an, liebevoll und vertraut. Nur irgendetwas störte und sie konnte nicht herausfinden, was es war. Dann wieder meinte sie, ihr Handy vibrieren zu hören, doch die Anzeige blieb dunkel. Sie horchte in die Dunkelheit, murmelte Andreas Namen, meinte, seinen Atem neben sich zu hören und versank schlussendlich in einen tiefen, traumlosen Schlaf.

(Robert, wo bist du?)
Er gab keine Antwort.
Maria sass auf dem Rosenbettbezug und starrte dumpf auf die leere Wand gegenüber. Sie sah rote Tropfen rote Bahnen über die weisse Tapete zeichnen. Wie das Wettrennen von Regentropfen auf einer Windschutzscheibe sahen sie aus oder wie Schokoladenrinnsale aus einem Kindermund. Wie sie Schokolade hasste! Nein, Rot war keine gute Farbe. Sie hatte

geweint, als sie sich die Hände wusch.

Wie oft war er zu ihr gekommen, wie oft hatte er sie gestreichelt, ihr sanft befohlen, ihm in die Augen zu schauen. Manchmal hatte sie an den Unfall auf dem Kirschbaum gedacht. (Weisst ich denn, was Liebe ist? Robert, wo bist du?) Noch immer keine Antwort. Hier kann ich nicht bleiben, dachte sie. Hier kann ich heute Nacht nicht schlafen. Sie werden mich finden!

Der Besucherparkplatz war frei. Die schwere Eingangstüre aus Eichenholz unverschlossen und Leon nahm zwei Stufen auf einmal. Sein Herz pochte, als er die Türklingel drückte.

Nein, dachte Maria. Ich geh nicht zur Tür. Sollen sie die Tür eintreten.

Wieder schrillte die Klingel. Sie hielt bang den Atem an. Draussen horchte Leon in die Stille hinein, bis der Klang verebbte. „Andreas ...? Maria, seid ihr da?" rief er durch den Türspalt.

Ist diese Tür denn nicht abgeschlossen?

(Robert?)

Die Tür schob sich einen Spalt breit auf. Sie schrie. Kurz und spitz. Dann Stille. Dunkel.

Gerade rechtzeitig konnte Leon ihren Kopf stützen, als sie zu Boden glitt. Sein Blick ruhte Minuten lang liebevoll auf ihrem Gesicht. Sie atmete. Er hätte gerne gewusst, was in diesem Moment in ihr vorging, wo sie war, was sie sah, roch, fühlte. Und wo war Andreas? Ob sie mit ihm geschlafen hatte, fragte er sich. Es war unheimlich still im ganzen Haus.

Maria blinzelte. Der Raum strahlte in gleissendem Licht, blendend weiss leuchteten die Umrisse des Gästezimmers, die Kanten, die Möbel und über ihr Leons Gesicht. Sie schnappte nach Luft, starrte ihn mit grossen Augen an. Ihre Stimme zitterte.

„Was wirst du jetzt tun?"

„Ich weiss nicht. Die Tür war offen. Ich hörte deinen Schrei und konnte dich gerade noch auffangen. Du bist ohnmächtig geworden. Wo ist Andreas?"

„Oh …", murmelte sie und schloss die Augen wieder. Sein Arm lag warm um ihre Schultern. „Er ist weggegangen."

„Maria? Was ist mit dir los? Bitte, bleib wach …"

Sie nickte, atmete flach. Herzklopfen …

„Weisst du, warum du geschrien hast?"

„Zu viele weisse Wände hier … Vielleicht war es ein Alptraum …"

„So hat es sich angehört. Verantwortungslos, dass er dich hier in seiner Wohnung alleine lässt! Ich finde, du solltest jetzt nicht allein sein." Er und bot ihr die Hand. „Komm mit zu mir", entschied er. „Um Andreas werde ich mich morgen kümmern."

Ihre Tasche stand noch in der Ecke, der Reissverschluss war geschlossen. Wo hatte sie die Autoschlüssel? In diesem Zustand fahren? Leon hielt sie ab und fast schmerzhaft durchfuhr sie die Erleichterung, als er sagte, dass sie ihr Auto morgen holen könnten. Sie fasste nach der Handtasche. Nein, morgen würde er nicht mehr nach dem Dom schauen können. Doch das Auto holen, das war wichtig. Und zuerst musste sie etwas schlafen. Sie wusste auch ohne Robert, was zu tun war. Leon zog die Türe hinter sich zu und steckte seine Visitenkarte in den Türspalt. Als er sich umwandte betrachtete er mit warmem, zärtlichem Blick seine erste Geliebte.

(Track 13)

Zuhause begrüsste sie Musik. Der Song lief immer noch auf Repeat. Leon war froh um die Ruhe, die er verbreitete, in Erinnerung an unzählige Abende, an denen er allein in seiner Wohnung gesessen nach der Arbeit, nach langen Gesprächen mit Nathalie Fantasien nachgehangen und sich ausgemalt hatte, wo Maria gerade war, was sie tat, was sie fühlte. Ob sie glücklich war mit Nord ...? Erinnerte sie sich noch an ihn?

Und jetzt war sie da. Jetzt machte er Kaffee, den sie nicht mehr trinken mochte, nur um seiner Nervosität etwas Ablenkung zu verschaffen Jetzt brachte er sie zu Bett und bereitete seinen eigenen Schlafplatz auf dem Sofa, um sie nicht zu stören – schnarchte er eigentlich? Es gab keine Frau, die ihm das hätte sagen können. Zum Teufel mit Andreas und der Loyalität allen Rivalen gegenüber! Er wollte Maria Elektra an seiner Seite. Und es gab so vieles, das er von ihr noch erfahren wollte.

Maria schlief noch immer, während Leon in seine Kleider schlüpfte, schlief, während er sich rasierte, schlief, als er seine Schuhe band. Es war kurz vor sechs, die Bäckerei musste bald offen sein. Er hatte nicht geschlafen, nur geruht, etwas meditiert, das war manchmal besser, als sich für Stunden im Bett zu wälzen. Nun schrieb er eine Notiz, legte den Zettel auf das Kopfkissen neben sie und zog den Stecker vom Festnetzanschluss. Dann steckte er einen Ersatzschlüssel an die Türinnenseite und zog ihn leicht heraus, damit er von aussen abschliessen konnte. Er wollte sie ja nicht einsperren, er wollte sie nur schlafen lassen, bis er mit den Croissants wieder da war.

Nord und Mila sassen bereits bei Kaffee, viel Kaffee und Frühstück. Sie hatten das wichtigste Treffen für heute Mittag arrangieren können, alle anderen mussten eben warten.

Dienstbeginn. Das Visitenkärtchen klemmte in der Ritze zwischen Tür und Rahmen, bis es der Beamte sorgsam in einer Plastiktüte verstaute. Dann drückte er auf den Klingelknopf. Nichts regte sich. Schliesslich drückte er die Türklinke nach unten und die Tür ging auf. Er inspizierte alle Räume. Als er die Tür zum Schlafzimmer öffnete, versteifte sich sein Körper für ein paar Sekunden, dann wandte er sich um, presste beide Hände vor den Mund und rannte zurück zum Dienstwagen, um seinen Kollegen zu holen.

22
NACH HAUSE

Als Leon die Tür wieder aufschliessen wollte, ging der Schlüssel nicht mehr hinein. Eine Sekunde lang war er verwirrt, dann erinnerte er sich an den Abend im Astoria und dachte an Maria. Die Papiertüte raschelte in der einen Hand, die andere fuhr zärtlich verspielt über den Türrahmen. Sein Magen knurrte. Wird wohl nichts aus dem Überraschungsfrühstück, dachte er und läutete. Für einen Moment war es still. Er klopfte.

„Maria? Bist du da?"

„Warte, ich bin gleich bei dir!" tönte es fröhlich. Dann hörte er, wie sich der Schlüssel im Schloss drehte. Zuerst öffnete sie die Tür nur einen Spalt breit und liess den Blick auf ihre wohlgeformten Beine frei. Ihre Füsse steckten in seinen Badelatschen. Sein Blick wanderte langsam von ihren

Fussgelenken aufwärts. Das T-Shirt, das sie trug, reichte nur knapp bis über die Hüften und zeigte mehr, als es verhüllte. Vorfreude stieg auf. Es fiel ihm schwer, sich zu beherrschen. Wann hatte er zum letzten Mal eine nackte Frau gesehen? Schliesslich fand er Worte: „Magst du Frühstück? Dann müsstest du mich vielleicht hereinlassen."

„Das denke ich auch." Sie lachte und liess ihn eintreten. Sanft zog sie ihn sogleich hinter sich her ins Schlafzimmer. „Servierst du mir das Frühstück heute im Bett?"

Er nickte, fühlte wie Erregung aufstieg. Maria setzte sich auf die Bettkante, streifte dabei beiläufig mit dem Knie seinen Schritt und streckte die Hände aus. Er legte lachend ein Croissant in ihre Hände und sie legte das Gebäck zur Seite. Er öffnete den Gürtel, spürte ihren warmen Atem an seinem Bauch, während sie sein Hemd aufknöpfte, und er grub seine Hände in ihr Haar. Aus den Augenwinkeln bemerkte er Kirschstangen auf dem Kopfkissen. Dann machte er die Augen zu. Sie war sanft und achtsam, und er liebte sie. Sie küsste ihn, sie sagte ihm, er solle die Augen noch geschlossen halten, und er wartete gespannt auf ihre Berührung oder einen Bissen vom Croissant.

(Robert, bist du da?)

Die Frage verhallte im Nichts. Es spielte keine Rolle. Vorsichtig legte sie die erste Kirschstange auf seine Lippen und wartete ab. Sie durfte sich jetzt nicht verraten. Zart berührte sie die Schokolade und drückte leicht, und er öffnete den Mund, umfasste das süsse Geschenk ganz vorsichtig und dann mit den Händen ihre Taille, drehte sie mit einem Schwung auf den Rücken und liess seine Hände über ihre Haut wandern. Sie schnappte unmerklich nach Luft, ihr wurde übel. Wenn ich ihn jetzt zurückweise, habe ich verloren, ging ihr durch den Kopf. Es gibt also nur diesen einen Weg. Ich bin wie ein Haus ohne Türen ...

Sie schloss die Augen, stöhnte rhythmisch und wünschte sich weit, weit weg. Noch bevor seine Hände ihre Scham berührten, fühlte sie nichts mehr. Wie sie Sex hasste, wie sie Schokolade hasste! Wie gut es tat, jetzt nicht in ihrem Körper zuhause zu sein!

Die Zuckerkruste brach. Minuten vergingen. Langsam kehrte die Wahrnehmung watteweich in ihren Körper zurück. Sie versuchte, ihre Augen zu öffnen, und sah nichts als schummrige Konturen. Sie musste sich irgendwie von diesen widerlichen Zärtlichkeiten befreien, sich zwischen seinen Händen herauswinden, damit sie sich wieder spürte! Weshalb hörte er nicht auf?

Eine Kirschstange auf ihren Lippen, ein leichter Druck, Abscheu, Ekel und Wut packten sie. Und seine Zärtlichkeit, das war das schlimmste. Sie zwang sich, die Augen weit aufzureissen. Die Konturen wurden klarer. Robert schaute sie mit glasigen Augen an. Dann klärte sich das Bild vollständig und sie erkannte Leons Gesicht.

„Maria ...?" Seine Stimme tönte wie von weit her. Er spürte ihren Körper schwer werden unter seinen Händen. „Maria, bleib hier, bleib jetzt wach, bitte ..."

Sie sah Blut strömen. Rot pulsierte es an seiner Halsseite, und warm trat das Leben aus ihm heraus, tropfte ihr entgegen, nässte sie klebrig, während eine braune Spur von Schokolade aus ihrem Mund auf das Kopfkissen rann. Dann weinte sie lautlos und Leon küsste ihre Tränen weg. Stille. Maria starrte zur Decke. Unten vor dem Haus parkte die Kantonspolizei.

Himmel oder Hölle? Das satte Himmelblau des Hemdes erinnerte an einen Sommer auf den Kanaren, die schwarzen Konturen des Gilets an das Dunkel einer Vulkanhöhle. Maria lächelte, als ihr Blick Pistolenhalfter und Knüppel am Gürtel des Polizisten streifte und beschloss, für diese Fahrt ihre Augen auf Himmel und Höhle zu richten – Himmel und Hölle. (Wohin fahren wir eigentlich?)

Nun sass sie auf einer Plastikbank in einer fahrenden Zelle, allein, ein Stück Himmel blitzte am Fenster zwischen Bäumen auf. Nebel kroch aus dem Wald auf den Rasenstreifen, der die Landstrasse umsäumte, verschleierte den Untergrund, wirbelte um die Räder des Polizeiwagens und kroch in Zeitlupe über die Kühlerhaube. Sie hatte keine Eile mehr.

(Track 14)

Leon schreckte auf, als es an der Türe schellte. Nachdem sie Maria abgeführt hatten, war er auf dem Sofa eingeschlafen. Sein Bett verströmte einen leicht widerlichen Geruch aus muffigem Kirsch und Schokolade, er konnte es bis ins Wohnzimmer riechen. Er mochte nicht darauf liegen. Diesmal hatte die Polizei keine Fragen gestellt. Noch nicht. Aber er durfte auch nicht zu ihr. Jetzt fragte er sich, ob es denn noch schlimmer kommen konnte.

Der Dreiklang ertönte noch einmal, und er ging zur Tür und öffnete.

„Franzi...?" Er fühlte sich leicht desorientiert. "Entschuldige, ich habe deine Mail noch nicht gelesen ..."

"Eddie ist tot", unterbrach Franziska ihn.

„Eddie ist ... Was?"

„Tot. Ich bin mir sicher. Und ich muss mit dir reden."

Sie trat ein, legte den Mantel über die Sofalehne, liess sich in die Lederpolster sinken und legte den Kopf auf die verschränkten Arme. Tränen rannen still auf den gläsernen Tisch. Leon machte Kaffee. Er fühlte sich vollkommen überfordert. Er hatte keine Ahnung, wie die Geschehnisse der vergangenen Stunden zusammenhingen, doch Franziska schien einen wichtigen Teil der Lösung zu kennen oder zumindest einen wichtigen Teil des Puzzles zu besitzen. Nur war er sich nicht sicher, ob er das fertige Bild noch sehen wollte.

Er setzte sich neben Franziska ins Wohnzimmer und starrte eine Weile stumm durch die Glasplatte auf den grossen Halbedelstein. Nein, genau genommen wollte er nicht. Genau genommen wollte er es nicht sehen.

Der Kaffee wurde langsam kalt. Endlich stand er auf und ging ins Schlafzimmer. Kühle Luft strömte durch die Wohnung, als er die Fenster schloss, und ein zarter Geruch der vergangenen Nacht wehte immer noch unterschwellig mit. Franziska sog die Luft tief ein und sprang auf.

„Was machst du da?" rief sie aufgeregt und hastete ins Schlafzimmer.

„Hey, hey, Franzi. Ganz ruhig. Ich lüfte nur das Zimmer."

„Entschuldige. Ich dachte … ich dachte … Da wehte mir so ein Geruch entgegen …"

„Ja, ich weiss. Etwas stinkt hier fürchterlich."

„Es erinnert mich an einen Pilzextrakt, den ich vor kurzem im Labor untersuchte. Maria wollte wissen, was es war und ob das Zeug giftig sei. Aber er wirkt nur zusammen mit Alkohol, und würde auch dann höchstens vorübergehend lähmen …"

Leon packte sie am Arm. „Und du bist dir sicher, dass dieser Geruch hier in meiner Wohnung ist? Oh, entschuldige. Ich bin überreizt." Er liess sie wieder los, nahm das Kopfkissen und hielt es ihr unter die Nase.

Franziska nickte. „So ähnlich roch die Flüssigkeit in den Reagenzgläsern. Nur hier riecht es auch nach Kirsch und Schokolade. Hast du eine Party gefeiert?"

„Galgenhumor. Maria wollte mich mit Kirschstangen füttern. Die Füllung ist ... nun ja ... ausgelaufen. Teilweise." Er lachte etwas verlegen.

„Maria? DIE Maria, ...?"

„Meine Tanzpartnerin, ja. Und meine Exfreundin."

„... die mir die Reagenzgläser gegeben hat. Ich habe ihr dabei nämlich deine Nummer gegeben. Ich wollte ja noch mit dir reden, aber dann kam diese Vorladung aufs Revier dazwischen, und Eddie ..." Sie stockte. Neue Tränen quollen, strömten wie Sturzbäche, und endlich nahm Leon sie in den Arm.

„Alles gut. Hey, hey - ich lebe ja noch."

„In Eddies Bar hängt nur ein Schild an der Türe, weisst du, handgeschrieben," schluchzte sie. „Vorübergehend ge-schlossen aus persönlichen Gründen. Und nicht in seiner Schrift, die kenne ich!"

„Und deswegen denkst du gleich, er sei über den Jordan geschwommen? Er war ganz guter Dinge gestern – abgesehen von der ewigen Geschichte mit Alice."

Jetzt musste Franziska lächeln. „Und Sibylle. Die will eine Disco aus seiner Bar machen. Alice konnte sich die Schadenfreude kaum verkneifen, als sie mir davon erzählte."

„Na, so gefällst du mir besser. Die Vorladung kam übrigens meinetwegen, Franzi. Ich war schon vor dir auf dem Posten, und weil ich wusste, dass er mit dir zu Mittag essen wollte, ..."

Franziska sah ihn fragend an, doch Leons Blick schweifte in die Ferne und ruhte eine Weile nachdenklich auf den Dächern vor seinem Fenster, bevor er weiterfuhr: „Ich hatte gestern Abend mit Eddie abgemacht. Als ich ihn telefonisch nicht mehr erreichte, wollte ich nicht aufs Geratewohl nach Zürich fahren. Ich blieb also da und versuchte, noch etwas zu arbeiten. Gegen sieben rief mich Maria an und fragte nach einem Date. Sie wirkte etwas übermüdet …" Franziskas Augen wurden immer grösser, während Leon seine Geschichte erzählte. Dass sie nicht mit ihm nach Hause ging, liess er vorerst weg. "Sie wurde vor einer halben Stunde von der Polizei hier abgeholt," schloss er leise. Jetzt bemerkte er Franziskas blasses Gesicht.

„Ich verstehe nicht, was sie damit beabsichtigt hat," brachte sie schliesslich hervor. „Trotz Kirsch in der Schokolade hätte sie dich doch nur vorübergehend schachmatt setzen können … Und warum würde sie sowas wollen? Aber auf mich wirkte sie auch seltsam. Irgendwie verstört … Zuerst brauch ich jetzt aber etwas Stärkeres zu trinken."

„Nein, warte. Bitte." Er erhob sich, sah Franziska eindringlich an und reichte ihr die Hand. „Sie kam nicht gleich mit mir nach Hause. Wenn jemand was weiss, das uns weiterhelfen kann, dann Andreas. Wir müssen erst bei ihm vorbei."

Himmel und Hölle, fragte Maria noch einmal in den Raum hinein, wohin fahren wir? Niemand antwortete. Hatte sie die Frage nicht laut genug gestellt?

Die Stimmen in ihrem Kopf redeten wirr durcheinander, fremde, vertraute, vermeintlich bekannte und dazwischen erkannte sie ihre eigene.

Ich war es nicht! dachte sie. Ich habe nichts getan! Bitte! Fragt doch meinen Vater!

Keine Gnade. Auch ihr Flehen verhallte ohne Antwort. Robert war nicht mehr da. Himmel oder Hölle?

Sie spürte das kalte Metall um ihre Handgelenke, während sie dasass, und ihr Körper seinen Dienst wieder mit allen Sinnen aufnahm. War sie wach oder träumte sie?

Er ist wunderschön, der Nebel, bemerkte eine der Stimmen. Sieh nur, ein Reh! sagte eine andere. Nein, wirklich! rief eine dritte, es hätte Nathalie sein können. Maria schaute aus dem Fenster. Sie sah das Wild von rechts auf die Strasse rennen und sperrte die Beine an der Seitenwand des Transporters an. Der Wagen raste ungebremst durch das Tier hindurch. Sie sah das Blut spritzen. Alles war voll mit Blut. Doch plötzlich war da Stille in ihr. Ihre Gefühlswelt leerte sich und alles, was draussen geschah, entzog sich immer mehr ihrer Wahrnehmung. Bis die Polizei sie endlich aussteigen hiess, hatte auch der letzte Gedanke seinen Bezug zur Wirklichkeit verloren.

Teil IV

Die Zeit gewinnt. Immer.

Schatten

OUTRO

(Track 15)

Die Lämpchen der Strassenmarkierung sahen aus wie die Leuchtzeichen auf dem Flughafenareal, das Auto rollte über die Strasse wie ein Flugzeug über die Startpiste. Am Steuer sass Ingrid, hinter ihr sass Mila, den Kopf ans Fenster gelehnt. Der Pelzbesatz ihrer Jacke klebte zart an der feuchten Scheibe, ihre Finger hinterliessen Abdrücke am Glas. Sie starrte hinaus in den Abendhimmel und spürte die Vibration des Motors in ihrem Körper.

Nein, es war nicht wichtig, ob sie weisse Linien ins abendliche Himmelblau zeichneten oder den Spuren einer Autobahn folgten. Sie wollte nur weg hier. Weg aus dem Jetzt, weg von diesen Bildern, die sie seit Tagen verfolgten. Ihre Gedanken kreisten immer wieder um eine Erinnerung. Lichtreflexionen in glänzendem Marmor, Kerzenschein auf der Toilette, eine Stimmung, - irre! - wie in einem Labyrinth. Vor dem Spiegel Maria Elektra, im Tanzkleid und unter der Schminke kalkweiss im Gesicht – Geh weg, hatte sie zu ihr gesagt. Es ist nur der Schmerz im Knie. Und sie, Mila, hatte ihr geglaubt und geschwiegen.

Doch das war es nicht, was ihr Angst machte. Nicht das Bild, sondern die Ähnlichkeit, die Nähe, die sie in diesem Moment zu Maria Elektra empfand und die immer stärker wurde. Je

247

klarer sie sich an diese Szene erinnerte, desto mehr erschrak sie. Und vielleicht auch der Umstand, dass Ingrid jetzt wieder Nord diente, und dass sie, Mila, seit Andreas Tod zu keiner Art von Dominanz mehr fähig gewesen war.

Wir waren doch Freunde, warum nimmst Du diesen Teil von mir mit fort? Andy, warum kannst Du mich nicht stark sein lassen, wie ich war, jetzt, wo Du weg bist? Und warum – w a r u m musstest Du mich in der letzten Stunde verraten? Sie schluckte, um die Tränen, die ihr im Hals stecken, hinunterzuwürgen.

Andreas hatte sie um viel mehr betrogen als um ihre Dominanz. Mit jeder Schaufel Erde, die seinen Sarg zudeckte, hatte der Totengräber auch ihre Lust am Spiel mit zugedeckt … Andreas hatte seine Herrin mit ins Grab genommen.

Sie seufzte und murmelte: „Wir können nicht wirklich in die Köpfe unserer Sklaven schauen."

Nord warf den Kopf in den Nacken. Er schnaubte: „Pah! Sie machte mir von Anfang an klar, dass ich schlafen kann, mit wem ich will. Wenn das nicht ein Freipass war, was dann? Wie hätte ich wissen sollen, dass ich eine Verrückte geheiratet habe?" Er klopfte mit der Hand auf die Schatulle auf seinen Knien.

Als läge dort drin der Beweis für Marias geistige Verwirrung, dachte Mila. „Ihr habt ein Kind verloren," gab sie leise zu bedenken.

„Meins war es nicht."

Nein, deins war es nicht, konterte Mila in Gedanken. *Doch du würdest es nicht schätzen, wenn ich das laut ausspräche. Nord, hörst du mir überhaupt zu? Warum dreht sich immer alles nur um Dich …*
Als hätte er ihre Gedanken gelesen, legte Nord den Arm um

Mila und drückte sie ein wenig an sich. Im Fenster spiegelte sich sein Gesicht hinter dem ihren und für einen kurzen Augenblick hatte Mila den Eindruck, Andreas Züge in seinen zu sehen. Dann war der Spuk auch schon vorbei.

Der Himmel brannte wie Feuer über der Stadt. Franziska steuerte durch die Einbahnstrassen im Zürcher Seefeld. Sie bog rechts ein und registrierte im letzten Moment das weisse Schild mit dem roten Balken, riss das Steuer herum und probierte es bei der nächsten Kreuzung. Sie verfuhr sich nun schon zum dritten Mal, obwohl sie genau wusste, wohin sie wollte. Sie war unkonzentriert. Die Tage seit Andreas' Begräbnis waren wie in einem Albtraum vergangen. Fast täglich hatte sie Maria in der Klinik besucht und bisher gar nichts erreicht, nicht einmal einsilbige Antworten. Dass sie vor kurzem noch in der Altstadt gestanden und miteinander geredet hatten, schien Jahre her zu sein. Die Frau, die sie täglich am Fenster stehen sah, war zu keinem klaren Gedanken mehr fähig. Dennoch hatte sie gemordet …

Wie kann er zu einer Mörderin stehen? fragte sie sich, und das nicht zum ersten Mal. Wie kann er sie immer noch lieben, wo sie doch versucht hat, ihn umzubringen?

Gleichzeitig ahnte Franziska, dass ihre eigene Motivation, immer wieder hinzufahren, denselben Ursprung hatte: Sie fühlten sich beide schuldig. „Hätte ich sie nicht mit Andreas nach Hause geschickt, so wäre er noch am Leben," hatte Leon gesagt, als sie vor der versiegelten Türe standen, durch die er keine 24 Stunden früher mit Maria hinausgegangen war. „Hätte ich nur auf meinen Instinkt gehört, als ich den Eindruck hatte, dass mit ihr etwas nicht stimmt. Aber wir sind uns der eigenen Natur so fremd geworden."

„Hätte ich nur genauer hingehört," hatte sie zu ihm gesagt, als sie die knarrenden Holzstufen hinunterstiegen. „... als ich ihr die Reagenzgläser zurückgab. Ich hätte Eddies Tod verhindern können. Ja, wir sind unserer Intuition so unnatürlich fremd geworden."

Sie kurvte noch ganze zehn Minuten durch das Strassennetz, bevor sie endlich die Einfahrt zur Frascati Bar erwischte. Nord sass mit Ingrid bereits auf den bequemen Polstersesseln in der Wärme. Mila sass etwas abseits und starrte mit abwesendem Blick hinaus auf den See. Das feurige Rot am Himmel war schon fast verglüht und die Lichter am anderen Ufer glitzerten verführerisch wie Goldstaub in der beginnenden Nacht. Mila schloss die Augen.

„Ist es erlaubt ...?" fragte Franziska und zeigte auf den Platz neben Mila, aber sie bekam keine Antwort. Nun denn, dachte Franziska und setzte sich. Sie hat ihren Mann verloren, da ist es wohl verständlich, dass sie trauert und schweigt. Dann wandte sie sich Nord zu. „Wie geht es dir?"

Nord schob die elfenbeinfarbene Schatulle über den Tisch und nickte. „Den Umständen entsprechend gut. Magst du auch ein Glas?"

„Champagner?"

„Rosé. Wer sagt denn, dass wir uns in den dunklen Zeiten nicht mit etwas Luxus trösten dürfen?"

Ingrid schenkte lächelnd den vierten Kelch voll und vergrub die Flasche Laurent-Perrier wieder im Eiskübel. Nord berührte anerkennend mit seiner Hand ihren Schenkel und erhob sein Glas. Ingrid und Franziska taten es ihm gleich. „Mila? Du trinkst ja gar nichts. Nimm doch dein Glas!" Mila kehrte wie von fern zurück in die Realität und griff fahrig nach dem letzten Sektkelch. Dabei stiess sie es um und der

Champagner dehnte sich in einem perlenden See über den gläsernen Salontisch und tropfte auf Nords Schuhe. Mila erstarrte vor Schreck. Auch Franziska blieb für eine Sekunde der Atem weg, als sie Nords strafenden Blick bemerkte. Nur Ingrid blieb ganz entspannt. Sie winkte dem Kellner und stoppte den Fluss des edlen Getränks mit einer Serviette.

Dabei hielt sie die ganze Zeit über ihre Knie artig im Abstand von exakt einer Handbreit und den Rock etwas hochgezogen, das hätte Mila bezeugen können, hätte sie denn irgendetwas wahrgenommen.

„Soll ich Ihnen noch ein Glas bringen?" fragte der Kellner beflissen. Nord schüttelte an Milas Stelle den Kopf und wandte sich Ingrid und Franziska zu. „Auf bessere Zeiten," sagte er zynisch. „Möge es vor uns nur noch steil aufwärtsgehen."

Mila zuckte zusammen. Er schob ihr sein Glas zu: „Hier. Trink."

Sie nippte gehorsam am Kelch.

"Darf ich?" Franziska legte die Hand auf die Schatulle und Nord nickte.

"Klar. Ist ja jetzt Dein Schatz."

"Nein. Ich werde sie Maria bringen, sobald ich irgendwie an sie herankomme. Darf ich nachsehen, was drin ist?"

"Das Wichtigste jetzt nicht mehr. Das hat diese Irre …" (Ich hätte es verhindern können …)

"… und der Rest wird zu keinem Mord mehr taugen."

"Wie …? Ach, die Reagenzgläser. Ja. Und sonst?"

Franziska öffnete den Deckel und legte das gläserne Herz auf den Tisch. Dann überflog sie die Briefe kurz und überhörte Nords Anmerkung, er hätte sie alle schon gelesen.

"War es nicht Marias Schatz?" Milas Stimme klang

ungewohnt, schüchtern und Franziska schaute auf.

"Du verteidigst diese Wahnsinnige doch nicht etwa?" fragte Nord scharf.

Mila liess nicht locker. "Das Herz. Es gehörte Leon, nicht wahr?"

"Ja, und ...?"

Mila grinste fast verwegen. "Es ist nicht von dir. Genauso wenig wie das Kind."

Jetzt schnappte Nord nach Luft. Ingrids Knie berührten sich plötzlich wieder und reflexartig zog sie den Kopf ein. Franziska schaute fragend von einem zum anderen. Gefasst erhob sich Nord und räusperte sich, doch statt eines Wortes kam nur ein stockendes Geräusch über seine Lippen. Mit einer herrischen Kopfbewegung deutete er in Richtung Toilette und verschwand.

"Tut mir leid", entschuldigte sich Ingrid.

"Er ist unfruchtbar", fügte Mila schadenfroh an. Dann erlosch das Funkeln in ihren Augen wieder und sie starrte teilnahmslos vor sich hin.

"Was?" wandte sich Franziska an Ingrid. "Was tut dir leid?"

"Dass Nord sich so unhöflich verhält. Die ganze Sache überfordert ihn völlig."

"Nicht nur ihn", konstatierte Franziska. "Ich will mich nachher mit Leon oben bei der Klinik treffen. Kommt jemand mit?"

Ingrid schüttelte bedauernd den Kopf und Mila starrte auf die Tischplatte.

"Dann eben nicht." Sie schob eine Zehnernote unter Ingrids Glas und erhob sich. "Man sieht sich. Zwangsläufig, nehme ich an. Und lasst Nord wissen, dass ich euch einen guten Abend wünsche. Und Mila: Mein Beileid. Ich weiss nicht, was ich sonst sagen soll."

Er wäre ja auch nicht mitgekommen, dachte Mila und schwieg.

Maria hatte in diesen Wochen zu niemandem ein Wort geredet und kaum etwas gegessen. Zwischen dem Fenster ihres Zimmers und der Parkmauer der Klinik flimmerten im Abendlicht auf der Zierwiese fremde Gestalten. Wie über eine riesige Leinwand wandelten Schemen, schrien Wortfetzen und gestikulierten oder redeten in unvollständigen Sätzen. Manche der Gestalten kannte sie, sie konnte sich erinnern! Da war Eddie mit dem crèmefarbenen Trenchcoat. Da waren Andreas, Nathalie, sogar Peter und Papa … Und Franziska.

Franziska war so nahe, dass sie ihre Worte verstehen konnte. Sie verdrängte die Stimmen von draussen und sie sprach in ganzen Sätzen zu ihr, die einen Sinn ergaben. Doch sie konnte nicht reden, sie konnte ihr keine Antworten geben.

„Willst du hier bis zum letzten Tag deines Lebens stumm aus dem Fenster starren?" fragte ihre Stimme in die Stille.

(Das Blut rinnt.)

„Eddie ist tot. Andreas auch."

(Die Zeit gewinnt. Immer.)

Dann verstummte sie wieder.

Heute trat Franziska neben sie und schaute ebenfalls aus dem Fenster. Maria beobachtete die Figuren im Gras.

„Was siehst du?" Franziska legte ihr die Hand auf die Schulter. Unten im Gras hielten die Schemen in ihrer Bewegung inne. „Ich sehe den Weg, die Wiese, die Hecke. Wenn ich die Augen schliesse, sehe ich die Pflastersteine auf der Strasse zum grossen Platz. Gehst du manchmal über den Weg und verbietest dir, auf die Ritzen zwischen den Steinen zu stehen? Schaust du manchmal ins Blättergewirr der Linde unten im Hof und stellst dir vor, dass du die Gesichter deiner Ahnen siehst?"

(Nein.)

Langsam drehte sich eine Figur nach der anderen zu ihnen um. Dann begann Franziska mit dem üblichen Dialog, nur nicht von Anfang an.

„Eddie ist tot. Andreas auch. Ich hätte es verhindern können."

(Nein.)

„Leon hätte es verhindern können."

(Nein.)

„Nord kennt keine Gefühle. Er ist hart und kalt." Sie sprach jetzt, als redete sie zu jemandem dort draussen. „Niemand weiss das besser, als du …"

Die Figuren auf der Wiese rissen ihre Mäuler weit auf, aber kein Ton drang an Marias Ohren. Im Türrahmen erschien eine Pflegerin.

„Das Blut rinnt," murmelte Maria. „Die Zeit gewinnt. Immer."

Die Pflegerin machte grosse Augen. Franziska legte den Finger an die Lippen. Pst …! Dann zog sie das rote Herz aus ihrer Hosentasche und legte es auf den einzigen kahlen Tisch im Zimmer. „Ich bin gleich weg," sagte sie zur Schwester, während sie sich zum Gehen wandte.

„Franzi …?"

„Ja …?"

„Nord war nicht der Vater."

Franziska drehte sich um und verschwand.

Auf dem Besucherparkplatz wartete Leon in seinem Smart.

„Werden wir sie auch verlieren?" fragte er.

Franziska schüttelte langsam den Kopf. „Nicht, wenn ich es verhindern kann." Sie öffnete die Beifahrertür und legte die Schatulle auf den Sitz. Leon schaute sie fragend an.

„Eine Gutenachtgeschichte. Du bist der letzte von uns, der sie liest." Dann liess sie ihn nach Hause fahren.

23
EPILOG: IM PARK

(Track 16)

Die Amsel unterbrach ihren Gesang, hielt ihr Köpfchen ganz still, liess nur ihre Augen dem Fremden folgen, der hier schon seine dritte Runde um die Kirche drehte. Sie hörte den Kies unter seinen Füssen knirschen. Doch dies war nicht der Kinderspielplatz, dem früher seine Besuche galten. Er wusste, dort durfte er so schnell nicht wieder auftauchen.

Getrieben vom Versuch, die innere Leere mit irgendetwas zu füllen, hatte Robert die Oltener Altstadt gewählt.

„Sie wird eh denken, dass ich schon wieder einen in der Krone hab. Wozu also noch Zeit verlieren?" murmelte er. Dann schaute er sich hastig um. Niemand war da. Niemand konnte ihn sehen oder sprechen hören. Er lachte, während er über den Asphalt ging: „Gut… Die tägliche Scheisse ertragen ist nicht so einfach, wie du meinst, Nathalie. Ich tu es. Aber nicht für dich. Nenn mich ruhig versoffen. Auch Saufen ist eine Kunst. Man kann nicht einfach sinnlos saufen. Es muss etwas da sein, das man wegspülen will, verstehst du? Ne, verstehst du nicht."

Von weitem hörte er Kinderstimmen. Ein Junge kam auf

seinem Skateboard auf ihn zugefahren, drosselte seine Geschwindigkeit, schaute sich verwundert um und gab wieder Schub. Roberts Körper schien für einen Moment zu flimmern, als der Junge seinen Schemen durchquerte, dann war die Erscheinung wieder klar. Besser als jeder Whiskey, dachte Robert, war es, spielende Kinder zu sehen.

Nathalie schloss das Fenster, Leon war nirgends in Sicht. Das Weinglas auf dem Sims kippte und zersprang unten auf dem Pflasterstein. Robert hob langsam den Blick. Die Amsel im Park hüpfte einen Ast höher, legte das Köpfchen schief und lauschte. Diesen Menschen war nicht zu trauen …

Ende.

NACHWORT

«She is my everthing, she's my life, she is my love ...»

(J.M. Viller)

Der erste Roman ist wohl immer etwas Besonderes. Drei Jahre war Maria Elektra an meiner Seite. Von der ersten Begegnung mit diesem Song, über den ersten Mord bis zur Geburt des letzten Kapitels und darüber hinaus sind wir zusammen Autobahn und manchmal Achterbahn gefahren. Nun ist es an der Zeit, sie loszulassen und ich hoffe, dass ihre Geschichte euch, liebe Leser, ebenso fasziniert hat, wie mich. Allzeit gute Fahrt!

MEIN DANK …

… gilt allen voran Jean-Marc Viller. Er hat an das Projekt geglaubt und mir mit engelhafter Geduld, seinen Songs und einem Netzwerk von Musikern zur Seite gestanden. Ohne ihn wäre Maria Elektra

Dänu Brüggemann danke ich ganz herzlich für das Lektorat der Text-Song-Schnittstellen, für seine Empathie und den kontinuierlich wertschätzenden Zuspruch.

Carolyn Pini hat meine Wünsche für das Cover fast telepathisch erkannt und umgesetzt, und meinen Erstling einen grossen Schritt weitergebracht. Auch war sie mit viel Ausdauer dabei, das Taschenbüchlein zu den Tracks zu gestalten.

Und natürlich danke ich euch Musikern und Musikerinnen, die ihren euren Beitrag zu den Songs geleistet habt, u.a. Peter von Siebenthal für die Gitarre in Poison und Hunter's Dance, Jürgen Keulinger für das Cover von Extrabreit, und ebenso allen Menschen, denen ich von meinen Figuren erzählen durfte, und die sich für meine Idee begeistern liessen.

Und schliesslich gilt mein Dank den Lesern, denn was wären die Geschichten ohne euch?

Im Herbst 2019   Romy Kästner Wild

Die Autorin

Romy Kästner Wild ist mehrfache Mutter und lebt mit ihrer jüngsten Tochter im schweizerischen Appenzell. als Kind schrieb sie Reime und Gedichte und später Lieder in Mundart und Englisch. 2015 erschuf sie den "Ohrenschleicher" für das "Monstrorum Historia", ab 2016 entstand "Maria Elektra" und vereinte Rock und Pop mit Prosa. Mit ihren Figuren taucht sie zwischen die Zeilen des Alltags und in die tieferen Schichten der Psyche ein. Ihre Werke sind eigenständig oder in musikalisch-belletristischer Kombination erhältlich.

Der Musikproduzent

Der gebürtige Berner Jean-Marc «Schämu» Viller ist eine konstante Grösse in der Schweizer Musikszene. Mit 12 Jahren schrieb er Songs für seine erste Band und rockte als Sänger auf der Konzertbühne u.a. mit «Big Red One», «Daydreamer» und «Neverland» neben internationalen Grössen. Er singt die Titelsongs von «De Rudolf mit de rote Nase» und «Bob der Boumaa», spielt in Musicals und ist derzeit mit «This is Rock» in «Das Zelt» unterwegs. Trotz grosser Bühne tritt er auch an seinem Wohnort in Olten im kleinen Rahmen auf. Jean-Marc Viller produziert Musik in Englisch und Mundart.